JUTTA LAROCHE & REINHARD MARHEINECKE

WINNETOUS TESTAMENT

BAND 2

BLUTSBRUDER

CBK - Productions

Unser herzlicher Dank für ihre Mitarbeit geht an:
Rüdiger Braun, Elke Lakey, Michbert Scheben und Brigitte Schulz
und für die Geduld und das Verständnis an unsere Familien!

CBK - Productions
1. Auflage Mai 2000
Mit freundlicher Genehmigung des Karl May Verlages, Bamberg
Titelbild & Coverlayout: Michbert Scheben
Satz und Layout des Buches: Reinhard Marheinecke
Druck: PEP, Darmstadt

ISBN 3-932053-24-9

© Alle Rechte vorbehalten, Hamburg/Recklinghausen 2000

INHALTSVERZEICHNIS

OLD SHATTERHAND ERZÄHLT

1. Im Pueblo der Apachen... Seite 7

WINNETOUS TESTAMENT

2. Viertes Buch: Geschrieben bei Tatellah Satah I............ Seite 13

3. Fünftes Buch: Geschrieben bei Tatellah Satah II........... Seite 77

OLD SHATTERHAND ERZÄHLT

4. Gedankensprünge... Seite 117

5. Die erste Überfahrt... Seite 119

WINNETOUS TESTAMENT

6. Sechstes Buch: Geschrieben am Grabe Klekih-petras .... Seite 147

Nachwort.. Seite 234

Quellenverzeichnis... Seite 236

Ich blickte kurz zum Eingangsbereich herüber, durch den die Sonne übermütig in mein Gemach hereinblitzte. Dieser viereckige Raum, zimmerähnlich, dessen Seiten aus steinernen Mauern bestand. Licht drang nur durch die Eingangsöffnung, die durch keine Tür verschlossen war. Ein schwerer Teppich hing von oben auf den Boden herab, der aber halb zur Seite geschlagen war. Sogleich musste ich an das erste Mal denken, als ich in einem dieser Räume erwachte. Als ob in der Ecke immer noch die alte, hässliche Indianerin und Winnetous bildhübsche Schwester Nscho-tschi sitzen würden, als man mich für die beabsichtigen Martern gesund pflegte. Ich blickte gerade wieder in die gleiche Ecke neben der Tür. Wie damals Winnetous Schwester reichte mir nun meine geliebte Frau eine ausgehöhlte Kürbishälfte voll mit frischem Quellwasser. Gierig trank ich einige große Schlucke.

„Hast du auch Hunger?", kam schon die nächste besorgte Frage.

„Nur ein ganz wenig!"

„Das habe ich mir gedacht, nimm und iss!"

Meine gute Frau reichte mir einige noch handwarme Maiskuchen. Nach den ersten Bissen merkte ich erst, wie groß mein Hunger eigentlich wirklich war.

„Willst du gleich nach dem Essen weiterlesen, mein Schatz?"

„Nein, lass uns erst zusammen einen schönen Spaziergang unternehmen!"

„Gern!"

Nachdem ich die Maiskuchen verspeist hatte, brachen wir auf. Wir traten durch die knapp mannshohe Eingangsöffnung ins Freie, wobei ich den schweren, handgewebten bunten Teppich, der den Eingang bedeckte, erst einmal weiter zur Seite schieben musste, damit wir an ihm vorbei den rechteckigen Raum verlassen konnten. Die Sonne schien draußen dermaßen grell, dass ich meine Augen kräftig zusammenkneifen musste. Ich sah in die Tiefe, die acht Stockwerke weit unter mir herab. Allzu gut kannte ich dieses Pyramidenpueblo meiner Mescaleroapachen. Über die angelegten Leitern kletterten wir von Plattform zu Plattform weiter auf das rote Erdreich herab.

Von dem schmalen Seitental, in dem das Pueblo lag, führte unser Weg in das breite Tal des Rio Pecos, der wie so oft wenig Wasser führte. Wir wanderten durch die Büsche und den Wald, der längs des

1. IM PUEBLO DER APACHEN

Eine sanfte Hand rüttelte zärtlich an meiner Schulter. Wo war ich, wer war ich? Nur ganz, ganz langsam kam ich zu mir. Ein strahlendes Lachen sah auf mich herab. Oh, wie liebte ich jedes Grübchen, jede Falte in diesem fein gezeichneten Gesicht. Es war mein geliebtes Herzle. Leise, wie ein schmeichelnder Windhauch, fragte mich meine Frau:

„Hast du gut geschlafen, mein Lieber?"

„Wie, bin ich etwa kurz eingeschlafen?"

„Kurz? Es ist gleich Mittag!"

„Das muss an der aufregenden Lektüre von Winnetous herrlichen Worten liegen. Ich kann dir nicht einmal mehr sagen, wie lange ich gestern Abend eigentlich noch in seinen Aufzeichnungen gelesen habe!"

Fast schuldbewusst sah ich auf die vielen ausgebreiteten Hefte neben meinem weichen Nachtlager. Ich ruhte auf einem großen Haufen schwerer Grizzlyfelle, über die eine schöne und kostbare indianische Saltillodecke ausgebreitet lag. Ich reckte und streckte mich. Tatsächlich, ich trug noch genau die gleichen Kleidungsstücke am Körper, hatte mich also wirklich nicht zur Nacht umgezogen. Nicht einmal zugedeckt hatte ich mich, aber die Wärme der Wohnung war ausreichend gewesen, mich nicht aus meinem tiefen Schlaf aufzuwecken.

„Wo warst du zum Schluss beim Lesen stehengeblieben?" fragte mein Herzle und zeigte auf das Heft, das direkt neben mir auf der Bettstatt lag, über dessen Studium mich der Schlaf einfach übermannt haben musste.

„Winnetou hat mir gerade berichtet, wie sein Vater die Silberbüchse geschenkt bekam, als er selbst noch ein Jüngling war!"

„Aber die Geschichte hat er dir doch selbst noch auf einer eu[ren] gemeinsamen Reisen erzählt!"

„Das schon, mein Herzle, aber es ist trotzdem kostbar, es noch [ein]mal mit seinen Worten und in seiner ihm eigenen Sprache in [mich] aufnehmen zu können!"

Ufers führte. Bald schon lagen nur noch grüne Grasstreifen vor uns, die wir gemeinsam durchschritten. Dann kam die breite sandige Lichtung, die direkt zum Wasser hinführte.

Mein Blick ging an das andere Ufer. Immer noch ragte einsam die riesige Zeder zu uns herüber. Ansonsten gab es dort kein Gras, keinen Baum, keinen Strauch, nur Sand. Unweigerlich dachte ich an Intschu tschuna und den damaligen Kampf auf Leben und Tod. So ging es mir hier im Pueblo meiner Mescaleroapachen immer. Jeder Stein, jeder Strauch, jeder Gegenstand hatte für mich seine besondere, tiefere Bedeutung, oder rief zumindest eine Erinnerung an vergangene, wunderschöne Tage wach.

Als unsere Füße müde wurden kehrten das Herzle und ich um. Das weiche Gras tat unseren Füßen wohl. Die langen Halme streiften sanft um meine Fußknöchel. Hier bei meinen Apachen war mein zweites Zuhause. Hierher zog es mich immer wieder magnetisch hin.

Unsere Freunde luden uns im Pueblo zu einem schmackhaften Braten ein. Aber wie so oft tat dies nicht nur eine Familie, sondern gleich fünf, sechs auf einmal, sodass es diplomatischer Antworten bedurfte, um keinen meiner roten Freunde zu verärgern. Nach dem üppigen Mahl bat ich mein Herzle, wieder in meines Blutsbruders Erinnerungen weiterlesen zu dürfen. Sie lächelte mich sanft an und sagte:

„Ich verstehe dich, du wirst erst Ruhe geben, wenn du Winnetous Testament mehrmals ganz durchgelesen hast, stimmt's mein lieber Mann?"

Ich nickte nur und musste lächeln. Meine Frau kannte mich einfach viel zu genau.

„Ich will dich dabei auch nicht stören. Ich besuche inzwischen einige der Frauen. Ich habe so viele Einladungen hier im Dorf, dass es für Wochen ausreichen dürfte. Ich wünsche dir schon jetzt eine gute Nacht, falls wir uns heute nicht mehr sehen sollten!"

„Gute Nacht, mein Herzle, und danke für dein Verständnis!"

Sie nickte sanft und war bald von einigen Apachinnen unterschiedlichen Alters eingekreist. Mein Herzle hatte längst sowohl die Gunst und die Herzen der Frauen als auch der Männer im Pueblo meiner Mescaleroapachen gewonnen.

Ich stieg allein die vielen Stockwerke wieder hinauf. Dann begab ich mich in mein viereckiges Gemach zurück. Ich entzündete einige dicke Talglichter, die rasch ein wohliges, warmes gelbes Licht in dem Raum verbreiteten und suchte in dem Packen der Hefte das nächste aus, das ich in der richtigen Reihenfolge zu lesen gedachte, um Winnetous ganzes Leben noch einmal mit ihm in ebenso schmerzlicher, wie wunderschöner Erinnerung zu durchleben.

4. Buch: Geschrieben bei Tatellah Satah I

Geschrieben bei Tatellah-Satah I

Soeben bin ich zurückgekehrt vom Balkon meiner Wohnung bei meinem väterlichen Freund Tatellah-Satah. Von jenem Vorsprung aus kann das Auge weit umherschweifen über Wälder, Berge und Täler. Der blaue, wolkenlose Himmel dehnt sich grenzenlos, und mein Herz sehnt sich immer, wenn ich diesen Anblick in mich aufnehme, nach Wahrheit und Wissen.

Grenzenlos? Gibt es das? Oder hat auch der Himmel Grenzen - und wenn ja, wo sind diese? Wenn du, mein Bruder Scharlih, in deinem Heimatland hinauf zum Himmel blickst, siehst du dann dieselben Sterne wie ich hier? Denselben Mond, dieselbe Sonne? Komm zurück zu mir, wo immer du auch bist, und lass uns reiten. Lass uns die Schönheit des Landes genießen, lass uns die Menschen vergessen! Lass uns vergessen, wie schnell das alles zu Ende sein kann, und dass dieses Ende überall auf uns lauert! Vom Hobble Frank wirst du inzwischen erfahren haben, dass unser lieber Gefährte, die Tante Droll, ermordet wurde. Die Kugel traf ihn aus dem Hinterhalt, sein Mörder konnte entkommen. Erschüttert über den Tod seines besten Freundes ist Frank in seine Heimat zurückgekehrt. Nie wieder will er diese verlassen, der Westen lockt nicht mehr. So sind also auch diese beiden aus meinem Leben entschwunden, wie so mancher, den ich kannte. Aber jeden Verlust will ich ertragen, hörst du mich, Großer Geist – jeden! Solange Scharlih mir erhalten bleibt! Solange du, mein Bruder, den Weg findest hin zu mir!

Wenn du mich hier sehen könntest - du würdest dich wohl sehr wundern! Dein Winnetou, ganz ohne Silberbüchse und nicht in Hirschleder, sondern in einen leichten Leinenanzug gekleidet. Vor mir steht ein Schreibtisch - ein echter, richtiger Schreibtisch. Ein Geschenk Tatellah-Satahs, um mir das Schreiben zu erleichtern. Der große Mann weiß von meinem Testament. Er muss es wissen, denn wenn du es nicht findest, wird er dir davon berichten. Gern tut er es nicht, immer noch ist sein Herz verhärtet gegen dich. Aber er hat es mir versprochen, und ich vertraue seiner Aufrichtigkeit. Als ich ihn um das Versprechen bat, dachte er lange nach. Dann antwortete er:

„Tatellah-Satah ist bereits jetzt ein alter Mann, Winnetou dagegen noch jung. Ist es nicht viel wahrscheinlicher, dass ich vor dir sterbe?"

„Gewiss, das könnte geschehen. Aber da ist noch Intschu-inta, der dich und mich liebt. Er soll von meinem Testament erfahren und Old Shatterhand benachrichtigen, falls es dir nicht möglich sein sollte. Winnetou spürt aber in seinem Herzen, dass er den Weg zu den Sternen geht, noch bevor Tatellah-Satahs Seele diese Erde verlässt."

Er sah mich an mit einem Blick voller Liebe und nickte langsam.

„Howgh! Winnetous Leben schwebt in dauernder Gefahr, während das meine friedlich und geruhsam verläuft. Wenn es dein Wunsch ist, dann will ich mich nicht verweigern. Ich werde den weißen Mann benachrichtigen, wenn er nicht von sich aus nach diesen Heften sucht. Versprich mir aber, das, was du schreibst, nicht bei mir aufzubewahren."

Er wollte Old Shatterhand also auch nach meinem Tod nicht begegnen! Traurig senkte ich den Kopf und sagte:

„Winnetou wird sein Testament am Nugget Tsil vergraben, tief unter jenem anderen, von dem er seinem Bruder erzählen will. Die Entscheidung, Old Shatterhand zu sehen, bleibt daher Tatellah-Satah überlassen."

Damit zeigte er sich einverstanden.

Seit ich nun sicher sein kann, dass du, mein Freund, diese Blätter eines fernen Tages in den Händen halten wirst, fühle ich mich erleichtert, gleichzeitig aber auch verpflichtet, mit meiner Lebensgeschichte fortzufahren. Hier, in diesem Haus, in diesem Raum finde ich die Ruhe dazu, und meine Gedanken wandern zurück in die Vergangenheit. In das Jahr, als Intschu tschuna die Silberbüchse erhielt und er mich kurz darauf zum Unterhäuptling machte.

In jenem Sommer, wenige Tage nach der Feier der Kriegerweihe für Til Lata und Entschar Ko, kam Tatellah-Satah in unser Dorf. Es gab ein weiteres großes Fest zu seinen Ehren und ein reichhaltiges Festmahl. Klekih-petra hatte natürlich von dem berühmtesten Geheimnismann des roten Volkes gehört, er begegnete ihm mit Achtung und Respekt. Die beiden Männer wechselten höfliche Worte der Begrüßung, blieben aber anfangs noch auf Distanz. Und Tkhlish-Ko, unser

Diyin[1], sorgte fast eifersüchtig darüber, dass Tatellah-Satah und Klekih-petra nicht allein miteinander reden konnten. Ich wünschte dies jedoch sehr, darum bat ich den gutmütigen Gahcho um Hilfe. Gahcho täuschte eine Krankheit vor, sodass sein Onkel Inta unseren Medizinmann in seine Wohnung ins Pueblo holte, damit er sich des armen Gahcho annehme. Ich nutzte die Zeit zu meinem Vorhaben. Klekih-petra und Tatellah-Satah kamen in unserem Gastraum zusammen. Intschu tschuna und ich saßen dabei, wir hielten uns jedoch bewusst zurück.

Und geschickt gelang es Klekih-petra, ein Gespräch mit dem nur wenige Jahre jüngeren Geheimnismann anzuknüpfen. Zu meiner Freude ging dieser darauf ein:

„Mein weißer Bruder lebt nun schon seit drei großen Sonnen bei den Mescaleros. Sehnt er sich nicht manchmal nach der Gesellschaft der weißen Männer?"

Klekih-petra sog bedächtig an seiner Pfeife. Ich hing an seinen Lippen.

„Ich habe hier alles, was ich brauche. Die Kinder Intschu tschunas sind mir wie mein eigenes Fleisch und Blut, der Häuptling ist mir ein guter Freund. Mich nach der Gesellschaft der weißen Männer sehnen? Nein, ich könnte doch jederzeit gehen, ich bin ein freier Mann. Ich bleibe bei den Mescaleros."

„Was ist es, das meinen weißen Bruder zum Bleiben bewegt?"

Jetzt glitten Klekih-petras Augen kurz zu mir herüber, bevor er sich wieder Tatellah-Satah zuwandte.

„Es sind viele Dinge. Vielleicht ist es die ungezwungene Lebensart der roten Männer, ihre gegenseitige - wie soll ich es nennen? - Anteilnahme. Es ist, als wären alle eine große Familie, was natürlich nicht heißen soll, dass es keinen Streit gibt. Und doch fühlt sich jeder mit jedem verbunden, keiner ist wirklich allein. Vielleicht ist es auch die Unabhängigkeit, die Freiheit, die hier jeder genießt. Niemand wird zu etwas gezwungen, und jeder, selbst der einfachste Krieger, kann offen seine Meinung sagen, solange er das Gebot der Höflichkeit nicht verletzt."

Intschu tschuna schien aufzuhorchen, und auch auf mich wirkten diese Worte, als hätten sie eine besondere Bedeutung für Klekih-petra.

---

[1] Apachi = Medizinmann

In all den Jahren hatte er niemals über sein persönliches Schicksal gesprochen. Und bei den Apachen, wie überhaupt bei den roten Völkern, galt es als unschicklich, Neugierde zu zeigen. Deshalb ließ ich mir keines seiner Worte entgehen, als er auf Tatellah-Satahs Frage:

„Ist es in deiner Heimat nicht so?", antwortete:

„Nicht, als ich fortging. Und ich kann mir auch nicht vorstellen, dass sich viel geändert hat. Es gibt Männer, die bestimmen, die große Masse gehorcht. Es gibt Gefängnisse - nicht nur für Verbrecher, sondern auch für jene, die anderer Meinung sind als die Regierung."

Ich dachte daran, dass er bei unserer ersten Begegnung von seinen eigenen Fehlern gesprochen hatte, wagte aber keine Frage. Tatellah-Satah nickte gedankenverloren vor sich hin.

Klekih-petra fuhr fort:

„Das ist auch einer der Gründe, warum manche der Bleichgesichter auswandern und zu euch kommen. Deutschland, meine Heimat, ist nicht das einzige Land in Europa, in dem sich die Menschen nach mehr Freiheit sehnen. Eine Freiheit, die sie hier finden."

Intschu tschuna warf ein:

„Vielleicht kommen manche aus diesem Grund, die meisten aber sind böse. Sie wollen mehr, als nur in Freiheit leben. Sie wollen unser Land."

Klekih-petra atmete tief ein.

„Leider hast du Recht, mein Freund", murmelte er, „denn viele fliehen aus ihrer Heimat, weil sie dort das Gesetz gebrochen haben."

Und leise, ganz leise fügte er hinzu:

„Viele werden von der Polizei gesucht."

Ich starrte ihn an. Ich wusste plötzlich, dass er von sich selbst sprach. Aber wie konnte das sein? Er - ein Verbrecher? Niemals!

Mein Vater und der Geheimnismann sagten nichts dazu. Klekih-petra wirkte jedoch auf einmal sehr bedrückt, stand auf und sagte:

„Meine roten Brüder mögen mir verzeihen, wenn ich mich jetzt zurückziehe."

Er schritt dem Ausgang zu, da erklang Tatellah-Satahs Stimme:

„Wird mir mein Bruder erlauben, ihn zu besuchen, bevor ich gehe?"

Überrascht drehte sich mein weißer Lehrer um.

„Gern. Ich freue mich darauf."

Als er gegangen war, blickte Tatellah-Satah eine Zeit lang schweigend vor sich nieder. Schließlich sagte er, ohne aufzusehen:

„Intschu tschuna und Winnetou sollen wissen, dass ich dieses Mal für immer gehen werde. Ich werde die Mescaleros nicht mehr besuchen - weder diese, noch andere Stämme."

Mein Vater und ich sahen einander verwirrt an. Der Häuptling runzelte die Stirn. Er fragte, was damit gemeint sei. Tatellah-Satah hob das Haupt. Zum ersten Mal fielen mir die grauen Strähnen in seinen zu Zöpfen gebundenen Haaren auf. Seine Gesichtszüge verrieten eine gewisse Müdigkeit, als sei ihm dieser Entschluss nicht leicht gefallen.

„Tatellah-Satah verlangt es nach der Einsamkeit. Er will allein sein, allein mit einigen wenigen Brüdern. Er wird nie mehr zu den Menschen zurückkehren."

Erschrocken beugte ich mich vor. Auch auf Intschu tschuna hatten diese Worte einen niederschmetternden Eindruck gemacht. Er wollte eine Frage stellen, da hob der Geheimnismann die Hand.

„Tatellah-Satah hat seine Entscheidung getroffen! Lange hat er nachgedacht, aber nichts zieht ihn noch zu den Menschen. Zu viel hat er gesehen und gehört von deren Treiben, zu viel, um noch mehr davon erleben zu wollen. Er weiß nicht, wie viele Sommer und Winter der Große Geist ihm noch schenkt. Doch will er diese Zeit ohne die Gesellschaft von Menschen verbringen."

Mein Vater zog die Augenbrauen hoch.

„Intschu tschuna hat auch oft diese Gedanken gehabt. Auch er möchte manches Mal in die Einsamkeit entfliehen - aber er ist ein Häuptling und muss Sorge tragen für sein Volk."

Das Wort „Sorge" schien Tatellah-Satah zu berühren. Selbst wenn er es wollte, so konnte er sich doch einem tief verwurzelten Gefühl der Verantwortung nicht entziehen. Und er sagte schnell:

„Ich werde immer in Verbindung bleiben mit allen Stämmen. Ich werde stets ein offenes Ohr haben für die Probleme meines Volkes."

Dann sah er mich an.

„Du schweigst? Du sagst nichts? Lass mich deine Stimme hören, Winnetou."

„Wohin wirst du gehen?"

„Da ist ein Berg, der ‚Berg der Medizinen', einige Tagesritte entfernt von hier."

„Winnetou kennt diesen Berg, er wird gekrönt von zwei hohen Gipfeln. Warum trägt er seinen Namen?"
„Das ist eine alte Legende. Ich werde sie dir einmal erzählen."
Jetzt lächelte ich, als hätte ich ihn bei einer Unwahrheit ertappt.
„Mein älterer Bruder sagte eben, er wolle fortan allein sein", erinnerte ich ihn.
„Howgh! Tatellah-Satah wird entscheiden, wer ihn besuchen darf. Winnetou aber ist als einziger Mensch jederzeit willkommen! Nicht nur Klekih-petra fühlt wie ein Vater, auch ich liebe dich, als wärest du mein Sohn. Auf dem ‚Berg der Medizinen' gibt es viele alte Steinbauten, errichtet von Völkern, die niemand mehr kennt. Sie sind untergegangen, wie auch wir eines Tages untergehen werden. Als ich sie sah, diese alten Mauern, da stieg in mir der Wunsch auf, die Spuren jener Völker wieder zu finden. Die Vergangenheit der roten Rasse zu ergründen. Nicht die Zukunft vermag mich noch zu fesseln, sie erscheint mir trostlos und grau. Die Vergangenheit ist es, deren Rätsel ich zu lösen trachte. Eine Vergangenheit ferner Tage, als noch kein weißer Mann seinen Fuß auf unsere Erde setzte. Dort oben auf dem Berg, da werde ich leben. Und da wird auch für Winnetou eine Wohnung bereit sein. Du kannst kommen und gehen, wann immer du willst."
So sprach er zu mir, und seine Worte erfüllten mich mit Freude. Immer, wenn mir danach zu Mute war, habe ich ihn dann auch besucht. Die Wohnung, die ich mir einrichten durfte, war groß und hell. Frieden und Stille umgaben sie, damals wie heute. Ich will die Feder beiseite legen und noch einmal hinaustreten auf den Balkon. Denn die Sonne geht unter, und ihre warmen, goldenen Strahlen streicheln mein Gesicht.

Großer Geist, du Schöpfer allen Lebens – Winnetou, der Häuptling der Apachen, entbietet dir seinen Abendgruß!

In jenem Spätsommer, und in der Jahreszeit der fallenden Blätter wurden die Mescaleros und weitere Apachenstämme häufig in blutige Auseinandersetzungen mit Comanchen und Kiowas verwickelt, auch Siedlertrecks der Weißen wurden von uns angegriffen. Es waren sehr unruhige Monate, die nur den einen Vorteil mit sich brachten, dass wir jungen Krieger uns bewähren konnten. Der schwarze Hengst Rey, den ich als Geschenk von Don Manuel Garcia de Vargas erhalten hatte, bewährte sich ebenfalls - und nicht nur im Kampf. Er und meine Stute Jaadè hatten Gefallen aneinander gefunden mit dem Ergebnis, dass Jaadè trächtig wurde. Auf dieses Fohlen freute ich mich sehr, denn wenn sich die hervorragenden Eigenschaften der Eltern vererbten, dann musste es sich ja großartig entwickeln. Schönheit, Schnelligkeit und Klugheit zeichneten Vater und Mutter aus. Rey erwies sich darüber hinaus als ausgesprochen mutig und temperamentvoll, Jaadès besondere Vorzüge lagen in ihrer zähen Ausdauer und ihrer rührenden Treue zu mir.

Ich schonte sie und sorgte für ihr Wohlergehen. Und wenn ich es nicht konnte, so tat es Nscho-tschi.

Überhaupt war meine kleine Herde inzwischen angewachsen. Die braune Stute, die ich damals verletzt in der Wildnis gefunden hatte, trug nun auch ein Fohlen. Dessen Vater, ein braun-weiß geschnekter Mustang, stammte aus Intschu tschunas Besitz. Ich hatte ihn meinem Vater abgeschmeichelt, weil er sich hervorragend für die Büffeljagd eignete, wozu Rey nicht erzogen war. Auch den Goldfuchs und meine Scheckenstute Doolè gab es noch. Beide waren mit der Zeit alt und geruhsam geworden, aber ich liebte sie und gönnte ihnen ein friedliches Dasein.

Ich erwähnte eben die Büffeljagd und sprach auch schon früher davon, dass die Gelegenheit dazu selten geworden war. Dennoch habe ich in meinem Leben hin und wieder daran teilgenommen, wenn sich die Möglichkeit bot. Eine Büffeljagd aber ist mir ihrer Folgen wegen in Erinnerung geblieben. Das war im Frühling des nächsten Jahres, als ich gerade siebzehn große Sonnen zählte. Krieger hatten die frische Spur einer erfreulich großen Herde entdeckt und verkündeten die Nachricht sogleich im Dorf am Rio Pecos.

Unser Medizinmann und sein Helfer Iyah veranstalteten daraufhin einen Büffeltanz, der uns eine gute Jagd bescheren sollte. Am anderen Tag sammelten sich viele Männer um Intschu tschuna und Bè eshganè, die beide einen Trupp anführen würden. Andere Krieger unter dem Häuptling Deelicho blieben zum Schutz der Squaws und Kinder im Dorf zurück. Aber nicht alle Squaws hielt es im Lager, viele folgten den Jägern wie üblich mit ihren Travois, um das Fleisch darauf zu transportieren.

Dieses Mal hatte ich mich Bè eshganè angeschlossen, bei dem sich auch Gahcho befand. Wir ritten nebeneinander und unterhielten uns auf angenehme Weise. Mein Freund gehörte noch nicht zu den Kriegern, und daher wäre mein Platz genau genommen auch nicht bei ihm gewesen, zumal ich bereits Unterhäuptling war. Aber ich besaß so viel Selbstbewusstsein, dass es mich nicht kümmerte, was andere dazu sagten. Gahcho erheiterte mich, indem er erzählte, wie er damals Tkhlish-Ko an der Nase herumführte. Das war der Tag, als ich Tatellah-Satah und Klekih-petra zusammengebracht hatte und Gahcho eine Krankheit vortäuschte, um Feuerschlange bei sich festzuhalten.

„Uff! Ich hatte üble Bauchschmerzen", kicherte Gahcho vergnügt.

„Wie hab ich mich gekrümmt! Und gestöhnt! Es muss ein sehr unwürdiger Anblick gewesen sein. Jedenfalls schämte sich mein Onkel Inta für mich. Es fehlte nicht viel, und er hätte dem Sohn seiner Schwester einen Tritt verpasst!"

„Und Feuerschlange? Was tat er?"

„Zuerst sah er mich strafend an. Dann drückte er auf meinem Bauch herum, und ich schrie jämmerlich. Er fragte, was ich gegessen hätte. Ich erzählte ihm etwas von....was war es doch gleich? Ach ja, von roten Beeren, die ich irgendwo gefunden hätte. Da wurde er besorgt. Er verschwand, um einen Tee zu brauen, und Inta benutzte seine Abwesenheit, um mich eindringlich zu ermahnen. Bei so wenig Selbstbeherrschung und so viel Gefräßigkeit würde im Leben kein Krieger aus mir werden."

Wir lachten beide. Gahcho fuhr fort:

„Das brachte mich zur Vernunft. Ich riss mich zusammen. Aber als ich dann Feuerschlanges Gebräu trinken musste, da wurde mir wirklich übel. Ich brauchte mich nicht länger zu verstellen. Und ich war ganz schön wütend auf dich, denn du warst schuld an allem. Die Freundschaft, fand ich, hat irgendwo auch Grenzen."

Ich legte teilnehmend meine Hand auf Gahchos Arm.

„Winnetou wird sich erkenntlich zeigen", versicherte ich ernsthaft.

Einer Antwort wurde Gahcho enthoben, denn jetzt kamen in schnellem Galopp unsere Kundschafter auf uns zu. Sie hatten die Büffelherde aufgespürt, und die beiden Trupps teilten sich. Endlich einmal eine größere Herde! Der Anblick dieser gewaltigen Tiere ließ jedes Herz höher schlagen. Sie zogen dahin wie ein riesiges braunes Meer, das die Prärie überschwemmt.

Bè eshganè gab unserer Abteilung den Befehl, einen Bogen um die Herde zu schlagen, um ihr von der anderen Seite in die Flanke zu fallen. Sie befand sich also zwischen unseren Kriegern, als der Leitbulle die Gefahr erkannte, und die wilde Jagd begann. Die meisten unserer Männer und auch ich schossen mit Pfeilen, denn die Kennzeichnung der Pfeile ermöglichte es festzustellen, wer welches Tier erlegt hatte. Das ist ein Vorteil gegenüber der Jagd mit Gewehren, und wenn auch Schusswaffen die Gefährlichkeit der Büffeljagd verringern, so tragen sie doch die Schuld an der Ausrottung der Bisons.

Zuverlässig galoppierte der Scheckenmustang neben den dahinrasenden Büffeln her. Ich ließ einen Pfeil nach dem anderen von der Sehne schnellen, wobei ich mich nur mit den Schenkeln auf dem Pferderücken halten konnte. Aber das war unzählige Male geübt, und solange das Pferd keinen Fehltritt tat, würde ich nicht stürzen. Plötzlich geschah etwas Unerwartetes: Die Herde teilte sich in eine kleinere und eine größere Gruppe. Dadurch wurde ich abgedrängt und musste, eingekeilt in die kleinere Gruppe, ihr notgedrungen folgen. Der Schecke lief unbeirrt weiter, kam aber vorübergehend in Bedrängnis durch eine unverhofft angreifende, gereizte Kuh. Nur ein gewagter Sprung schräg über den Büffelrücken rettete uns beide, und glücklich kam der Hengst wieder auf.

In all dem dichten Staub, den die fliehenden Bisons aufwirbelten, konnte ich kaum noch etwas sehen, im dumpfen Trommellärm der Hufe gingen alle menschlichen Stimmen unter. Endlich schaffte ich es, den Schecken von der Herde wegzubringen und wenigstens meine unmittelbare Umgebung wieder wahrzunehmen. Meine Pfeile hatte ich alle verschossen. Der Bogen war leider beim Sprung über den Büffelrücken verloren gegangen, doch das ließ sich verschmerzen, obwohl es ein guter Bogen gewesen war. Aber mein Mustang zeigte erste Anzeichen der Erschöpfung, und daher lenkte ich ihn ein Stück seitwärts aus der Gefahrenzone. Nach meiner Schätzung hatte ich fünf Büffel getötet, ich war zufrieden.

In diesem Augenblick tauchten aus den Staubwolken ein paar berittene Krieger auf, die direkt auf mich zuhielten. Ich konnte sie nicht genau erkennen, nur das Lasso, das auf mich zuflog, und ich warf blitzschnell die Arme hoch. Eine Sekunde später legte es sich um meine Hüfte, und der harte Ruck, mit dem der Krieger daran zog, riss mich vom Pferd. Erschreckt bäumte sich der Mustang auf. Einer seiner Hufe traf mich schmerzhaft an der Schulter, sodass mich der Sturz und der lähmende Schlag zunächst kampfunfähig machten. Ich versuchte aufzustehen, jedoch ein weiterer heftiger Ruck mit dem Lasso, und ich stürzte erneut.

Die Krieger waren von den Pferden gesprungen. Zwei von ihnen wanden mir das Messer aus der Hand, mit dessen Hilfe ich mich von dem eng anliegenden Seil befreien wollte. Ich wusste jetzt, mit wem ich es zu tun hatte: Comanchen! Und ich wusste auch, dass ich keine Gnade von ihnen erwarten durfte, denn im vergangenen Jahr hatte ich mitgeholfen, gegen sie zu kämpfen und dabei zwei ihrer Krieger erschossen.

Die Comanchen jubelten, sie hatten mich erkannt.

„Uff! Der Sohn des Häuptlings! Steh auf, du kannst deinen Freunden Gesellschaft leisten!"

Freunde? Waren noch weitere Mescaleros in ihre Gewalt geraten?

Sie zerrten mich hoch, rissen mir das Seil vom Körper und fesselten mir die Hände auf dem Rücken zusammen. Danach warfen sie mich quer über meinen Mustang und banden mich dort fest. All dies geschah in großer Eile, denn sie fürchteten das Erscheinen von Apachenkriegern. Und in rasendem Galopp preschten sie davon, den Schecken am Zügel mitführend. Es war dies einer der unangenehmsten Ritte meines Lebens, und er dauerte - wie mir schien - endlos lang. Zum Glück hatte ich seit längerer Zeit nichts gegessen, mein Magen hätte bestimmt keinen einzigen Bissen bei sich behalten.

Als sie ihre Pferde stoppten, hob ich mühsam den Kopf. Ungefähr zwanzig Comanchenkrieger umringten uns. Sie schüttelten ihre Speere und Gewehre, johlten und lachten, und in ihrer Mitte sah ich - Bèeshganè und Gahcho! Auch sie gefesselt, überdies war der Häuptling misshandelt worden. Seine Kleidung war an mehreren Stellen zerrissen und blutbefleckt, seine Wange geschwollen. Gahcho schien noch in Ordnung zu sein, wie ich erleichtert feststellte. Nur seine Nase blutete.

Nun holten mich die Comanchen vom Pferd herunter und stießen uns drei brutal in Richtung auf einige junge Walnussbäume, an die sie uns binden wollten. Bè eshganè stürzte dabei sehr unglücklich. Ich sah es und machte eine zornige Bewegung gegen die, die mich fest hielten. Einer von ihnen holte aus, sein Faustschlag traf mich an Mund und Kinn, sodass ich fiel und das Blut der aufgerissenen Lippen schmeckte. Diese wenigen Augenblicke, in denen die Aufmerksamkeit aller Comanchen auf Bè eshganè und mich gerichtet war, benutzte Gahcho zu einer wilden Flucht.

Seine Hände waren gebunden, die Füße aber frei. Er lief, wie er wohl noch nie im Leben gelaufen war. Um die Comanchen von ihm abzulenken, trat ich wild um mich, und Linke Hand überschüttete sie mit Schmähungen. Das Manöver gelang, wenn auch nur für kurze Zeit. Dann hatten sie mich halb bewusstlos geschlagen, entdeckten Gahchos Flucht und folgten ihm teils zu Fuß, teils zu Pferd. Linke Hand stieß einen triumphierenden Schrei aus, weil Gahcho schon nicht mehr zu sehen war. Konnte er seinen Verfolgern wirklich entkommen? In der Talsenke, in der wir uns befanden, wuchsen Eichen und Walnussbäume, sowie hohes, dichtes Gesträuch. Hier bot sich dem Freund vielleicht ein gewisser Schutz. Eine Chance, eine kleine Chance - wenigstens für Gahcho!

Inzwischen hatten die zurückbleibenden Comanchen Linke Hand und mich an zwei nahe beieinander stehende Bäume gefesselt. Einer von ihnen trat vor. Sein nackter Oberkörper glänzte schweißnass, und seinen Kopf zierte eine Haube mit Büffelhörnern. Mit gespreizten Beinen und verschränkten Armen blieb er vor uns stehen. Aber Bè eshganè wartete erst gar nicht, bis er angesprochen wurde. Höhnisch rief er:

„Nachdem euch nun ein Jüngling entkommen ist, der noch nicht einmal einen Kriegsnamen trägt......"

Der Comanche donnerte ihn an:

„Schweig, räudiger Apachenhund! Du wirst noch um Gnade winseln, denn diesen Ort hier - den wirst du nicht lebend verlassen! Den Kriegern der Comanchen mangelt es an Zeit, euch beide in ihr Dorf zu schleppen. Darum werden wir hier und jetzt ein Ende machen mit euch!"

„Ihr Feiglinge habt nur Angst vor den Kriegern der Mescaleros", spottete der Häuptling, und natürlich hatte er Recht. Er warf mir einen kurzen Blick zu, den ich ebenso kurz erwiderte. Es war dies nichts anderes als ein Abschied und das gegenseitige Versprechen, tapfer in den Tod zu gehen. Wir wussten beide, dass uns so gut wie keine Hoffnung blieb. Sie wollten uns hier töten, nicht etwa Zeit mit uns verlieren. Und Gahcho - falls er ihnen überhaupt entkam - würde ganz bestimmt nicht rechtzeitig mit den Kriegern zurückkehren. Wir waren viel zu weit von ihnen entfernt, und er hatte kein Pferd.

Der Anführer der Comanchen grinste Bè eshganè überlegen an.

„Dieser Beleidigung wegen wirst du zuerst sterben! Und du.....," dabei trat er dicht an mich heran, „du darfst ihm dabei zusehen."

Mit einer raschen Bewegung griff er mir in die langen Haare, wickelte sie sich ums Handgelenk, als wären sie der Schweif eines Pferdes, und riss meinen Kopf so ruckartig nach hinten, dass er hart gegen den Baumstamm schlug. Er lachte schallend.

„Das wird der schönste Skalp, den ich je genommen habe! Den wirst du mir überlassen müssen, noch bevor ich dich zertrete wie einen Wurm."

Ich spuckte ihm ins Gesicht, worauf er meinen Kopf ein zweites Mal auf gleiche Weise gegen den Baum zurückriss.

Dann ging er hinüber zu seinen Männern, denn soeben kamen die Verfolger Gahchos wieder - sie kamen ohne ihn! Innerlich jubelte ich auf, aber nun trafen die Comanchen ihre Vorbereitungen für unsere Hinrichtung. Sie begannen mit einem Tanz, der ihre Tapferkeit darstellte und stundenlang dauerte. Dies versetzte sie in eine Art Tötungsrausch.

Vier Bogenschützen nahmen Aufstellung vor Bè eshganè und legten ihre Pfeile auf ihn an. Der Häuptling, Vater meines Freundes Til Lata, blickte ihnen ruhig entgegen. Mit sicherer Stimme begann er sein Todeslied, brach nur vorübergehend ab, als ihn die Pfeile unterhalb der Schultern trafen, sang dann unbeirrt weiter.

Wieder legten die Schützen auf ihn an, wieder trafen die Pfeile, ohne zu töten. Ich hielt den Kopf hoch und die Augen offen. Ich sah über die Feinde hinweg, als gäbe es sie nicht, und ich dachte an die Menschen, die ich liebte. An Nscho-tschi, Klekih-petra, Intschu tschuna - an Ribanna!

Neuer Jubel brauste auf, ich wandte Bè eshganè das Gesicht zu. Der Häuptling hing in seinen Fesseln, unfähig, noch länger zu stehen. In seinem Körper steckten die Pfeile, und Blut sickerte aus jeder Wunde. Da ergriff der Anführer der Comanchen einen Speer, wog ihn beinahe liebevoll in seiner Rechten und schleuderte ihn gegen sein Opfer. Das Todeslied erstarb in einem Röcheln. Dann sank der Körper des zweiten Häuptlings der Mescaleros und Stellvertreters Intschu tschunas in sich zusammen, gehalten nur von den gebundenen Händen. Lebte er noch? Um seinetwillen hoffte ich es nicht, als ich das Skalpmesser in der Hand des Comanchenhäuptlings aufblitzen sah. Er trat zu Bè eshganè hin und riss ihm das Stirnband mit der Adlerfeder vom Kopf. Drei kurze Schnitte – der Comanche schwenkte den blutigen Skalp, und warme Blutspritzer trafen mein Gesicht. Ich spürte es, eine Welle von Hass überflutete mich. Linke Hand aber hatte sich nicht gerührt.

Unwillkürlich schloss ich die Augen, das Bild Til Latas tauchte vor mir auf. Ich würde ihm nicht vom tapferen Sterben seines Vaters berichten können, denn jetzt kamen die Bogenschützen auch zu mir herüber. Ich hörte ihre Schritte und schlug die Augen auf, fest entschlossen, es Linke Hand an Tapferkeit gleichzutun. Ich hörte ihre Schritte, ihr Lachen, die Befehle ihres Anführers - ich hörte aber auch ein gellendes Kriegsgeschrei aus hundert Kehlen. Verblüfft drehten sich die Comanchen um. Von allen Seiten stürmten Reiter auf sie zu, Mescaleros!

Der Überfall geschah derart schnell und unerwartet, dass die Comanchen kaum nennenswerte Gegenwehr leisten konnten. Die meisten von ihnen wurden niedergemacht, einige wenige konnten entkommen. Der Anführer und die vier Bogenschützen aber wurden gefangen genommen, weil ich sie mit lauter Stimme als die Mörder des Häuptlings bezeichnete, noch während man mich losband.

Til Lata und Intschu tschuna knieten bei Bè eshganè, für den allerdings jede Hilfe zu spät kam. Ich trat hinter Til Lata und legte ihm die Hand auf die Schulter. Ich fühlte das Zittern seines Körpers, denn gewaltsam unterdrückte er die aufsteigenden Tränen.

„Dein Vater ist gestorben wie ein Held, tapfer bis zuletzt. Winnetou trauert mit dir", flüsterte ich.

Meines Freundes Hand legte sich auf die meine, unsere Finger verschränkten sich ineinander. Intschu tschunas Augen streiften mich mit einem Blick, in dem die Erleichterung stand, dass ich am Leben geblieben war. Er erhob sich, um nach den Toten und Gefangenen zu sehen. Ein Wink von ihm rief mich zu den einzigen Comanchen, die überlebt hatten. Sie waren nun ihrerseits gefesselt, und ihre Gesichter verrieten, dass sie um ihr Schicksal wussten. Til Lata war uns gefolgt.

Intschu tschuna sagte zu ihm:

„Sie werden den Tod aus deiner Hand empfangen."

Mit Gahcho hatte ich zunächst nur einige Worte wechseln können, denn wir verließen diesen Ort noch in derselben Stunde. Er konnte sich nur mit Mühe auf dem Pferd halten, das Laufen war ihm ganz unmöglich. Später, als wir nach langem Ritt den Schauplatz der Büffeljagd erreichten, wo die Frauen - unter ihnen auch Nscho-tschi - mit dem Zerlegen des Fleisches beschäftigt waren, setzte ich mich zu ihm ins Gras. Gahcho war körperlich völlig am Ende. Iyah hatte ihm die Füße gesalbt und verbunden, so gut es hier eben ging. Im Dorf würde sich dann der Diyin seiner annehmen.

Jetzt erzählte er mir von seiner Flucht, einem Lauf um das Leben, bei dem er seinem Körper das Äußerste abverlangt hatte. Von seiner Schnelligkeit, das wusste er, hing das Schicksal zweier Menschen ab. Seine auf dem Rücken gebundenen Hände behinderten ihn stark, doch fand er keine Möglichkeit und vor allem keine Zeit, sich davon zu befreien. Jede verzögerte Minute hätte den Tod für Linke Hand und mich bedeuten können. Ich bestätigte es ihm, denn zumindest was mich betraf, war es ja tatsächlich so gewesen.

„Ich bin gestürzt", murmelte Gahcho.

„Meine Beine wollten mich nicht mehr tragen. Und dann schnell wieder hochzukommen mit den Händen auf dem Rücken - der Große Geist muss mir geholfen haben! Weißt du, Winnetou, wozu man fähig ist, wenn man nur einem einzigen Gedanken folgt?"

Ich dachte an den brennenden See und nickte stumm.

Gahcho seufzte.

„Als ich hier ankam, brach ich zusammen. Iyah hinderte mich gewaltsam daran, sonst wäre ich ohnmächtig geworden. Denn ich musste ja mitreiten, um unsere Krieger zu führen."

„Winnetou weiß von Iyah, dass Gahcho keine Haut mehr an den Füßen hat und dass er lange nicht wird laufen können. Aber Winnetou kennt die beste Heilsalbe, die dich rasch gesund macht."

„Die hat Gahcho schon bekommen", antwortete er zu meinem Erstaunen.

„Winnetou lebt - ich habe es geschafft! Wenn auch der Häuptling sterben musste, aber noch schneller hätte ich nicht laufen können."

„Um ihn zu retten, hättest du fliegen müssen", erwiderte ich lächelnd.

„Nein, ich meine eine andere Medizin!"

Damit sprang ich auf und eilte davon, um Intschu tschuna zu suchen. Gahcho rief mir in seiner humorvollen Art nach:

„Lauf du nur, ich warte solange hier!"

Mein Vater stand mit Nakaiyè und zwei Kriegern im Gespräch beisammen. Als er sah, dass ich etwas auf dem Herzen hatte, kam er zu mir.

„Ich war bei Gahcho", begann ich.

„Wie geht es ihm? Intschu tschuna wird noch selbst nach ihm sehen."

„Er ist völlig erschöpft, die Füße wird er lange schonen müssen."

„Ja, das steht zu erwarten. Er verdient unsere Achtung."

„Nur unsere Achtung, Vater? Er verdient mehr, viel mehr als das."

Intschu tschuna runzelte leicht die Stirn, sagte aber nichts darauf.

„Vater, er hat Winnetous Leben gerettet!"

„Das ist zweifellos wahr. Was will mein Sohn von mir?"

„Der Häuptling weiß, was Winnetou will. Mach ihn zum Krieger."

Die Falten auf der Stirn meines Vaters vertieften sich noch. Zweifel schwang in seiner Stimme.

„Er hat keinen Kampf ausgefochten. Er hat niemanden besiegt. Er kann keine Beute vorweisen. Er ist geflohen! Wird man neuerdings durch Flucht zum Krieger?"

Sein Einwand reizte mich. Empört wollte ich aufbegehren, rief mich aber schnell zur Besinnung. Bleib ruhig, dachte ich.

„Gahcho konnte in dieser Situation nichts anderes tun. Er hatte keine Waffe. Er war gefesselt, und die Feinde zählten mehr als zwanzig."

„Intschu tschuna hat nicht gesagt, dass Gahcho anders hätte handeln können."

„Hat mein Vater mit Iyah gesprochen?"
„Ja! Iyah sagte, Gahcho hätte bei diesem schnellen und langen Lauf tot zusammenbrechen können."
„Also hat er sein Leben riskiert. Für den Häuptling und für mich. Hätte er es geschont, dann wäre auch Winnetou jetzt tot. Kann ein Krieger mehr tun?"
Intschu tschuna betrachtete die Gräser zu seinen Füßen.
Dann schüttelte er den Kopf.
„Nein", sagte er entschlossen.
„Mehr kann ein Krieger nicht tun."
„Also?"
„Also soll es geschehen! Winnetou versteht es wie kein anderer, seinen Willen durchzusetzen."
Ich folgte Intschu tschuna zu Gahcho, wobei ich einigen Kriegern zuwinkte. Sie sollten mitkommen, um Gahchos Triumph zu vergrößern. Sogar Til Lata hatte seinen Platz an der Seite des toten Vaters verlassen, und auch Entschar Ko war dabei.
Der Häuptling der Mescaleros sah freundlich auf Gahcho nieder. Dann fragte er so laut, dass alle es hören konnten:
„Wie geht es dem jungen Krieger Yato Ka[2]?"
Nie vergesse ich diesen Anblick! Ein sprachloser Gahcho, der von einem zum anderen blickte. Und in der ausbrechenden Begeisterung der Umstehenden, blieb sein Blick zuletzt auf mir haften. Ich nickte ihm zu. Da verzogen sich seine Mundwinkel zu einem breiten Grinsen. Er warf den Kopf in den Nacken und lachte.
Dieses Lachen war so mitreißend, dass mehrere mit einfielen.
„Heilsalbe!", prustete er.
„Winnetou ist der beste Medizinmann, den es gibt!"

Wieder im Dorf sollte die Ratsversammlung über das Schicksal der Gefangenen entscheiden. Zwar war ich seit fast einem Jahr dem Range nach Unterhäuptling, aber doch viel zu jung, um im Rat meine Stimme erheben zu dürfen.
An diesem Tag schien die Sonne sehr heiß. Ich hatte ausgiebig im Rio Pecos gebadet, da sah ich Klekih-petra auf den Fluss zukommen. Ich stieg ans Ufer, wand das Lendentuch um meine Hüfte und streckte

---

[2] Apachi = Schneller Fuß

mich bäuchlings ins Gras aus. Klekih-petra blieb vor mir stehen und blickte auf mich herab. Trotz der Hitze trug er vollständige Kleidung, ja, er war sogar recht sorgfältig angezogen. Ich legte den Kopf schräg auf meinen angewinkelten Arm und blinzelte gegen die Sonne zu ihm hinauf.

„Ich muss mit dir reden", sagte er. Dann setzte er sich neben mich.

„Winnetou - was tut ein Mann, der andere Männer überzeugen will? Der sie daran hindern will, etwas Unrechtes zu tun?"

Ich schloss die Augen. Das hatte ich erwartet. Da ich schwieg, sprach er drängend weiter:

„Hilf mir! Gib mir ein gutes Argument aus der Sicht eines Indianers, der gegen Marterpfahl und Folter spricht."

Seine Worte ließen mich lächeln. Dieses Spiel hatten wir beide schon früher gespielt, wenn er mich zwingen wollte, mich in die Lage eines anderen zu versetzen. Ich stützte mich auf die Ellbogen und sah ihn an.

„Gegen Marterpfahl und Folter? Du willst den Stammesrat überzeugen?"

„Ich darf in der Versammlung sprechen. Das hat mir dein Vater erlaubt."

„Uff! Das ist sehr großzügig von ihm. Oder auch nicht, denn du wirst niemanden überzeugen."

„Gib mir Argumente! Nur ein einziges!"

Ich betrachtete einen Wassertropfen, der aus meinem Haar herabfiel und über mein Handgelenk perlte. Ich sagte langsam:

„Es ist nicht besonders mutig, sich an einem Wehrlosen zu vergreifen."

„Nicht mutig, ja! Auch nicht ehrenhaft?"

Ein zweiter Tropfen folgte der Spur des ersten.

„Klekih-petra! Du sprichst von Ehre. Die Ehre verlangt aber die angemessene Bestrafung der Mörder."

„Bestrafung für eine böse Tat. Das muss sein, gewiss. Und das verstehe ich so, dass die Mörder hingerichtet werden - einfach nur hingerichtet werden."

„Ich sagte: angemessen! Ihrer Tat entsprechend."

Bei diesen Worten setzte ich mich mit hochgezogenen Beinen aufrecht, die Arme um die Knie geschlungen. Klekih-petra kaute auf der Unterlippe. Nach einer Pause murmelte er wie im Selbstgespräch:

„In all den Jahren habe ich es nicht erreicht, in meinen roten Brüdern die Milde des Herzens zu wecken. Die Großmut, die Güte, den Verzicht auf Grausamkeit. Muss man denn immer Böses mit Bösem vergelten? Muss eine Tradition, die schrecklich und unmenschlich ist, auch weiterhin bestehen bleiben? Ich habe es immer bewundert, dass ihr den Großen Geist in jedem Lebewesen seht, sogar in den Steinen, im Wasser, in Sonne und Mond. Das können wir Christen von euch lernen. Was aber ist mit den Menschen? Lebt der Große Geist nicht auch in ihnen?"

„Er lebt in allem, auch in den Menschen, ja. Er lebt im Büffel - und trotzdem jagen wir ihn, weil wir leben müssen. Er lebt in der Maispflanze - und trotzdem essen wir sie. Er lebt im Menschen - und trotzdem töten wir ihn, wenn er unser Feind ist. Man kann alle Lebewesen und alle Dinge achten, selbst wenn man ihnen das Leben nimmt oder sie benutzt."

Klekih-petra senkte das Haupt. Er starrte vor sich hin und flüsterte: „So viel Weisheit - und so viel Grausamkeit."

Wie von selbst tastete meine Hand nach der seinen. Ich streichelte die müde Haut, und als er aufsah, begegnete er meinem Blick. Seine Augen schimmerten verdächtig, er drückte mir die Hand. So sanft und so weich ich es vermochte, gab ich ihm sein Argument:

„Sag ihnen: Nur ein Feigling weidet sich an den Qualen seines Opfers. Ein edler Krieger besudelt sich nicht mit dem Schmutz der Folter."

Als er gegangen war, presste ich die Stirn gegen meine hochgezogenen Knie und dachte lange über meine eigenen Worte nach.

Sie hörten auf ihn, sie hörten tatsächlich auf ihn! Wenn auch Til Lata heftig protestierte und Klekih-petra in den folgenden Tagen absichtlich aus dem Weg ging - die Comanchen wurden erschossen, ohne vorher gemartert zu werden. Hatte mein Vater behauptet, ich verstehe es mich durchzusetzen? Klekih-petra verstand es viel besser als ich.

Und noch besser als er verstehst du es, mein Bruder!

Bè eshganès Tod hatte eine Lücke hinterlassen. Lange Jahre stand er meinem Vater als zweiter Häuptling zur Seite, klug abwägend, dabei tapfer und stets humorvoll. Jetzt musste ein neuer Häuptling an seine Stelle treten.

Til Lata, als der Sohn des Dahingegangenen, wäre wohl sein Nachfolger geworden, denn es wurde gern so verfahren, wenn der Sohn die erforderlichen Eigenschaften besaß. Aber Til Lata zählte erst siebzehn Sommer, und darum rechnete er nicht damit. Er würde sich noch auf Jahre hinaus in Geduld üben müssen. Das Höchste, was er vorläufig erwarten konnte, war die Stellung eines Unterhäuptlings.

So traten eines Tages die Ältesten und Würdenträger des Stammes im großen Ratszelt außerhalb des Pueblos zusammen, und die Vertreter der verschiedenen Kriegerbünde durften ihre Vorschläge der Versammlung unterbreiten. An der anschließenden Beratung und Abstimmung durften sie jedoch nicht teilnehmen. Das gesamte Dorf wartete gespannt auf das Ergebnis.

Nscho-tschi hatte mich zu den Pferden gerufen, genauer gesagt zu Jaadè, deren Zeit bald kommen würde. Meine Schwester glaubte nämlich, Anzeichen dafür gefunden zu haben, dass Jaadè zwei Fohlen trug. Sie war ganz außer sich wegen dieser Entdeckung.

„Zwei Fohlen! Wie wundervoll! Oh, wenn sie doch beide gesund auf die Welt kämen!"

Prüfend strich ich mit den Händen über Jaadès Bauch und Flanken. Die Stute wandte den feinen Kopf und schnaubte leise. Ich tastete, während ich ihr gut zusprach. Auch mir kam es so vor, als bewege sich nicht nur ein Ungeborenes in ihrem stark gerundeten Körper.

Vergnügt lachte ich Nscho-tschi an.

„Gut beobachtet, kleine Schwester! Das sind Zwillinge. Wir wollen nur hoffen, dass beide überleben. Ein solches Ereignis ist selten."

„Wann, glaubst du, ist es so weit?"

„Zwei volle Monde noch, normalerweise. Aber Zwillinge werden es bestimmt nicht solange aushalten. Für diese Überraschung darfst du dir etwas wünschen."

Sie setzte eine ernsthafte Miene auf und spielte dabei mit ihren hüftlangen, schwarzglänzenden Zöpfen. Dann kicherte sie.

„Eigentlich sollte Jaadè sich etwas wünschen dürfen, aber......"

„Stimmt! Jaadè, was wünschst du dir?"

Nscho-tschi versetzte mir einen Stoß.

„......aber ich will sie gern vertreten."

Sie legte den Kopf schief und lächelte spitzbübisch. Ich verstand einmal mehr, warum sie so viele Verehrer hatte. Ihr Gesicht hellte sich auf.

„Mein Bruder hat vor ein paar Tagen gesagt, er wolle Tatellah-Satah besuchen. Nscho-tschi wünscht sich, dass er sie mitnimmt."

„Winnetou ist einverstanden. Und Tatellah-Satah wird sicher nichts dagegen einzuwenden haben."

„Da, schau, Entschar Ko!"

Nscho-tschi wies hinter mich, und ich drehte mich um. Der Genannte kam zu Pferd in schnellem Galopp auf uns zu. Wir wichen beide keinen Schritt zur Seite, als er direkt vor uns das Tier stoppte.

„Du sollst zum Ratszelt kommen, Winnetou!"

Verwundert zog ich die Augenbrauen hoch. Nscho-tschi fragte, nicht weniger erstaunt:

„Zum Ratszelt? Was wollen die Häuptlinge von ihm?"

Entschar Ko grinste sie an.

„Einen Rat natürlich – was sonst?"

Sie zog einen Schmollmund, verzichtete aber auf weitere Einwände. Entschar Ko konnte uns ohnehin nichts Genaues berichten. Ich rief den in der Nähe grasenden Rey herbei, sprang auf und reichte Nscho-tschi die Hand. Geschickt schwang sie sich hinter mich, und wir jagten dem Dorf zu. Vor dem Ratszelt warteten mehrere Männer und Frauen, die mir sofort Platz machten, als ich hineinging.

Drinnen war es hell. Man hatte die Zeltwand rundum angehoben, sodass wohl Licht, aber nur wenig von der Tageshitze eindrang. Trotzdem brannte das Ratsfeuer, wie es die Sitte verlangte. Die Ratsteilnehmer saßen im Kreis, prächtig geschmückt in ihren aufwändig gearbeiteten Roben, Federkronen auf den Häuptern. Intschu tschuna als oberster Häuptling saß auf dem Ehrenplatz, dem Eingang gegenüber.

Alle blickten mir entgegen mit unbewegten Gesichtern. Noch nie zuvor hatte ich einer Ratsversammlung beigewohnt, bemühte mich aber, so selbstverständlich wie möglich den Platz einzunehmen, den man mir offensichtlich bestimmt hatte. Grüßend neigte ich den Kopf.
„Die Häuptlinge der Mescaleros haben Winnetou rufen lassen."
Zunächst fiel kein Wort. Ich empfand eine gewisse Spannung, denn die Häuptlinge hatten sicherlich noch kurz vorher heftig diskutiert. Waren sie zu einer Einigung gekommen? Wollten sie ausnahmsweise auch mich, den jüngsten der Unterhäuptlinge, anhören?
Intschu tschuna räusperte sich. Seine schwarzen Augen ruhten für eine ganze Weile sehr ernst auf mir. Dann sagte er:
„Winnetou ist von uns gerufen worden, weil wir ihm eine Frage stellen wollen. Er sollte sich die Antwort gut überlegen."
„Winnetou ist sich der hohen Ehre bewusst. Der Häuptling mag ihn fragen."
Er nickte bedächtig.
„Der Stammesrat hat einen Nachfolger für den dahingegangenen Stellvertreter des Häuptlings der Mescaleros gewählt. Die Wahl - ist auf Winnetou gefallen! Entscheidend dafür sind Winnetous herausragende Leistungen und die Eigenschaften, die ihn auszeichnen: Mut, Klugheit, Tapferkeit, Durchsetzungsvermögen......"
Dabei glitt der Schatten eines Lächelns über sein Gesicht.
„......Besonnenheit, Verantwortungsbereitschaft, Selbstbeherrschung und die Fähigkeit, andere zu führen. Wir alle wissen, dass er noch jung an Jahren ist, genauso jung wie der Sohn des ehemaligen Häuptlings. Aber alles, was Intschu tschuna soeben aufgezählt hat, ist bei Winnetou ausgeprägter vorhanden und spricht für ihn."
Wollte ich sagen, ich war überrascht, dann wäre das ein viel zu schwacher Ausdruck gewesen. Die ruhige Gelassenheit, mit der ich Intschu tschuna zuhörte, täuschte nur über den erregten Schlag meines Herzens hinweg. Jetzt erhob sich der Häuptling, ich folgte seinem Beispiel.
„Intschu tschuna fragt also: Ist Winnetou bereit, die Verantwortung auf sich zu nehmen? Ist Winnetou bereit, der Stellvertreter des Häuptlings und damit der zweite Häuptling der Mescaleros zu werden?"

Alle Gesichter wandten sich mir zu. Ein angemessener Ernst, gemischt mit freundlicher Erwartung sprach aus ihnen. Ich sah meinem Vater in die Augen.

„Howgh! Winnetou ist bereit."

Die Erwartungshaltung wich einem allgemeinen, zustimmenden Gemurmel. Sie nickten befriedigt, und auch Intschu tschunas Stimme klang zufrieden, als er sagte:

„Der Häuptling ist davon überzeugt, dass Winnetou alles tun wird, das Vertrauen der Ratsversammlung und aller Mescaleros nicht zu enttäuschen. Von der heutigen Sonne an hat Winnetou das Recht, diese Versammlung selbst einzuberufen, und außer Intschu tschuna ist ihm jeder Häuptling und jeder Krieger der Mescaleros unterstellt."

Sämtliche Anwesenden erhoben sich von ihren Plätzen. Na'ishchagi, mit seinen beinahe hundert Wintern der älteste des Rates, reichte Intschu tschuna eine wunderschöne Adlerfeder, die dieser mir ins Haar steckte.

„Möge die Kraft des Adlers mit dir sein."

Ich dachte an meine Vision und fühlte mich tief bewegt.

Dann wurde das Ratsfeuer gelöscht, und wir traten alle heraus aus dem Zelt, vor dem sich mittlerweile eine unübersehbare Menschenmenge eingefunden hatte.

Intschu tschuna ergriff meine Hand, hielt sie hoch und rief:

„Der zweite Häuptling der Mescaleros!"

Ohrenbetäubender Jubel schlug uns entgegen, und die Begeisterung steigerte sich noch, als mein Vater für den Abend ein großes Fest ankündigte, welches dann auch sehr schön wurde. Die Sitte gebot, dass ich freigiebig Geschenke verteilte. Ich tat es gern, ich besaß viele Dinge, denn unsere Familie war reich. Nscho-tschi half mir dabei. Sie genoss diesen Abend, sang und tanzte mit ihren Freundinnen, und die Zuschauer klatschten rhythmisch den Takt dazu. Mir blieb nicht verborgen, dass meine bezaubernde Schwester stets den Mittelpunkt im Kreise der jungen Mädchen bildete, auch nicht, dass die Blicke der Männer sich häufig zu ihr verirrten. Dies geschah selbstverständlich nur zurückhaltend, aber doch unverkennbar. Besonders Entschar Ko und Til Lata schienen immer zu wissen, wo sich Nscho-tschi jeweils aufhielt.

Was mich selbst betraf, so konnte ich über mangelnde Aufmerksamkeit ebenfalls nicht klagen. Dergleichen ist mir verhasst, an diesem Abend jedoch musste ich mich fügen. Und das hieß, ich war keinen Augenblick lang allein. Jeder wollte mit mir reden, jeder versicherte, wie sehr er sich freue, Alt und Jung umringten mich. Nur die Frauen hielten Abstand, veranstalteten aber mir zu Ehren einen ihrer Tänze. Wohl bemerkte ich die verstohlenen Augenaufschläge der heiratsfähigen Mädchen und die weniger verstohlenen Winke ihrer Mütter - tat aber, als sähe ich nichts. Sie würden sich damit abfinden müssen, dass ich frei bleiben wollte.

Lange nach Mitternacht erst kehrten wir ins Pueblo zurück. Nschotschi legte sich todmüde zum Schlafen nieder. Klekih-petra, mein Vater und ich saßen noch ein wenig beisammen und rauchten. Aus alter Gewohnheit wollte ich um die Erlaubnis zum Sprechen bitten, da wies mein Vater auf die Adlerfeder in meinem Haar.

„Winnetou ist jetzt der zweithöchste im Rang eines Häuptlings. Er braucht mich nicht mehr zu fragen."

Dabei lachte er gut gelaunt.

„Ich hatte es vergessen. Will Intschu tschuna mir sagen, ob auch er für mich gestimmt hat?"

„Nicht sogleich. Die Vertreter der Kriegerbünde nannten deinen Namen, aber der erste Vorschlag im Rat kam von - Winnetou wird überrascht sein - von Tkhlish-Ko. Er sagte, er habe volles Vertrauen zu dir. Die anderen hielten ihm vor, dass noch nie zuvor ein so hoher Rang einem so jungen Mann verliehen wurde, stimmten aber nach kurzer Beratung zu. Ich selbst äußerte mich nach ihnen, denn als dein Vater wollte ich dich nicht über andere fähige Männer stellen."

Klekih-petra fragte:

„Als Vater nicht - aber als Häuptling? Musste Intschu tschuna da nicht gerade den Besten wählen?"

„Howgh! Es kam, wie Intschu tschuna es wollte."

Klekih-petra drückte meine Hand.

„Ich wünsche Winnetou, dass er immer das Rechte und Gute erkennt und ihm folgt. Ich wünsche ihm, dass er niemals etwas bereuen muss."

Guter Klekih-petra! Ob ich immer das Gute und Rechte erkannt habe und ihm gefolgt bin - ich kann es nur hoffen. Aber bereut, wirklich bereut habe ich bis jetzt nur einmal etwas: einen Vorschlag, einen Rat, der furchtbare Folgen hatte. Der Rat, den ich meiner Schwester gab.......

Mein Bruder! In der Nacht nach meiner Wahl zum Häuptling lag ich schlaflos. Ich begriff einfach nicht, warum mir diese Ehre zugefallen war, die mich über Männer wie Nakaiyè, Deelicho, Inta und alle anderen setzte. Nicht länger mehr würde ich mich unterordnen müssen, nicht länger fremden Befehlen gehorchen, mit Intschu tschuna als einziger Ausnahme. Ich weiß, Scharlih, dass du dich oft darüber gewundert hast, weil ich mich selbst bei Bleichgesichtern, die uns Indianer verachten, in vielen Fällen mühelos durchsetzen konnte. Vielleicht war dies mit ein Grund dafür, dass ich in so jungen Jahren bereits die Verantwortung für ein ganzes Volk mitzutragen hatte. Wurden Fehler gemacht, dann musste ich dafür geradestehen. Das hat mich geprägt, das hat mich reifen lassen. Und wenn ich schon früh die Kindheit abgestreift hatte, so streifte ich jetzt die Jugend ab. Die Tatsache, dass Männer mir gehorchten, machte mich selbst zum Mann.

Und ich dachte in dieser Nacht auch an Tkhlish-Ko, unseren Medizinmann. Welche Gründe mochten ihn wohl veranlasst haben, mich vorzuschlagen? Hatte er sich des Gesprächs mit Tatellah-Satah erinnert, als er mir meine Vision erklärte? Ich habe es nie erfahren.

Nscho-tschis Wunsch, mit mir gemeinsam Tatellah-Satah zu besuchen, konnte noch nicht erfüllt werden. Ich wollte dabei sein, wenn Jaadè ihre Kinder zur Welt brachte, und sie ließ uns auch nicht mehr allzu lange warten. Nur wenige Wochen später war es so weit. Das ungewöhnliche Ereignis einer Zwillingsgeburt trieb sogar Tkhlish-Ko zu Nscho-tschi und mir auf die Weide. Meine Schwester sorgte dafür, dass niemand sonst in unsere Nähe kam und Jaadè störte, während ich bei der Stute kniete und sie liebkoste. Die Anwesenheit unseres Medizinmanns war mir sehr recht. Er, der bei unzähligen Geburten von

Mensch und Tier geholfen hatte, wusste auch hier das Richtige zu tun und zu raten.

Es dauerte nervenaufreibend lange, meine geliebte Stute kämpfte verzweifelt, und nicht nur einmal fürchtete ich um ihr Leben. Doch dann erschien das erste Fohlen. Rabenschwarz wie sein Vater, schien es fast nur aus Haut, Knochen und Beinen zu bestehen. Wir warteten, bis sich der kleine Hengst von der dünnen Haut, die alle neugeborenen Fohlen umgibt, freigestrampelt hatte, denn diesen Lebenswillen musste er von selbst aufbringen, und dann legte ich ihm vorsichtshalber ein rot gefärbtes, dünnes Lederband um den Hals. Dies erwies sich als eine gute Idee, denn das zweite Fohlen, das kurz darauf geboren wurde, hatte nicht nur dasselbe Geschlecht, sondern glich dem ersten aufs Haar. Ohne das Band wären sie zumindest anfangs nicht zu unterscheiden gewesen. Jaadè kam trotz ihrer Erschöpfung in gewohnter Zähigkeit schnell wieder auf die Beine. Fürsorglich beschnoberte und beleckte sie ihre Kinder, ein reizendes Bild für Tkhlish-Ko, Nschotschi und mich. Ich verliebte mich sogleich in die kleinen Schwarzen. Stundenlang saß ich da, sah zu, wie sie ihre ersten, unbeholfenen Schritte ins Leben taten, das Gleichgewicht verloren, hinfielen und verdutzt umherschauten. Wie sie ungestüm die Nahrungsquelle suchten – natürlich zuerst an falscher Stelle – und fanden, wie sie ihre Milch tranken. Und ich bemühte mich, Unterscheidungsmerkmale herauszufinden.

Als Intschu tschuna mich und meine kleine Pferdefamilie besuchte, war er voll des Lobes. Seinem Kennerblick entging kein einziges Anzeichen edler Rasse bei den Fohlen, und er behauptete, schon jetzt zu sehen, dass sie die besten Renner des Stammes würden. Nur allzu gern verließ ich mich auf sein Urteil, daher wählte ich Namen, die sich auf ihre künftige Schnelligkeit bezogen. Das erstgeborene Hengstfohlen nannte ich Iltschi, das zweite Hatatitla.

Sehr bald sollte sich herausstellen, wie glücklich diese Namenswahl war. Iltschi und Hatatitla wuchsen aber nicht nur zu den schnellsten Pferden des Stammes heran, sie übertrafen in dieser Eigenschaft später auch jedes andere Pferd. Niemals habe ich es erlebt, dass einer der beiden im Rennen besiegt wurde. Darüber hinaus entwickelten sie all die Vorzüge ihrer Eltern, auf die ich so gehofft hatte und die sie zum Stolz des ganzen Dorfes machten.

Dann aber musste ich mein Versprechen erfüllen, Nscho-tschi drängte darauf. Wie gern erinnere ich mich an diesen gemeinsamen Ritt, diese herrlichen Tage - unbeschwert und sorglos wie in der Kindheit! Wir verlängerten die Reise sogar noch, indem wir ganz bewusst Umwege machten, um sie ausgiebig zu genießen. Allerlei Dummheiten treibend versteckten wir uns wechselweise und suchten einander, wir schwammen in Flüssen, wir statteten sogar einem anderen Apachenstamm einen kurzen Besuch ab. Ich jagte, sie sammelte Früchte, und wir aßen zusammen, ohne uns um den Brauch zu kümmern, der einer Frau gebot, nach dem Mann zu essen. Des Abends saßen wir am Lagerfeuer und unterhielten uns. Dabei fragte ich sie einmal, ob ihr Herz wirklich noch zu keinem Mann gesprochen habe. Sie antwortete:

„Da ist niemand, den Nscho-tschi lieben könnte."

„Til Lata, Entschar Ko? Winnetou hat gesehen, wie sie dich anschauten."

„Mögen sie schauen! Sie gefallen mir beide - aber Liebe ist mehr."

„Was ist Liebe?"

Ich dachte an Ribanna.

Nscho-tschi blickte träumerisch in die zuckenden Flammen, die einen warmen Schein auf ihr Gesicht warfen. Ihre Augen glänzten.

„Liebe? Winnetou weiß es besser als seine Schwester. Für mich ist Liebe die Fähigkeit, alles aufgeben zu können für den geliebten Menschen, alles zu wagen, jedes Opfer zu bringen."

Ich lächelte.

„Welche Worte für ein Mädchen von fünfzehn Sommern."

„Oh, Frauen und Mädchen sprechen oft von Liebe. Und sie sprechen von dir, mein Bruder! Weißt du denn nicht, dass du schön bist? Weißt du nicht, dass die jungen Frauen der Mescaleros glücklich sind, wenn auch nur dein Schatten auf sie fällt? Dahtiyè, meine Freundin, liebt dich. Sie leidet sehr, weil du sie kaum zu bemerken scheinst."

„Denk an deine Worte! Dahtiyè gefällt mir, doch Liebe ist mehr."

„Nakaiyès Tochter ist reich. Ihr Vater wird geachtet. Vielen Kriegern und Häuptlingen würde das genügen."
„Erinnert sich meine Schwester nicht an das, was ich ihr damals sagte? Winnetou wird keine Squaw nehmen."
„Es liegen drei Sommer dazwischen."
„Es könnten drei mal zehn Sommer dazwischen liegen. Ich werde meine Worte nicht vergessen."
Nscho-tschi sah mich an.
„Weiß Ribanna das?"
„Sie weiß es."
Wir schwiegen eine Zeit lang. Dann streckte Nscho-tschi ihre Hand aus, und ich nahm sie. Ihrer Stimme war Trauer anzuhören, als sie sagte:
„Nscho-tschi möchte sich nie, niemals von Winnetou trennen. Mein Bruder bedeutet mir mehr als alle anderen Menschen."
„Es werden bestimmt noch ein paar große Sonnen vergehen, bevor ein Mann meine Schwester zur Frau nimmt. Und Winnetou wird niemals zulassen, dass sie einem Mann folgen muss, den sie nicht liebt. Mag er auch ein berühmter Krieger sein, mag er ein reicher Häuptling sein und unserem Vater Hunderte von Mustangs schenken! Nscho-tschi hat keinen Grund zur Sorge."
„Wenn du das sagst – dann sorge ich mich nicht."

Scharlih, es ist ein seltsames Gefühl im Nachhinein zu wissen, wem meine Schwester dann einige Jahre später ihre Liebe schenkte. Mit Sicherheit hatte sie an jenem unvergesslichen Abend nicht an einen Angehörigen deiner Rasse gedacht, so wenig wie ich. Wir können unseren Körper zwingen, wir können unseren Verstand zwingen – aber unsere Gefühle nicht. Wohl können wir sie beherrschen, sie im Zaum halten wie ein widerspenstiges Pferd, aber wir können sie nicht unserem Willen unterwerfen. Wenn sie sich ändern, dann nur, weil die Umstände oder die Menschen sich ändern – niemals aber nur deshalb, weil wir es so wollen!

Tatellah-Satahs Zurückhaltung war indianisch, dennoch leuchteten seine Augen bei unserem Erscheinen auf. Er führte uns überall herum, zeigte uns die erstaunlichen Sehenswürdigkeiten rund um den „Berg der Medizinen" und sein Schloss, wie er es nannte, obgleich er ein Schloss der Bleichgesichter nur von einem Bild her kannte, das er in Klekih-petras Büchern gefunden hatte. Einige wenige und besonders ausgewählte Krieger lebten bei ihm, Frauen sah ich jedoch keine. Nscho-tschi machte eine Bemerkung darüber, und der Geheimnismann erklärte es ihr schmunzelnd:

„Ich habe nichts gegen Frauen, auch nicht die Männer hier. Sucht man aber die Einsamkeit, die Ruhe, die Meditation, dann ist man gut beraten, sich von ihnen fern zu halten. Eine Frau allein - ah! Für einen Mann kann es nichts Herrlicheres geben! Aber mehrere Frauen, denn jeder der Männer hier würde doch mindestens eine für sich haben wollen, und schon ist die Herrlichkeit vorbei. Sollte einem meiner Männer der Sinn nach einer Frau stehen, nun, dann hindere ich ihn nicht, sein Dorf zu besuchen oder auch ganz dazubleiben. Hier oben aber - nein, nein!"

Er lachte leise, und Nscho-tschi schmollte.

Danach führte er uns in ein Gebäude, in dem drei Räume die Wohnung darstellten, die für mich bestimmt war. Zwei davon standen leer, ich sollte sie mir selbst einrichten. In dem Dritten gab es ein hohes Lager, ein richtiges Bett, das einer der Krieger einem Bleichgesicht abgehandelt hatte. Erstaunt betrachtete ich es, während Nscho-tschi lachend darauf herumtobte. Ihr stand der Sinn nach Albernheiten.

„Darf Nscho-tschi heute Nacht hier schlafen? Bitte! Nur einmal."

Ich nickte.

„Wenn es dir gefällt, solange wir hier bleiben."

Vor der Wohnung befand sich ein breiter Vorsprung, den man von allen drei Räumen aus betreten konnte. Die Weißen nennen das einen Balkon, und er bot eine großartige Aussicht auf das Tal und die entfernteren Berge. Ich wusste schon jetzt, dass das hier einer meiner Lieblingsplätze werden würde.

Wenig später aß ich mit Tatellah-Satah zusammen. Ein Knabe von etwa zehn Sommern bewirtete uns. Er war für sein Alter sehr groß und stämmig und wandte kaum seine Augen von mir. Als er fort war, sagte Tatellah-Satah, er habe den Knaben zu sich genommen, weil dieser keine Eltern mehr habe. Er sei klug und gehorsam und lerne rasch.

„Ich habe ihm von dir erzählt. Dass du schon so früh ein Krieger wurdest, und dass ich dich sehr schätze. Seitdem verehrt er dich. Er wird überglücklich sein, dich endlich einmal gesehen zu haben."
Nscho-tschi, die gerade den Raum betrat, räusperte sich, und der Geheimnismann nickte ihr zu.
„Mein Bruder Winnetou ist vom Rat zum zweiten Häuptling gewählt worden."
So überrascht hatte ich Tatellah-Satah noch nie gesehen. Ich erzählte ihm vom Tod Bè eshganès, da fragte er:
„Und was sagte Tkhlish-Ko zu deiner Wahl?"
„Er war es, der mich zuerst vorschlug."
Ein Lächeln huschte kurz über sein Gesicht.
„Es ist gut so", murmelte er.

Der Knabe, den Tatellah-Satah bei sich aufgenommen hatte und zu seinem Gehilfen erzog, erhielt später den Namen Intschu-inta, was „Gutes Auge" bedeutet. Immer, wenn ich in meiner Wohnung auf dem „Berg der Medizinen" weile, erfüllt er mir jeden unausgesprochenen Wunsch. Jetzt, da ich dies schreibe, bringt er mir Wasser zum Waschen und frische Tücher. Er braucht mich nicht zu bedienen, das habe ich ihm klar gesagt. Er aber - inzwischen zwei mal zehn und fünf Sommer alt - versichert mir ständig, es mache ihn glücklich, für mich da zu sein, und ich dürfe seine Hilfe nicht zurückweisen. Ich gestehe, dass mich diese Hingabe fast erschreckt, denn womit verdiene ich sie? Ist er einsam? Wenn ja, so ist es eine selbstgewählte Einsamkeit und sein gutes Recht. Aber ich werde das Gefühl nicht los, dass er gering von sich selbst denkt. Das sollte er nicht, er besitzt viele Fähigkeiten und viel Wissen durch seinen Lehrer Tatellah-Satah, den heute die indianischen Völker den „Bewahrer der großen Medizin" nennen. Vor allem aber ist Intschu-inta eine seltene Herzensgüte eigen. Ich glaube, er sehnt sich nach Liebe.
Ich habe ihn gern, er steht mir näher als alle anderen hier. Aber seine Anhänglichkeit ist auch manchmal schwierig für mich. Denn er ist schließlich weder mein Diener noch das Kind, das er einmal war. Ein Weichling oder Schwächling jedoch ist er keineswegs, falls dieser Eindruck entstanden ist, muss ich ihn entschieden berichten. Er überragt mich rein körperlich, ist breiter und wirkt kräftiger und

braucht sich seiner Muskeln nicht zu schämen. Und doch ist er vom Gemüt her wie ein großer, sanfter Bär.

Im Gegensatz zu Tatellah-Satah möchte Intschu-inta dich, Scharlih, gerne kennen lernen. Ich habe ihm angeboten ihn mitzunehmen zu einem Treffen mit dir, aber er möchte seinen Wohltäter nicht allein lassen. Es bekümmert ihn sehr, dass Tatellah-Satah dich ablehnt. Oft fragt er nach dir, nach deinem Aussehen, deinen Gewohnheiten. Wenn ich dann antworte, reagiert er meistens mit Bewunderung, gelegentlich aber auch zurückhaltend, so als wolle er die Antwort gar nicht hören. Und als ich kürzlich die Fotografien von dir, die du mir geschenkt hast, nachzuzeichnen versuchte, stand er hinter mir und blickte mir über die Schulter.

Seit meinem Gespräch mit Nscho-tschi weilten meine Gedanken immer häufiger bei Ribanna. Es drängte mein Herz, sie wieder zu sehen, zu erfahren, wie es ihr erging. Darum zögerte ich nach unserer Rückkehr ins Pueblo nicht lange, widmete meinen beiden niedlichen Fohlen noch einige Tage und brach dann auf. Der Sommer war schon zu Ende, und für einen Ritt hinauf in den Norden war es gewiss nicht die günstigste Jahreszeit. Aber wer fragt schon danach, wenn ihn die Liebe treibt? Die Bleichgesichter nennen diese Zeit Indianersommer, es ist eine schöne Zeit, besonders in den Bergen. Noch waren die Tage mild. Golden schimmerte die tief stehende Sonne durch rotbraunes Laub, und die Zweige der Bäume und Sträucher hingen schwer von Beeren und Nüssen. Die Nächte indes gemahnten bereits an den Winter. Manchmal fror es empfindlich, weißglitzernder Raureif lag auf den Gräsern, Nebel trübte die Morgenluft.

Eines Tages fiel dann Schnee, der zuerst nicht liegen blieb. Aber von da an schneite es öfter und bald so heftig, dass das Reiten gelegentlich Mühe bereitete. Nachts heulte der Sturm, mein Mustang und ich wärmten einander im Schutze von dicht bewachsenen Bodensenken oder Felswänden. Was die Nahrung betraf, so hatte ich klug daran getan, den Mustang zu nehmen, statt meines edlen Rappen Rey. Denn er begnügte sich mit dem, was er fand - genau wie ich. Die Jagd war jetzt nicht immer erfolgreich, doch Fastentage schwächten weder meinen Geist noch meinen Körper. Ich fühlte mich jung und widerstandsfähig, und die Sehnsucht nach Ribanna war die Kraft, die mich anspornte.

Der Schnee lag fast kniehoch für mein Pferd, als ich eines Nachmittags ganz unerwartet auf eine Blockhütte traf. Die Hütte schien die Behausung eines Trappers zu sein, doch wirkte sie verlassen und unbewohnt. Unberührt lag der Schnee vor der klobigen Tür, alle Fensteröffnungen waren mit Holzlatten verriegelt. Ich sah mich um, das Gewehr schussbereit, aber die Schneedecke zeigte keinerlei Spuren. Mein Mustang schnaubte, als wolle er mich auf die gute Übernachtungsmöglichkeit auch für ihn aufmerksam machen. Ein etwas windschiefer Stall befand sich unmittelbar neben der Hütte.

In diesem Augenblick schlug ein Hund an. Das Bellen kam eindeutig aus der Blockhütte. Überrascht trieb ich mein Pferd von der kleinen Waldlichtung in die Deckung der verschneiten Tannen hinein, sprang ab und verbarg mich vorsichtig hinter einem mächtigen Stamm. Das Bellen verstummte, nichts geschah. Das verwirrte mich, denn wie sollte ich es mir erklären, dass niemand herauskam, um nachzusehen? In der Blockhütte war ein Hund, wo aber war sein Herr? Den ganzen Tag über hatte es nicht mehr geschneit, sodass mögliche Spuren hätten bedeckt werden können. War er schon gestern auf die Jagd gegangen und hatte seinen Hund allein gelassen? Wenn er sich aber auch in der Hütte aufhielt - warum rührte sich dann nichts? War ihm etwas zugestoßen oder stellte er mir eine Falle?

Ich musste es herausfinden, denn diese Hütte bot sich nur zu verlockend für die Nacht an, und außerdem widerstrebte es mir, den Hund dort eingesperrt zu lassen und dem Hungertod preiszugeben.

Sorgsam auf meine Sicherheit bedacht, huschte ich von Baum zu Baum und näherte mich der Hütte. Unter den Tannen lag der Schnee nicht so hoch, aber als ich ihren Schutz verließ, musste ich mich durchkämpfen. Ich presste mich an die Außenwand des Hauses und lauschte. Kein Geräusch verriet die Anwesenheit eines Menschen, auch der Hund war still. Sollte ich einen Schuss abgeben, um eine Reaktion herauszufordern? Lieber nicht, falls sich der Besitzer der Hütte irgendwo im Wald befand, wäre er alarmiert worden. In dieser stillen Winterlandschaft trug der Schall weit. Stattdessen eilte ich zur Vorderseite der Blockhütte, duckte mich seitlich unter eines der geschlossenen Fenster und zog den Revolver. Das Fenster und die Tür im Auge behaltend, rief ich halblaut:

„Ist ein Bleichgesicht dort drinnen? Es mag unbesorgt sein, hier ist kein Feind!"

Der Hund bellte, es klang sehr nah. Er musste sich direkt an der Innenseite der Wand aufhalten. Ich versuchte es noch einmal:

„Winnetou hat keine bösen Absichten! Er wünscht nur ein Unterkommen für die Nacht."

Jetzt endlich meldete sich eine menschliche Stimme:

„Komm herein, ich vertraue dir!"

Die Stimme erschien mir schwach, wie die eines alten, müden Mannes. Vorsichtig ging ich auf die Tür zu. Sie war verschlossen, ließ sich aber einen ganz schmalen Spalt öffnen. Innen - das konnte ich sehen - diente ein festgezurrter Strick als Ersatz für einen Riegel. Kein Lichtschein drang aus der Hütte.

„Schneide den Strick durch", hörte ich wieder die kraftlose Stimme, während das Hundegebell in ein Winseln überging.

Ich steckte den Revolver in meinen Gürtel, zog das Messer und durchtrennte den Strick. Das Öffnen der Tür bereitete zunächst Schwierigkeiten, weil der Schnee so hoch lag. Aber dann gelang es mir, und misstrauisch blickte ich ins Innere, in das jetzt das Tageslicht fiel. Es handelte sich um einen einzigen Raum, in dem einige grob zusammengehauene Möbelstücke standen. An der hinteren Wand gab es ein aus Fellen aufgetürmtes Schlaflager. Darauf ruhte ein alter, weißhaariger und bärtiger Mann, der mir besorgt entgegensah. Vor dem Bett erhob sich ein mittelgroßer, magerer Hund, dem das Aufstehen infolge seines ebenfalls hohen Alters nicht leicht fiel. Das Tier winselte und wedelte leicht mit dem Schwanz, blieb aber bei seinem Herrn. Dieser winkte mir müde zu.

„Komm nur herein, junger Indianer! Du kannst die Nacht hier verbringen, wenn dich mein elender Zustand nicht stört."

Ich betrat die Hütte und neigte grüßend den Kopf.

„Warum sollte der weiße Mann mich stören? Es ist seine Wohnung. Winnetou ist froh, sein Gast zu sein."

Ein Lächeln zeigte sich auf dem abgehärmten Gesicht.

„Winnetou ist dein Name? Bist du ein Apache?"

Und als ich nickte, erklärte er zu meinem Erstaunen:

„Ich spreche ein bisschen deine Sprache. Wenn du willst, können wir uns darin unterhalten."

Ein quälender Husten erfasste ihn, und ich wartete geduldig, bis der Anfall vorüberging. Auf dem Holztisch stand eine Schale, in der sich noch ein Rest klaren Wassers befand. Ich kniete mich neben das Bett des Alten und reichte ihm die Schale. Er trank schluckweise und mit Anstrengung. Sein Kopf fiel zurück auf die Felle, und er richtete die Augen auf mich.

„Ich heiße Adam.....Adam Jones. Winnetou.....das bedeutet ‚Brennendes Wasser'.....nicht wahr? Mein vierbeiniger Freund hier heißt Tony. Er ist ein braver Kerl."

Als wollte der Hund das bestätigen, kam er langsam auf mich zu und bot mir den Kopf zum Streicheln. Lächelnd fuhr ich mit der Hand über das struppige Fell. Dann stand ich auf.

„Der weiße Mann liegt hier im Dunkeln. Winnetou möchte ein Feuer machen."

„Dort drüben ist die Feuerstelle - aber es gibt kein Holz mehr."

Das hatte ich wohl gesehen. Der Alte war zu schwach, um Reisig zu holen. Vermutlich hatten er und sein Hund schon tagelang nichts mehr gegessen. Ich sagte, ich würde für Feuer sorgen und auch versuchen, ob ich noch Fleisch machen könnte. Die Blicke des Mannes folgten mir.

Ich hatte tatsächlich Glück, ein Hase lief mir vor das Gewehr. Und am Abend brannte ein munteres Feuer, über dem der Braten verführerisch duftete. Schnee schmolz in einem Topf zu Wasser, auch mein Mustang war in dem kleinen Stall gut versorgt. Es gab Heu dort, aber kein Pferd mehr, das ihm hätte Gesellschaft leisten können. Doch er war geschützt vor dem Schneesturm, der am Abend aufkam.

Ich musste dem Alten und seinem Hund das Fleisch in kleine Stücke schneiden, denn mit den Zähnen der beiden stand es nicht zum Besten. Adam Jones flüsterte seinen Dank. Er habe nicht daran geglaubt, noch einmal essen zu können, sagte er.

„Du bist sehr krank, und der Winter beginnt erst", seufzte ich.

„Ich werde nicht mehr lange leben. Ich bin fast siebzig Jahre alt geworden und werde sterben, wie ich gelebt habe - hier, in der Wildnis."

Feuerschein flackerte unruhig durch den Raum, der Hund streckte sich lang aus. Ich saß auf einem der Stühle, dachte an Ribanna und kämpfte mit mir selbst. Was ging mich der Alte an, noch dazu ein Bleichgesicht? Wir alle mussten irgendwann dem Tod ins Auge sehen, und er hatte das Alleinsein in den Wäldern gewählt.

Es schien beinahe, als hätte er meine Gedanken erraten, denn Adam Jones sagte leise:

„Du brauchst keine Rücksicht auf mich zu nehmen. Ich habe früher auch keine Rücksicht auf Indianer genommen. Es ist ohnehin seltsam, dass ein Indianer mir so viel Güte erweist. Und dass der letzte Mensch, den ich im Leben noch sehe, ausgerechnet ein Indianer ist."

Ich starrte ihn an. Er erwiderte meinen Blick wie ein Mensch, der mit allem abgeschlossen hat. Dann irrten seine Augen nervös umher und blieben schließlich auf meinem Revolver im Gürtel haften.

„Ich will dir nicht verschweigen, mein Junge, dass ich deinem Volk viel angetan habe. Wenn du mich töten willst, tu es! Du hast das Recht dazu."

Ich suchte nach Worten.

„Der weiße Mann hat Mut. Wie soll Winnetou das verstehen, was er sagte? Hat er Böses getan?"

„Böses - ja."

Adam Jones holte tief Atem. Das schien ihm Schmerzen zu bereiten, er keuchte:

„Böses......früher habe ich das anders gesehen. Ich war ein Trapper, aber.......ich habe nicht nur nach Pelzen gejagt."

„Sondern?"

Mein Herzschlag beschleunigte sich, und ich spürte den aufkommenden Abscheu. Adam Jones entging das nicht.

„Sondern auch nach Indianern. Ich nannte das ‚Rotwild jagen'. Oh ja, ich habe viele von euch auf dem Gewissen."

Erregt sprang ich auf, meine Hand lag schon auf dem Revolvergriff.

„Warum sagst du mir das? Willst du, dass ich dich töte? Willst du das?"

„Es ist mir gleich. Du sollst wissen, mit wem du es zu tun hast. Zum ersten Mal in meinem Leben will ich ehrlich sein gegen einen von euch. Denn du bist gut zu mir gewesen."

„Das bereue ich jetzt!"

Meine Stimme brach fast vor Zorn und Enttäuschung. Morgen früh, das nahm ich mir vor, würde ich ihn verlassen - ihn seinem Schicksal ausliefern, das er zweifellos hundertfach verdient hatte.

Der Alte nickte.

„Ich habe Fehler gemacht, schwere Fehler. Es tut mir Leid, aber wer sollte mir vergeben? Vielleicht Gott......wenn es ihn gibt? Lass mich schlafen, mein Junge. Ich bin müde......so müde."

Ein neuer Hustanfall schüttelte ihn.

Ich sank auf den Stuhl zurück und verbarg das Gesicht in beiden Händen. Seine letzten Worte hatten mich an Klekih-petra erinnert, auch er hatte gesagt: „Ich habe Fehler gemacht."

In dieser Nacht schlief ich bei meinem Pferd im Stall.

Mit dem Erwachen kehrte die Erinnerung wieder. Entschlossen, mich um nichts weiter zu kümmern, zäumte ich den Mustang auf und brachte ihn nach draußen. Der Sturm der vergangenen Nacht hatte hohe Schneewehen aufgetürmt, und immer noch schneite es.

Jetzt die geschützte Hütte zu verlassen war Dummheit, ja Wahnsinn, aber ich hielt es nicht länger aus. Gerade wollte ich aufsitzen, da hörte ich die Stimme des Bleichgesichts:

„Winnetou! Könntest du vielleicht noch etwas Schnee hereinbringen, damit Tony Wasser hat?"

Ich biss mir auf die Lippe. Der Hund war unschuldig an den Verbrechen des Adam Jones - also gut. Ich ging ins Haus, um ein Gefäß für den Schnee zu holen. Der Alte lächelte mich an.

„Ich weiß, dass du fortreiten willst, mein Junge. An deiner Stelle würde ich dasselbe tun. Mit einem Mann, den seine Freunde einst ‚Skalp-Adam' genannt haben, solltest du nicht zusammen sein."

Da schrie ich ihn an:

„Du forderst mich heraus! Du weißt, dass du die kommenden Wochen nicht überlebst und willst deine Leiden abkürzen. Ist es so?"

„Nein, so ist es nicht! Es ist eine.....eine Art Beichte. Du verstehst das nicht. Ich habe mir gewünscht, es zu gestehen.......einem Indianer zu gestehen und die Strafe auf mich zu nehmen."

Mit großer Anstrengung stützte er sich auf die Ellbogen.

„Seit vielen Monaten hab ich es mir gewünscht. Nun habe ich es gesagt, besser dir als einem Priester! Nun ist mir wohler."

Ich trat dicht an sein Bett heran. Jetzt, im hellen Tageslicht, sah ich erst, wie schlecht es ihm ging. Alles war schmutzig, der Mann hatte sich lange nicht waschen können. Es roch übel. Ich betrachtete den Hund, sein glanzloses Fell. Wieder irrten meine Gedanken zu Klekih-petra.

Draußen zogen Wolken vorbei. Sie verdeckten die Sonne, und im Raum wurde es dunkler. Adam Jones, der Indianertöter, hielt die Augen geschlossen. Ohne sie zu öffnen, flüsterte er:

„Du bist noch da? Bleib hier, Apache. Ich fühle einen bösen Schneesturm aufkommen, schlimmer als gestern. Warte ihn ab - und dann reite."

Ich blieb bei ihm. Warum, das kann ich bis heute nicht sagen. Nicht des Unwetters wegen, das war nicht der Grund. Noch nicht einmal, weil er mir Leid getan hätte. Aber da war Klekih-petra, da war sein Wunsch nach Buße. Vielleicht blieb ich seinetwegen bei Adam Jones.

Diese Zeit war eine harte Prüfung für mich!

Ich sorgte für wärmendes Feuer, ich sorgte für Essen und Trinken, ich säuberte sein Bett, ich wusch und kämmte ihn, während der Schnee draußen in dichten Flocken fiel, vom Sturm herumgewirbelt. Ich bereitete mir ein Lager neben ihm und hörte des Nachts seinen schmerzenden Husten.

In den folgenden Wochen sprachen wir nicht von seiner Vergangenheit. Dagegen wollte er alles wissen über mich. Ich wehrte ab, ich habe niemals gern über mich selbst gesprochen, erzählte ihm aber von Klekih-petra, und begierig lauschte er meinen Worten. Das sei ein guter Mensch, sagte er. Ich solle ihn grüßen von Adam Jones. Dann umklammerte er mein Handgelenk mit einer Kraft, die ich ihm kaum noch zugetraut hätte.

„Glaubst du an Gott, mein Junge?"

„Ja", nickte ich.

„Glaubst du an ein Weiterleben nach dem Tod?"

„Ja."

„Du sprichst mit der Sicherheit der Jugend. Der Himmel weiß, wie dankbar ich bin, weil....du mir begegnet bist. Es ist wie.....wie eine.....Vergebung."

Ich senkte den Kopf. Vergebung?

„Winnetou kann dir nicht vergeben", antwortete ich leise.

„Ich bin nicht eines deiner Opfer. Nur ein solches könnte dir vergeben."

Jetzt sprach er hastig, immer noch meine Hand umklammernd.

„Meine Zeit läuft ab. Ich habe niemanden, zu dem ich noch reden könnte, außer zu dir! Winnetou - in St. Louis lebt meine Tochter. Seit vielen Jahren habe ich sie nicht mehr gesehen. Auch an ihr.....habe ich mich versündigt! Willst du.....willst du etwas für mich tun? Etwas, das mir sehr wichtig ist?"

Er ließ mich nicht los. Ich beruhigte ihn, versicherte, dass ich tun würde, was mir möglich sei - fühlte meinen Widerwillen.

„Meine Tochter ist Lehrerin in St. Louis, sie heißt Stella. Da drüben in dem Kasten liegt eine Geldanweisung für sie. Wirst du ihr das Papier bringen, wenn du gehst?"

„Ich verspreche es dir", erwiderte ich.

Die Aussicht, nach St. Louis zu reiten, gefiel mir nicht.

„Es ist schmutziges Geld", murmelte Adam Jones.

„Geld, das ich für Skalps bekommen habe. Für Indianerskalps."

Als er das sagte, riss ich mich mit Gewalt los von ihm. Ich bebte vor Zorn und rieb mein Handgelenk, als wäre es durch ihn besudelt worden.

„Meine Tochter hat nie auch nur das Geringste von mir bekommen. Lass sie nicht vergelten, was ich getan habe."

„Du verlangst Unmögliches von mir!", schrie ich auf.

„Winnetou ist nicht dein Diener! Dieses dreckige Geld magst du mit in dein Grab nehmen! Es ekelt mich davor!"

Tränen schimmerten in seinen Augen. Der Hund Tony wimmerte.

„Ich hasse dich!"

Und zwischen Hass und Verzweiflung, weil ich ihn aus Liebe zu Klekih-petra nicht verlassen wollte, vergingen die langen Wintertage. Meine Seele sehnte sich nach Ribanna, meine Gefühle für den Alten schwankten beständig. Viele Tage verstrichen, ohne dass wir miteinander sprachen, dann wieder erzählte er ausführlich aus seinem Leben, und nicht selten verspürte ich das Verlangen, mir die Ohren zuzuhalten oder auf ihn einzuschlagen.

Dann, ganz plötzlich mit dem Einsetzen des ersten Tauwetters, als der Winter an Kraft verlor, änderte auch Adam Jones sein Verhalten.

Immer öfter ruhten seine Augen mit einem Ausdruck der Zuneigung auf mir, und eines Morgens sagte er:

„Hätte ich dich nur früher gekannt. Dann hätte ich gewusst, dass Indianer keine Tiere sind. Warum habe ich das erst jetzt erfahren?"

„Weil du keinem eine Chance gegeben hast! Weil jeder sterben musste, der dir begegnete", gab ich verbittert zurück.

„Winnetou, ich werde den kommenden Tag nicht mehr erleben. Bitte, geh zu meiner Tochter. Gib ihr die Anweisung, und sag ihr, dass....ich sie geliebt habe. Und Tony...Tony! Er hat sein Leben gelebt, wie ich. Für ihn ist es besser, wenn du ihn nicht leiden lässt. Versprich mir....versprich..."

„Ich verspreche es dir", flüsterte ich.

Die Nacht war erfüllt vom Geheul der Wölfe. Adam Jones schreckte auf und murmelte zusammenhanglose Worte. Bei Anbruch der Morgendämmerung blickte er mich aus klaren Augen an.

„Es war kein Zufall, dass du zu mir gekommen bist. Ich hatte Gott vergessen, ich hatte ihn aus meinem Leben gestrichen. Jetzt weiß ich - es gibt ihn! Vielleicht kann er.....mir ja doch.....verge....."

Sein Herz hörte auf zu schlagen. Sacht drückte ich ihm die starren Augen zu. Welchen Aufruhr der Gefühle hatte dieser Mensch in mir geweckt! Heute bin ich mir sicher, ohne Klekih-petras Einfluss hätte ich Adam Jones nicht ertragen. Ich hätte ihn sich selbst und seinem Schicksal überlassen oder sogar.......ja, vielleicht sogar das!

Wenige Stunden danach hob ich mit Hilfe der Schaufel, die ich im Stall gefunden hatte, ein Grab für den Toten aus. Der Hund stand still dabei, ab und zu fiepte er leise. Ich kniete mich zu ihm und streichelte den herabhängenden Kopf. Während ich das tat, zog ich den Revolver und drückte ab. Eine milde Frühlingssonne erwärmte die Erde, als ich sie über Herr und Hund häufte. Dann brach ich auf, die Geldanweisung trug ich bei mir.

Nach diesem Winter, der mich so sehr gefordert hatte, erlebte ich den Wechsel der Jahreszeit wie ein Geschenk. Ich verließ die Blockhütte, als wäre sie ein Gefängnis gewesen und die Zeit mit Adam Jones eine Haft, aus der ich endlich, endlich in die Freiheit entlassen wurde. Auch mein Mustang lebte auf. Ich brauchte ihm lediglich die Richtung zu weisen, ihn anzutreiben war überflüssig.

Wie vertraut kam mir jetzt alles vor! Das Zeltlager der Assiniboin war mir schon fast zur zweiten Heimat geworden, und überall begrüßten mich die Krieger. Vor dem Tipi Tah-schah-tungas spielte ein für ein Indianerkind auffallend hellhaariger kleiner Knabe, der höchstens drei Sommer zählen konnte - Harry!

Ich kniete mich nieder zu ihm und lächelte ihn an.

„Der Sohn Ribannas ist gewachsen. Bald wird er ein stolzer Krieger sein, und seine Feinde werden sich fürchten vor seinem Namen."

Der Klang meiner Stimme rief Tah-schah-tunga aus dem Zelt.

„Sei mir willkommen, Sohn Intschu tschunas! Freude kehrt ein in das Herz des Häuptlings der Assiniboin."

Er hatte sich nicht verändert, abgesehen von einigen kleinen Fältchen um die Augen, die sich wie im Übermut zusammenzogen. Der Knabe sah neugierig auf zu mir.

„Bist du Winnetou?"

„Ja. Und du bist Harry."

Er strahlte mich an. Tah-schah-tunga war es anzusehen, wie stolz er auf seinen Enkelsohn war und wie sehr er ihn liebte. Er lud mich ein, die Pfeife der Freundschaft mit ihm zu rauchen, und während dies geschah, gesellten sich mehr und mehr der angesehendsten Krieger zu uns. Harry trieb sich stets in meiner Nähe herum, und zwar mit allen Anzeichen der Ungeduld. Aber er war gut erzogen und wartete die Zeremonie ab.

Tah-schah-tunga las in meiner Seele. Im Beisein der anderen Männer sprach er nicht von Ribanna. Er sagte stattdessen:

„Der Häuptling der Assiniboin genießt die Gesellschaft Winnetous. Er weiß aber, dass der Apache sich sehnt nach seinem Freund Old Firehand. Geh zu ihm, du weißt, wo er wohnt. Für die Zeit deines Besuchs betrachte mein Tipi als das deinige."

Harry wartete bei meinem Mustang.

„Nimmst du mich mit?"

Ich hob ihn hoch. Seine kleinen Hände wühlten in meinen Haaren. Ich sagte weich:

„Winnetou hat dich schon einmal in seinen Armen gehalten."

„Ich weiß davon", nickte er ernsthaft, „Mutter hat es mir erzählt."

Ein Gefühl der Zärtlichkeit stieg in mir auf, sodass ich ihn kurz an mich drückte. Schwungvoll setzte ich ihn auf den Pferderücken und nahm hinter ihm Platz. Einen Arm um ihn legend, ergriff ich mit der Linken die Zügel und lenkte den Hengst aus dem Lager heraus.

„Schneller!", rief Harry. Ich trieb das Tier zum Galopp, und der Knabe jauchzte vor Freude. Mir gefiel, dass er keine Furcht zeigte. Dagegen wirkte er enttäuscht, als der Ritt so schnell beendet war. Er verlangte nach mehr, gab sich aber zufrieden mit meinem Versprechen, diesen Spaß zu wiederholen.

Ich glitt vom Pferd und streckte Harry die Hände entgegen. Er breitete die kleinen Ärmchen aus, seine Augen blitzten vor Vergnügen. So fing ich ihn auf, schwenkte ihn im Kreis und stellte ihn wieder auf die Füße. Und dann stand ich Ribanna gegenüber.

Sie nannte nur meinen Namen, und unsere Augen fanden sich. Unsere Augen und unsere Seelen, nichts hatte sich geändert. Bis auf Harry, der dabeistand und abwechselnd von mir zu ihr aufsah. Spürte er, so klein er auch war, dass ich Ribanna am liebsten an mich reißen wollte? Dass ich sie auf mein Pferd setzen und mit ihr entfliehen wollte? Indem er an ihrem Kleid zupfte, erinnerte er sie wieder an seine Existenz, und sie führte mich in das Blockhaus, das Old Firehand damals errichtet hatte. Eine Wiege stand dort, ein kleines Mädchen lag darin. Wir beugten uns darüber, und ich fragte leise:

„Ist Ribanna glücklich geworden mit Old Firehand?"

„Ja." Ihre Stimme war nur ein Hauch.

„Das Glück der Geborgenheit oder das Glück der Liebe?"

Sie sah mich an, ohne darauf einzugehen. Sie fragte:

„Und Winnetou? Ist er glücklich?"

„Das Glück Ribannas ist das Glück Winnetous."

Harry mischte sich ein, indem er mich an der Hand fasste und mir seine Spielsachen zeigte. Gerade betrachtete ich ein holzgeschnitztes Pony, da fiel ein Schatten durch die offen stehende Tür. Ich blickte auf. Old Firehand kam herein, lehnte seine Jagdflinte an die Wand und reichte Ribanna eine erbeutete Wildgans. Sein bärtiges Gesicht glänzte vor Freude, als er auf mich zukam und mich umarmte.

„Ich sehe, du hast dich gut mit Harry unterhalten. Recht so! Ich habe viel zu wenig Zeit für ihn."

Wir verbrachten den Abend, indem wir miteinander aßen, rauchten und uns all die Dinge erzählten, die seit unserem letzten Beisammensein geschehen waren. Old Firehand war kein Mann der vielen Worte, ebenso wenig wie ich. Aber dieses Mal lag ihm so einiges auf dem Herzen. Und da erfuhr ich, dass er schon einen Sohn hatte aus erster Ehe, der in einer Stadt der Bleichgesichter lebte. Ich musste an das denken, was mir mein Vater früher erzählt hatte, dass Old Firehands Frau auf der Fahrt über das große Wasser gestorben sei. Nun gestand er mir, wie sehr er sich nach seinem älteren Sohn sehne.

„Kannst du ihn nicht hierher holen?", fragte ich.

„Ich werde es ihm vorschlagen, aber das Leben in der Wildnis ist doch ganz verschieden von dem, was er kennt. In seinen Adern fließt kein Indianerblut, wie in den Adern Harrys."

Er machte eine Pause, sog an seiner Pfeife und blickte dem Rauch nach.

„Was meint Winnetou – soll ich Harry mitnehmen? Es ist vielleicht gut, wenn er das Leben der Weißen kennen lernt. Die Welt, aus der sein Vater kommt."

„Die Welt der Städte?"

Ich warf Ribanna einen raschen Blick zu. Gewohnt, ihrem Mann nicht zu widersprechen, wenn es um die Erziehung eines Knaben ging, senkte sie die Wimpern.

Ich versuchte, ihr zu helfen.

„Winnetou denkt, Harry wird irgendwann einmal bestimmt diese Welt kennen lernen. Warum muss es jetzt sein? Wäre er für meinen Freund nicht nur eine Belastung?"

Meine Antwort gefiel ihm nicht, das konnte ich ihm ansehen. Trotzdem sprach ich weiter:

„Ist die Zeit nicht ohnehin ungünstig? Das kleine Mädchen....."

„Die Kleine braucht in den nächsten Monaten mehr die Mutter als den Vater. Und Ribanna hat mehr Zeit für sie, wenn ich Harry mitnehme. Mein Freund, du bist kein Weißer. Du kannst dir vermutlich nicht vorstellen, wie wichtig es für Harry ist, Lesen und Schreiben zu lernen."

„Winnetou weiß es, auch wenn er ein roter Mann ist."

Ich hatte „nur" sagen wollen, verbiss es mir aber. Old Firehand meinte es nicht so.

Es war die Zeit mit Adam Jones, die meine Seele verdunkelte.

Und doch galten meine Worte eigentlich Ribanna, ohne dass ich sie dabei ansah. Ich wollte ihr nicht wehtun, aber sie hatte Firehand gewählt, wohl wissend, dass er einer anderen Rasse angehörte. Nun war er es, der ihr Leben bestimmte.

Als ich eine Stunde danach im Tipi Tah-schah-tungas zu schlafen versuchte, drängte sich mir ein Gedanke mit aller Macht auf: Wenn Old Firehand in den Osten geht, dann ist Ribanna allein! Allein! Hatte er das nicht bedacht, als er mir von seinen Plänen erzählte? Oder war sein Vertrauen zu mir - oder zu Ribanna - so groß, dass er keine Gefahr darin sah? Seit Jahren lebte er mit Indianern, er kannte unsere Sitten. Er wusste, eine verheiratete Frau und Mutter war unantastbar für andere Männer. Jedoch - auch bei uns kam es vor, dass eine verbotene Liebe über alle Zwänge und Regeln triumphierte und jedes Wagnis auf sich nahm.

Ich stöhnte leise auf. Wohin verirrten sich meine Gedanken? Old Firehand war ein guter Mensch. Hatte er es verdient, nach dem Tod seiner ersten Frau vielleicht auch die zweite zu verlieren......durch Untreue? Und Ribanna? Würde ich sie nicht am Ende doch unglücklich machen? Würde sie nicht leiden unter dem Verrat?

Nein, gerade dann, wenn Old Firehand nicht daheim war - gerade dann durfte auch ich nicht da sein!

Die nun folgenden Tage gewährten mir wenig Mußestunden. Harry nahm mich ganz in Anspruch. Stets lief er mir nach wie ein Hündchen, und zuweilen schob sich seine kleine Hand verstohlen in die meine. Er durfte mich auf die Jagd begleiten, ich zeigte ihm die verschiedenen Spuren des Wildes und wie man nach Fischen angelt. Er freute sich auf das fremde Leben bei den Bleichgesichtern und brachte uns alle einmal in nicht geringe Verlegenheit, als er fragte:

„Wird Winnetou auf Mutter aufpassen, wenn Vater und ich im Osten sind?"

Ich ließ mich vor ihm auf ein Knie nieder und legte die Hände auf seine Schultern.

„Das ist nicht möglich, Harry. Schau, Winnetou muss zurück zu seinem Volk. Er ist ein Häuptling, und ein Häuptling hat Pflichten. Winnetou ist schon länger hier als er wollte. Deine Mutter und deine kleine Schwester stehen unter dem Schutz eures Stammes."

Ich hatte sehr wohl gehört, wie Firehand bei Harrys Bemerkung kurz und scharf die Luft einzog. Jetzt atmete er erleichtert aus und fragte:
„Hat Intschu tschuna seinen Sohn zum Unterhäuptling gemacht?"
„Schon seit langem. Winnetou ist aber jetzt der zweite Häuptling der Mescaleros."
Da pfiff er durch die Zähne.
„Bless my soul! Das lässt sich hören, nicht wahr?"
Er wandte sich dabei an Ribanna, die freudestrahlend nickte.
„Ribanna weiß, Winnetou verdient diese Ehre."

An meinem letzten Tag, als ich im Begriff stand, meinen Schecken aufzuzäumen, konnten Ribanna und ich für wenige Augenblicke miteinander reden. Sie kam, um Abschied zu nehmen, und keiner von uns wusste, dass es ein Abschied fürs Leben war.
Den Hals des Pferdes streichelnd, flüsterte sie:
„Ich danke dir, weil du versucht hast, meinen Gatten umzustimmen. Ich hoffe nur, er wird Harry nicht zu lange bei den Bleichgesichtern lassen, damit er sich dem Volk seiner Mutter nicht entfremdet."
Ich warf die Zügel über den Pferdehals und streifte dabei mit voller Absicht ihre Hand. Sie zuckte zusammen, zog sie aber nicht zurück. Meine Hand lag über der ihren, und die Wärme der Haut durchdrang sie.
Leise sagte ich:
„Du weißt, dass ich nicht kommen werde........nicht kommen kann."
„Ich weiß es. Vergiss mich nicht."
Da wiederholte ich meine früheren Worte:
„Es wird niemals eine andere Frau für mich geben."
Und auch sie erinnerte sich:
„Gäbe es Old Firehand nicht - kein anderer Mann als du dürfte Ribanna berühren."
Unsere Hände glitten auseinander.
Wir hörten Harry und seinen Vater aus dem Blockhaus kommen. Harry stürmte auf mich zu und in meine Arme. Ich lächelte.
„Wenn wir uns wieder sehen, wirst du mir viel erzählen können."
Old Firehand reichte mir die Hand. Er blickte mir fest in die Augen.
„Und wenn wir uns wieder sehen.....?"

„......werden wir immer noch Freunde sein", beendete ich den Satz. Dann schwang ich mich auf meinen Hengst und trieb ihn davon.

Einmal noch riss ich ihn zurück, einer plötzlichen, unerklärlichen Angst nachgebend. Ribanna stand da und hob grüßend die Rechte. Der Wind zerrte an ihren langen, schwarzen Haaren. Es sah aus, als spiele er mit einem Schleier.

So ist sie mir all die Jahre in Erinnerung geblieben: wie sie vom Pferd sprang und in stolzer Haltung auf mich zukam, damals, bei unserer ersten Begegnung; wie sie den Säugling an ihrer Brust hielt und ihn stillte - und wie sie mir abschiednehmend nachschaute mit wehendem Haar.

Das letzte, schreckliche Bild suche ich verzweifelt zu vergessen.......

Der einzige Mensch in St. Louis, den ich kannte, war Mr. Henry, der Büchsenmacher. Ihn suchte ich auf, kaufte wie früher Munition und fragte ihn nach Stella Jones. Zuerst zögerte er, als ich dann aber erklärte, ich müsse sie ihres Vaters wegen sprechen, wurde er umgänglicher. Allerdings bestand er darauf mitzugehen, er wollte sie wohl nicht allein lassen mit einem Apachen. Ich widersprach nicht, und er führte mich zu einem kleinen, umzäunten Häuschen neben einem großen Haus, von dem er mir sagte, dass es die Schule sei. Während Henry an die Tür klopfte, stand ich mit meinem Mustang am Zügel etwas abseits.

Eine noch junge Frau erschien, im Alter von vielleicht neunundzwanzig oder dreißig Jahren. Sie trug ein einfaches graues Kleid mit einem weißen Kragen. Ihre kastanienbraunen Haare waren geflochten und hoch gesteckt mit einem Kamm. Als sie Mr. Henry erkannte, lächelte sie. Das Lächeln verschwand jedoch im selben Moment, da sie mich sah. Henry stellte mich vor und sagte noch:

„Der Apache hat Nachrichten von Eurem Vater, Miss Jones."

„Von meinem Vater?"

Ihre blauen Augen richteten sich überrascht auf mich. Sie schien zu überlegen, ob das wohl stimmen könne. Dann forderte sie mich auf, das Pferd am Zaun festzubinden und trat beiseite, um Henry und mich vorüberzulassen. Ich hörte, wie die beiden gedämpft miteinander sprachen. Henry schimpfte ein wenig, dann verließ er das Haus. Die

Frau stand da und betrachtete mich eine ganze Weile. Endlich wies sie auf ein weiches Ruhelager.

„Setzt Euch, Ihr habt gewiss einen weiten Ritt hinter Euch."

Ich setzte mich, sie selbst nahm Platz auf einem hölzernen Stuhl. Als ich sprach, wandte sie kein einziges Mal die Augen ab von mir.

„Es schmerzt Winnetou, Euch eine traurige Nachricht zu bringen, Miss Jones. Euer Vater ist tot. Winnetou hat ihn begraben, zusammen mit dem alten Hund - dort oben in den Rocky Mountains."

„Ihr, ein Indianer?"

„Warum nicht?"

„Nun, Ihr konntet nicht wissen......aber lassen wir das."

„Oh, ich wusste, was für ein Mensch er war. Er selbst hat es mir erzählt."

Ungläubig sah sie mich an.

„Er hat es Euch erzählt? Das ist ja kaum......"

Jetzt sprang sie auf. Ich ahnte, was ihr durch den Kopf ging.

„Nein", sagte ich schnell.

„Ihr irrt Euch! Ich habe Euren Vater nicht ermordet. Er war sehr krank, er hustete viel."

Nach einer kurzen Pause fügte ich hinzu:

„Das ist die Wahrheit."

Sie setzte sich wieder und bat mich, ihr alles zu erzählen. Das tat ich, verschwieg ihr jedoch meine Hassgefühle dem Alten gegenüber. Still hörte sie zu, die Hände im Schoß gefaltet. Auch als ich geendet hatte, rührte sie sich nicht. Welche Gedanken mochten sie jetzt bewegen?

Ich zog das Papier aus dem Gürtel.

„Hier, das soll ich Euch geben. Es bringt Euch viel Geld."

Sie nahm es, warf einen Blick darauf und legte es so heftig auf den Tisch, der neben ihr stand, als hätte es sie verbrannt.

„Dieses Geld will ich nicht! Das Blut vieler Menschen klebt daran."

„Winnetou weiß es. Und er hat auch lange überlegt, ob er es Euch geben soll. Aber der Verzicht darauf macht die Toten nicht wieder lebendig, und Ihr braucht es vielleicht."

„Nein, nein! Ich habe mein Auskommen. Es ist nicht viel, aber ich bin zufrieden. Dieses schreckliche Geld - nie könnte ich vergessen, wie es verdient wurde!"

Ich lächelte sie an.

„Dann reinigt dieses schmutzige Geld. Gebt es den Armen."

Scheu erwiderte sie das Lächeln. Ihre Hände verkrampften sich.

„Ihr seid so jung und doch....... Vater muss sich sehr vor Euch geschämt haben. Er hat immer behauptet, alle Indianer taugten nichts."

„Er sagte, er liebe Euch, und er habe sich an Euch versündigt."

Tränen glänzten in ihren Augen. Sie holte tief Atem.

„Er musste sich doch sehr verändert haben. Früher hätte er nie so gesprochen. Wie gut, oh wie gut war es, dass Ihr bei ihm geblieben seid! Es kann Euch nicht leicht gefallen sein."

„Nein. Aber ich bin froh darüber – Euretwegen."

In diesem Moment wurde die Tür aufgerissen, und ein Mann stürmte in den Raum. Er schien außer sich vor Erregung.

„Stella! Ist alles in Ordnung? Wie konnte Henry dich nur allein lassen mit diesem......diesem....."

Miss Jones und ich waren aufgestanden. Ich zog die Augenbrauen zusammen, nicht der angedeuteten Beleidigung wegen - auch mit einer unverheirateten Indianerin hätte ich nicht allein sein dürfen - sondern seines schlechten Benehmens wegen. Miss Jones stieg die Schamröte ins Gesicht, wahrscheinlich aus demselben Grund. Noch bevor sie zu einer Antwort ansetzen konnte, schrie er weiter:

„Hat er dich angefasst? Wie kannst du so leichtsinnig sein! Nur gut, dass die Nachbarn alles beobachtet haben!"

„Bitte, Richard, beruhige dich! Ich habe alle Veranlassung, Winnetou dankbar zu sein, der sich im Übrigen tadellos verhalten hat. Er pflegte meinen Vater bis zu seinem Tod."

Sie wandte sich mir zu.

„Dieser Herr ist mein Verlobter."

Der Blick des Mannes fiel auf das Papier. Er riss es an sich.

„Was ist das? Geld? Eine Anweisung auf 6000 Dollar?"

Ein Pfiff folgte diesem lauten Ausruf.

„Von deinem alten Herrn? Mensch, Stella, jetzt können wir heiraten!"

Ich wollte gehen, ohne den Mann eines Blickes zu würdigen. Aber Miss Jones' Augen flehten mich an zu bleiben. Zu ihrem Verlobten sagte sie:

„Richard! Du weißt genau, wie Vater es verdient hat. Wir werden es nicht zu unserem Nutzen verwenden."

„Ach, so ist das! Das hat dir wohl der rote Bursche da eingeredet?"

Ich trat dicht an ihn heran.

„Sei vorsichtig, weißer Mann."

Erschrocken wich er zurück. Seine Rechte fuhr zum Pistolengriff, der aus der Tasche herauslugte, aber ich legte schnell meine Finger darauf.

„Diese Frau ist die Tochter von Adam Jones, der ihr das Geld hinterlassen hat. Sie allein entscheidet, was damit geschieht."

Ich riss die Pistole aus der Tasche und schritt auf den Ausgang zu. Hinter mir hörte ich ihn schreien:

„Du roter Hund! Gib mir sofort meine Waffe zurück! Diebsgesindel!"

Miss Jones eilte mir nach. Draußen drehte ich mich um.

„Meine weiße Schwester will diesen Mann heiraten? Sie mag es sich gut überlegen - er ist es nicht wert."

Sie wurde rot. Als ich ihr die Pistole reichte, berührte sie flüchtig meine Finger und stammelte dabei:

„Danke, Winnetou! Für alles. Auch für.....diese letzten Worte."

Ich nickte ihr zu. Dann befreite ich meinen Mustang vom Zaun, saß auf und ritt fort. Fort aus St. Louis!

Ein weiter Weg lag vor mir, und er war nicht ungefährlich. In jenen Jahren trieb dort, fernab von den Städten, allerlei Gesindel sein Unwesen. Als einzelner Reiter konnte man schnell Leben und Besitz verlieren. Das galt bereits für Bleichgesichter, viel mehr aber für einen Indianer. Es gab und gibt auch heute noch ganze Landstriche, die vollkommen gesetzlos waren, in denen nur das Faustrecht regierte. Wachsamkeit, Misstrauen, ein schnelles Pferd und ein gutes Gewehr – dies alles konnte lebensrettend sein.

St. Louis lag viele Tagesritte weit hinter mir, ich strebte dem White River zu. Mein Ziel, das ich am Nachmittag dieses Tages erreichte, war das schmale, ausgetrocknete Flussbett eines ehemaligen Nebenarms des Weißen Flusses. Vor einigen Jahren, als ich mit meinem Vater denselben Weg von St. Louis aus geritten war, hatte er mir gewisse goldhaltige Stellen in dem Flussbett gezeigt. Da ich mich nun wieder in dieser Gegend befand, wollte ich mir einen kleinen Vorrat an Goldkörnern mitnehmen. Meinen Schecken allerdings musste ich vorher zurücklassen, denn um das Flussbett herum gab es nur wenig Fressbares für ihn, dafür aber sehr viele giftige Pflanzen. Wahrscheinlich hätte er diese von sich aus gemieden, doch zog ich es vor, kein Risiko einzugehen. Außerdem erschien es mir sinnvoller, wenn er weidete, während ich mich auf die Goldsuche begab. Ich ging also zu Fuß weiter.

Auch hier, wie schon einmal, als ich vom Nugget Tsil sprach, möchte ich die nähere Schilderung der Umgebung vermeiden. Dieses Testament ist nicht nur für meinen Bruder Old Shatterhand bestimmt, sondern für viele Menschen. Das Gold ist es nicht wert, dass seinetwegen die Pflanzen- und Tierwelt, ja die ganze Natur dieser Gegend zerstört wird. Ich beschränke mich also auf die Tatsache, dass ich aus Sand und Geröll die Goldkörner zusammensuchte und in meinem Gürteltuch verbarg. Ich war gerade damit fertig geworden, als ich ein unheimliches Rasseln in meiner Nähe hörte. Eine Klapperschlange! Nur wenige Schritte von mir entfernt richtete sie sich züngelnd auf, die Schwanzspitze drohend erhoben. Langsam tastete meine Hand zum Revolver. Ziehen und schießen war nahezu eins, und die Schlange lag – in den Kopf getroffen – tot im Sand. Ich steckte den Revolver in den Gürtel und hob das neben mir liegende Gewehr auf. Aber auch die Schlange nahm ich mit, denn ihr Fleisch war schmackhaft, und ihre schöne Haut ließ sich gewiss verwenden. In der Wildnis gibt es eben keine Verschwendung wie in den Städten der Bleichgesichter.

Mein Mustang schnaubte, als er mich sah. Es war kein Schnauben der Begrüßung, er wollte mich warnen. Ich tat unbefangen, streichelte ihn beruhigend und ließ dabei meine Blicke wandern. Irgendwo hier war ein Mensch versteckt, der vielleicht Böses plante. Gelegenheiten, sich zu verbergen, gab es in diesem unebenen Gelände genug. Nicht weit entfernt stand eine Kieferngruppe, vereinzelt wuchsen Sträucher, und größere Felsbrocken behinderten die freie Sicht. Über einem dieser Felsen tanzte ein Mückenschwarm, das sagte mir genug.

Ich griff zum Gewehr, halb hinter meinem Pferd stehend, und rief:

„Winnetou weiß, dass du hinter dem Felsen steckst! Komm und nimm die Hände hoch!"

Es rührte sich etwas. Ein Mann trat hinter dem Felsbrocken hervor, sah den Gewehrlauf auf sich gerichtet und hob die Arme.

„Näher!", befahl ich, wobei ich selbst von dem Pferd wegtrat, das mir zwar Deckung bot, das Blickfeld aber einschränkte. Der Mann gehorchte. Vier, fünf Schritte vor mir blieb er stehen, sodass wir einander betrachten konnten. Der Fremde war ungefähr von meiner Größe und gekleidet wie ein Cowboy, nur dass er an Stelle des Hutes ein gemustertes Tuch um die Stirn trug. Die dunkelbraunen, fast schwarzen Haare fielen ihm auf die Schultern herab. Seine Hautfarbe, nur wenig heller als die meine, sowie die indianische Haartracht verrieten seine Abstammung.

Ich hatte ein Halbblut vor mir.

Der Fremde deutete ein Lächeln an, das die harten Gesichtszüge ein wenig milderte. Sein Alter zu bestimmen, war schwierig. Er wirkte wie einer, der viel erlebt hat. Meine Augen glitten an seiner Gestalt herunter, als wollte ich ihn abtasten.

„Ich habe einen Colt, falls du sowas suchst. Ist aber nicht geladen."

„Nimm ihn heraus, aber langsam! Und wirf ihn weg!"

Er folgte dem Befehl und sah schweigend zu, wie ich näher kam. Ohne ihn aus den Augen zu lassen, hob ich die Waffe auf. Ein kurzer Blick in das Magazin bestätigte seine Worte. Ich schob den Colt in meinen Gürtel. Sein Lächeln verschwand, er schüttelte den Kopf.

„Keine Sorge, Munition hab ich nicht. Auch keine anderen Waffen."

„Keine Munition? Ist das nicht sehr leichtsinnig hier draußen?"

„Konnte mir keine beschaffen! Du siehst, ich bin völlig wehrlos. Kannst mir das Ding zurückgeben."

Jetzt war es an mir zu lächeln.

„Nein, vorerst noch nicht. Du darfst aber die Hände herunternehmen."

Das tat er, ich dagegen senkte das Gewehr.

„Wo ist dein Pferd?"

„Hab keins."

Der Mann war auf der Flucht, soviel stand fest. Es gefiel mir nicht, wie er meinen Schecken musterte. Er grinste.

„Schönes Tier."
„Du wolltest es stehlen."
Er hob die Schultern um anzudeuten, dass die Situation es erforderte.
Dann fragte er misstrauisch:
„Ich hörte einen Schuss – wo bist du gewesen?"
Ich zögerte. Zum Glück fiel mir die Klapperschlange ein.
„Auf der Jagd."
„Hast aber Pech gehabt, wie?"
Da ging ich und holte die Schlange. Mit einer Gebärde des Abscheus trat er einen Schritt zurück, besann sich jedoch schnell.
„Als Kind hab ich mal sowas gegessen. War gar nicht so übel."
„Von welchem Volk bist du?"
Er schwieg, und es war, als gleite ein Schatten über sein Gesicht. Ich zuckte die Achseln. Er wollte nicht antworten, nun gut. Mir war das Essen jetzt wichtiger. Daher setzte ich mich und begann, die Schlange abzuhäuten. Der Fremde besorgte unaufgefordert trockenes Reisig in der Annahme, ich würde ihm die Mahlzeit nicht verweigern. Bald brannte ein Feuer und verwandelte das rohe Schlangenfleisch in wohlschmeckende Bratenstücke. Der Mestize aß hungrig, mit jedem Bissen wurde er umgänglicher. Ich fragte ihn nach seinem Namen.
„Nenn mich Lysander, das genügt. Das ist der Name meines Alten."
„Deines Alten?"
„Ich meine meinen Vater. Und wie heißt du?"
„Winnetou. Mein Vater ist Intschu tschuna, Häuptling der Apachen."
„Habe von ihm gehört", murmelte er. „Du bist also ein Apache, das dachte ich mir schon. Von welchem Stamm?"
„Mescalero."
Als wir gegessen hatten, wollte ich wissen, was er jetzt zu tun gedenke. Immerhin besaß er weder ein Pferd, noch eine brauchbare Waffe.
„Ich bin auf dem Weg nach San Angelo, Texas. Da gibt's eine Ranch, auf der hab ich mal gearbeitet. Du willst doch bestimmt zu deinem Stamm, musst also auch nach Süden. Lass uns zusammenbleiben."

Er sagte das mit strahlenden Augen, so als täte er mir einen Gefallen. Ich erwiderte, ich sähe darin keinen Vorteil für mich, allenfalls für ihn selbst. Wahrscheinlich sei er vor irgendjemandem auf der Flucht.

„Na ja, es stimmt schon. Das war in Jackson. Verfluchtes Kartenspiel! Ich legte mich mit einem Kerl an, der nicht sauber spielte. Ein Wort gab das andere, wir zogen die Messer – und dann ist es eben passiert. Ich musste abhauen, ein Mestize ist bei denen von vornherein schuld."

„Soll Winnetou dich bemitleiden? Du lebst bei den Weißen, du willst es nicht anders. Wäre es nicht besser, mein Bruder ginge zu seinem Volk zurück?"

Lysander schüttelte den Kopf.

„Es ist zu lange her. Ich fühle mich nicht als Indianer. Hab mich meistens als Cowboy durchgeschlagen. Das geht noch, die Jungens sind okay. Die haben weniger Vorurteile. Ich glaub auch nicht, dass man mich noch weiter verfolgt. Zuerst ja, da waren sie hinter mir her, und dabei stürzte mein Pferd und verletzte sich. Aber inzwischen haben sie's wohl aufgegeben. So viel wert war der Kerl nicht, den ich umgelegt hab. Hatte selbst Verschiedenes auf dem Gewissen."

Ich dachte lange nach. Sollte ich ihm erlauben, sich mir anzuschließen? Wir würden nur abwechselnd reiten können und nur langsam vorwärts kommen. Andererseits – ich hatte keine Eile! Auf einige Tage mehr oder weniger kam es nicht an, und jedenfalls war es sicherer, zu zweit unterwegs zu sein als allein. Außerdem würde ich später den gefahrvollen Ritt durch den Llano Estacado vermeiden, wenn ich mich erst südlich und dann westlich hielt. Daher sagte ich, ich sei einverstanden und gab ihm den Colt zurück.

„Bekomme ich auch etwas von deiner Munition?"

„Damit du deine Waffe laden kannst – nein!"

„Aber......"

„Du darfst hin und wieder auf meinem Pferd reiten. Nur – wegnehmen lasse ich es mir nicht!"

Er starrte mich nachdenklich an, dann brach er plötzlich in lautes Lachen aus. Er sah sich durchschaut, trug es aber mit Humor. Bis die Dämmerung sank und wir uns zum Schlafen niederlegten, beschäftigte ich mich noch mit der Schlangenhaut. Sie musste auf das sorgfältigste gesäubert werden, damit Nscho-tschi sie weiterbehandeln konnte.

Am anderen Morgen brachen wir früh auf. Und obwohl immer einer von uns zu Fuß gehen musste und auch der Mustang gelegentlich eine Ruhepause benötigte, kamen wir eine gute Strecke voran. An diesem Tag wie an den folgenden ließ ich Lysander nie aus den Augen, wenn er ritt. Und nur ich war es, der „Fleisch machte", natürlich zu Pferd. Er lachte darüber, aber ich wusste, dass er sich ärgerte. Des Abends beim Lagerfeuer machte er eine Bemerkung darüber.

„Du bist verdammt vorsichtig! Ich nehm's dir nicht übel, mein Junge. Von meinen ehrlichen Absichten werd' ich dich wohl kaum überzeugen können, wie? Na gut! Wenn wir uns morgen ein bisschen beeilen, können wir noch vor Sonnenuntergang Tulsa erreichen. Da besorge ich mir ein Pferd und Munition. Recht so?"

Ich nickte. Das würde den weiteren Weg erträglicher machen.

Die Stadt Tulsa erinnerte mich an St. Louis. Sie war zwar kleiner und schmutziger, aber die Straßen – ein übertriebenes Wort dafür – und die Häuser unterschieden sich nur wenig von denen der anderen Stadt. Wenigstens schien es mir so, als wir bei Einbruch der Dunkelheit ankamen. Bei Tageslicht betrachtet konnte man Tulsa nur als eine Art Räubernest bezeichnen. Schlägereien und Schießereien gehörten hier zum gewohnten Bild, niemand störte sich daran. Auch Lysander nicht, der mich zum Besuch eines Saloons überreden wollte. Erst, als er mir versicherte, dass um diese Tageszeit nur wenig Betrieb sei und wir dort etwas Gutes essen könnten, willigte ich ein. Etwas Gutes? Nie im Leben habe ich schlechter gegessen! Das Steak, das man mir vorsetzte, hätte Nscho-tschi höchstens noch den Hunden zugemutet und auch nur den jüngeren, die über gute Zähne verfügten.

Natürlich beobachtete man uns beide äußerst misstrauisch. Ein Mestize und ein Indianer – das machte den Wirt und die wenigen Gäste nervös. Auch einige Frauen standen bei den Männern und tranken mit ihnen. Das war ein ungewohnter Anblick für mich, zumal diese Frauen sehr auffallende Kleider trugen, viel Haut und keinerlei Zurückhaltung zeigten. Lysander gefiel das. Er bedauerte grinsend, dass sein Geld gerade mal für den Kauf eines Pferdes reichte. Ich sah ihn fragend an.

„Na, wegen der Weiber! Die lieben das Knistern von Dollarscheinen! Für Geld, mein hübscher Junge, kannst du dir alles kaufen, alles! Da spielt auch die Hautfarbe keine Rolle mehr."

„Soll das heißen, die Frauen hier lassen sich mit jedem Mann ein, der......der dafür bezahlt?"

„Ganz recht! Hast du das nicht gewusst?"

Er lachte, als ich verneinte. Und dann konnte ich selbst sehen, wie eine der Frauen, gefolgt von einem nur halbwegs nüchternen Mann die Treppe hochstieg.

„Warum tun die Frauen das?"

„Um zu überleben, mein Freund! Darum geht es – um nichts anderes."

„Lass uns gehen – dies hier ist nicht Winnetous Welt."

Lysander winkte dem Wirt, während ich unbemerkt ein paar Goldkörner aus meinem Gürtel zog und auf den Tisch legte. Nicht nur der Wirt, auch Lysander machte große Augen, ganz zu schweigen von den leichtbekleideten Damen. Als wir uns erhoben und den Raum verließen, riefen sie mir mit zuckersüßen Stimmen Schmeicheleien nach. Draußen hielt mich mein Begleiter am Arm fest.

„Du hast Gold? Verdammt, lass uns umkehren!"

„Das werden wir nicht tun! Sondern kaufen, was Lysander benötigt und dann diese Stadt verlassen."

Er seufzte, fügte sich aber widerspruchslos.

Auf der Suche nach einem Pferdehändler kamen wir an einem Platz vorbei, der voller Menschen war. Sie umdrängten ein Gerüst, zu dem mehrere Stufen hinauf führten. Oben standen dunkel gekleidete Männer und einer, dessen Hände gefesselt waren. An einem starken Balken baumelte ein Strick, eine Schlinge. Ich ahnte, was dort geschehen sollte. Es verlockte mich nicht zuzusehen, und ich schob mich durch die Menge der Schaulustigen. Dabei fielen mir auch hier die Frauen auf, nur dass es diesmal keine Saloonmädchen waren, sondern ehrbare, anständige Ladies. Sie reckten die Hälse, damit ihnen nichts entging und tuschelten miteinander. Manche kicherten sogar, andere hielten ihre Kinder hoch – auch sie sollten alles genau sehen können.

Überhaupt bestand dieses ganze Menschengewühl nicht etwa aus Gesindel, es waren durchweg gesetzestreue Bürger, die sich zweifellos für gute Christen hielten! Für sie – das war unverkennbar – stellten Lysander und ich das Gesindel dar. Sie zogen die Mundwinkel herunter, sobald sie uns erblickten und achteten darauf, dass wir sie im Vorbeigehen nicht berührten.

Der Mestize hatte geistesabwesend die Hand an seinen Hals gelegt. Das wirkte so komisch, dass ich lächeln musste. Er warf mir einen strafenden Blick zu.

„Du hast gut lachen! Hinter dir sind sie nicht her."

„Winnetou dachte, hinter dir auch nicht."

„Wer weiß? Aber sieh mal, der Schuppen da! Könnte einem Pferdehändler gehören."

Er hatte richtig vermutet. Doch der Kauf eines guten Reitpferdes für ihn zog sich in die Länge. Denn er besaß nur wenige Dollars, und das Tier, das ihm dafür angeboten wurde, lehnte ich entschieden ab. Ein anderes, besseres wollte der Händler nicht so billig hergeben. Endlich machte ich Schluss mit dem ganzen Hin und Her, drückte ihm so viel Gold in die Hand, wie er verlangte, und Lysander bekam ein kräftiges, gesundes Pferd mitsamt Sattel und Zaumzeug. Bei einem Waffenhändler erstand ich dann noch ein Gewehr für ihn und Munition. Er war so glücklich darüber, dass er mich stürmisch umarmte und seiner ewigen Freundschaft versicherte. Ich dachte an die Ermahnungen meines Vaters, was Gold betraf, und wehrte Lysanders Dankesbezeugungen mit schlechtem Gewissen ab. Seine Dankbarkeit hinderte meinen halbblütigen Freund jedoch nicht daran, sich während unseres weiteren Rittes eifrig nach dem Gold zu erkundigen. Ich wich aus, sagte, ich hätte es zufällig gefunden und mehr gäbe es dort nicht. Es war das erste Mal, dass ich mich solchen Fragen stellen musste, Fragen, die mir immer ein Gefühl der Unsicherheit bereitet haben. Denn ich konnte nie wissen, ob sich der Fragende mit meiner abweisenden Antwort zufrieden geben würde oder nicht. Um Lysander von diesem Thema abzulenken und auch, weil es mich innerlich beschäftigte, kam ich noch einmal auf Tulsa zu sprechen.

„Die Bleichgesichter nennen uns grausam. Sie selbst aber hängen Menschen auf, und viele andere sehen dabei zu. Winnetou hat nun weiße Frauen kennen gelernt. Es gibt solche, die ihren Körper verkaufen, und es gibt solche, die neugierig zusehen bei einer Hinrichtung."

Stella Jones fiel mir ein. Verkaufen würde sie sich bestimmt nicht. Aber würde sie sich unter die Menge mischen, die einen Menschen hängen sehen wollte? Dieser Gedanke erschreckte mich, denn ich hatte Achtung vor ihr. Lysander stimmte mir bei.

„Winnetou hat Recht. Weiße Frauen lassen die Männer glauben, sie wären schwach und hilflos. In Wahrheit sind sie oft eiskalt. Ich hab einmal eine gesehen, die fiel beim Anblick von ein paar Blutstropfen in Ohnmacht. Am anderen Tag saß sie unter den Zuschauern im Gerichtssaal, und später war sie auch bei der Vollstreckung des Todesurteils dabei. Hat Limonade getrunken und dem Henker schöne Augen gemacht."

„Sind denn auch Zuschauer im Gerichtssaal?"

„Jede Menge! Und manchmal sind mehr Frauen als Männer dort."

Nach einer Pause fügte er hinzu:

„Es gibt aber auch Frauen, die sowas verabscheuen. Ich kenne eine, die hält öffentliche Reden gegen die Sklaverei! Finde ich ganz schön mutig von ihr. Dasselbe Weib kämpft leider genauso gegen den Alkohol. Gehört einer Organisation an, die sich die ‚Fliegende Schwadron Jesu' nennt."

Er schlug sich lachend auf den Oberschenkel.

„War selbst dabei, als sie mit ihren Freundinnen loszog, um einem Wirt die Fensterscheiben einzuschlagen! Mann, da war was los!"

Die Vorstellung, meine Schwester würde so etwas tun, amüsierte mich.

St. Louis hatte mir noch nie gefallen, Tulsa hatte mich abgestoßen – der Ort Abilene jedoch trieb mich sofort wieder hinaus, kaum dass ich ihn betreten hatte. Es kam mir vor, als wäre aller Abschaum des ganzen Westens hier versammelt. Der eiserne Weg des Feuerrosses führte durch Abilene, und deshalb brachte man riesige Herden Vieh zum Verladen hierhin. Der Lärm, der Schmutz, der Gestank und das rastlose, gehetzte Gebaren der Bleichgesichter bereiteten mir körperliches Unbehagen, sodass ich mich vorübergehend von Lysander trennte und weit vor der Stadt auf ihn wartete. Ich verstand nicht, wie Menschen so leben konnten. War das die Welt, die Harry kennen lernen sollte?

Wie konnte Old Firehand ihm das antun? Der Vergleich zu der Lebensweise meines Volkes drängte sich ganz von selbst auf, und plötzlich sehnte ich mich nach den stillen Ufern des Rio Pecos zurück.

Als Lysander tief in der Nacht endlich kam, war er hoffnungslos betrunken. Ich half ihm vom Pferd, sonst wäre er gefallen. Kaum war er unten, da erbrach er sich. In angemessener Entfernung von ihm legte ich mich nieder.

Am anderen Morgen jammerte und klagte er über Kopfschmerzen. Ich kümmerte mich nicht darum, fragte ihn aber leicht gereizt, wie lange wir noch reiten müssten bis San Angelo. Es sei nicht mehr weit, versicherte er stöhnend. Doch brauche er unbedingt einen Tag Ruhe. Ich weigerte mich energisch, einen ganzen Tag zu vergeuden, bloß weil er zu viel getrunken hatte. Er nannte mich herzlos, roh und gemein, was mich vollkommen unberührt ließ. Missmutig bestieg er sein Pferd.

Lysanders schlechte Laune hielt nicht lange an. Je näher wir San Angelo kamen, umso vergnügter wurde er. Ein ausgedehntes Baumwollfeld, an dem wir vorbeiritten, fesselte seine Aufmerksamkeit. Er wies mich auf die schwarzen Sklaven hin, die dort arbeiteten und meinte, bei allem Unglück, das ihm sein indianisches Blut gebracht habe, sei er doch immer noch froh, nicht als Schwarzer geboren zu sein. Die müssten sich elendig abquälen für die Weißen, ohne Lohn, ohne Hoffnung und mit der Peitsche des Aufsehers im Rücken.

„Ja, das ist wahr! Winnetou hat nie verstehen können, warum sie nicht dagegen aufbegehren. Er würde sich lieber totschlagen lassen, als den Weißen zu dienen."

„Das glaub ich dir sogar! Aber du bist in Freiheit aufgewachsen, du bist stolz und selbstbewusst. Die da drüben kennen das nicht. Deren Eltern und meistens auch Großeltern waren schon Sklaven. Oder man hat sie mit Gewalt aus ihrer Heimat entführt, auf ein Schiff geschleppt und verkauft. Was glaubst du wohl, wie schnell der Wille eines Menschen mit Gewalt gebrochen werden kann!"

Ich warf den Kopf hoch.

„Nicht der Wille eines roten Mannes!"

Lysander grinste spöttisch.

„Nein! Den bricht man mit Whisky."

„Du musst es ja wissen."
Zornig trieb ich den Schecken zum Galopp. Lysander rief mir nach:
„Ich weiß es auch! Aber ich bin noch lange nicht so weit, wie manche deiner roten Brüder!"
Ich wandte mich um und rief zurück:
„Es sind auch deine roten Brüder!"
Der Mestize holte mich ein. Ich beugte mich vor und griff in die Zügel seines Braunen. Beide Pferde blieben stehen.
„Lysander! Von welchem Volk bist du?"
„Apache! Jicarilla – Apache."
„Winnetou hat es geahnt. Aber warum........."
„Warum ich nicht zurückgehe? Wohin denn? Sie haben mein ganzes Dorf ausgelöscht! Meine Familie, meine Verwandten sind tot."
„Wann ist das geschehen?"
„Vor zwanzig Jahren. Da warst du noch gar nicht geboren, stimmt's? Und ich war ein Kind damals. Zuerst hielten sie mich auch für tot. Dann entdeckten sie, dass ich noch lebte. Einer fühlte wohl eine Regung von christlicher Nächstenliebe und nahm mich mit. Später änderte er seine Meinung. Er steckte mich in ein Waisenhaus."
„Was ist ein Waisenhaus?"
„Ein Haus, in dem nur Kinder leben, die keine Eltern mehr haben. Da ging es sehr streng zu, für jede Kleinigkeit wurden wir bestraft. Besonders auf mich hatten sie's abgesehen, weil ich so schön braun war und kein Englisch sprechen konnte. Da setzte es Prügel! Irgendwann bin ich abgehauen, und seitdem treib ich mich überall herum."
Er schwieg und betrachtete das Ohrenspiel seines Pferdes.
Zögernd fragte ich weiter:
„Und dein Vater? Konntest du nicht zu ihm gehen?"
Lysander zuckte die Schultern.
„Ich habe ihn gesucht, lange Zeit. Inzwischen hab ich ihn gefunden. Aber er wollte nichts von mir wissen, ist ein angesehener Rechtsanwalt in Amarillo. Hat sich geschämt, einen indianischen Bastard als Sohn zu haben. Aber damals, als er sich mit meiner Mutter eingelassen hat, weil er nur auf diese Weise dem Marterpfahl entgangen ist, da war ihm eine Squaw gut genug, sein Leben zu retten!"
„Wer hat dieses Jicarilladorf zerstört? Wer waren die Mörder?"
„Soldaten, gemeinsam mit einer Bürgermiliz."

„Bleichgesichter? Bleichgesichter waren die Mörder – und du lebst bei ihnen, als sei nichts geschehen?"

Fassungslos starrte ich ihn an. Das reizte ihn, und verärgert riss er an den Zügeln. Der Braune wieherte protestierend und mit den Hufen stampfend. Auch mein Mustang begann zu tänzeln.

Lysander schrie mich an:

„Was weißt du davon? Ihr mit eurem Stolz! Was hat er euch gebracht, euer verdammte Stolz? Die Jicarillas waren auch zu stolz, zu stolz um ihr Land zu räumen und den Weißen zu überlassen! Du fragst, warum ich bei den Bleichgesichtern bleibe. Die Antwort hab ich dir schon in Tulsa gegeben: um zu überleben! Verstanden, Apache?"

Er gab seinem Pferd die Sporen und jagte davon. Langsamer, zutiefst bestürzt folgte ich ihm.

In San Angelo war Lysander kein Unbekannter. Überall traf er Freunde, die ich mit gemischten Gefühlen betrachtete, denn sie machten keinen guten Eindruck. Aber ich verspürte nicht die geringste Lust, mich in ein neues Streitgespräch einzulassen, darum neigte ich nur grüßend den Kopf, als sie mir vorgestellt wurden, verhielt mich jedoch schweigsam. Natürlich wurde Lysander zu einem Drink eingeladen, wie sie es nannten, und begeistert stimmte er zu. Ich wollte nicht mitkommen in den Saloon und lieber draußen auf der Veranda warten. Zu meiner Überraschung fand sich der Mestize schon nach kurzer Zeit bei mir ein. Er drückte mir ein hohes Glas in die Hand.

„Trink das, es wird dir schmecken. Es ist deutsches Bier."

Vorsichtig schnupperte ich daran. Es roch frisch, und der Schaum darauf gefiel mir, sodass ich es kostete. Ja, es sagte mir zu. Es war angenehm zu trinken und stillte den Durst. Später habe ich noch manches Mal ein Glas Bier getrunken, immer, wenn ich in eine Stadt der Bleichgesichter kam. Dagegen waren mir Whisky und Brandy mein Leben lang verhasst.

Ich wollte mich nun von Lysander trennen, denn wir hatten ja unser Ziel erreicht. Er aber bat mich, noch ein bisschen zu bleiben.

„Hab gehört, es gibt einen Stierkampf hier. Hast du schon mal so etwas gesehen? Komm, ich lade dich ein! Heut machen wir einen drauf!"

Ich erinnerte ihn daran, dass er nur wenig Geld hatte, aber er erklärte, er würde auf der Ranch, zu der er morgen reiten wollte, mit Sicherheit eine Anstellung finden. Und so ging ich mit ihm, das Wort „Stierkampf" machte mich neugierig, zumal mir Lysander erzählte, diese Rinder würden eigens für den Kampf gezüchtet und wären nicht zu vergleichen mit dem zahmen Vieh, das die Cowboys hüteten. Ich stellte mir vor, ein mutiger Mann würde seine Kräfte mit einem Stier messen.

Wie weit sich diese Vorstellung von der Wirklichkeit entfernte, das sollte ich erst noch erfahren.

Lysander führte mich zu einem Ort, den er Arena nannte. Diese Arena war gedrängt voll mit Menschen, mehr als die Hälfte davon Frauen und Kinder. Es herrschte ein unbeschreiblicher Lärm. Lautes Schreien, Gelächter und Musik plagten meine Ohren, am liebsten wäre ich gleich wieder gegangen. Auch die Gesellschaft der Freunde Lysanders, die um uns herum saßen, behagte mir gar nicht. Sie wirkten allesamt mehr oder weniger wie Rowdies. Nur der Gedanke daran, dass ich bald wieder allein sein würde, ließ mich ihre Gegenwart ertragen.

Dann ertönte ein schmetterndes Signal, und ein Stier stürmte in die Arena. Es war ein prächtiges, kraftvolles Tier mit schön geschwungenen Hörnern. Mit hoch erhobenem Kopf trabte es feurig durch das Rund der Arena – ein König unter seinesgleichen. Aber es blieb nicht lange allein. Ein Reiter erschien, der sein Pferd so aufreizend vor dem Stier hin- und herbewegte, dass dieser wütend angriff. Ich dachte, er würde sich jetzt vom Pferd herab auf den Stier fallen lassen, aber stattdessen stieß er ihm einen Speer in den Widerrist. Der Stier brüllte auf und griff erneut an. Ein weiterer Speer wurde ihm in den Rücken getrieben und dann ein dritter, ein vierter, ein fünfter! Dunkelrotes Blut rann an den Flanken des Stieres herab. Aufs Höchste gereizt stürzte er seinem Peiniger entgegen, der den nächsten Speer schon in der Hand hielt. Dieses Mal gelang es dem vor Wut und Schmerz rasenden Tier, seine Hörner in den Bauch des Pferdes zu treiben. Es schrie entsetzlich und brach in die Knie. Der Reiter sprang sofort hoch und lief, so schnell er nur konnte, auf ein hastig geöffnetes Tor zu, während der Stier immer noch auf das Pferd eindrang. Die furchtbaren Todesschreie des Pferdes mischten sich mit dem Lärm der Zuschauer, und ich erinnere mich sehr gut an den Zorn, der mich damals erfasste. Was für ein sinnloses Gemetzel!

Drei bunt gekleidete Männer mit roten Tüchern lenkten jetzt den Stier von seinem Opfer ab, damit ein anderer dem Pferd die erlösende Kugel geben konnte. Die Bewegungen des Stieres wurden schwächer, der Sand der Arena war rot von seinem Blut. Er konnte nicht mehr, er schnaubte keuchend, und mit jedem Atemzug lief Blut aus seinen Nüstern. Einer der Männer hob eine lange, spitze Klinge, die er auf eine Stelle an der Stirn des Stieres richtete. Dieser rührte sich nicht, er stand so ruhig, als verlangte es ihn nach dem Tod. Der Mann stieß zu, und der Stier brach zusammen. Jubelgeschrei erfüllte die Arena, als habe der Mann soeben eine Heldentat begangen. Ich sah rote Rosen auf ihn zufliegen, die im Blut des Stieres landeten.

Zorn, Abscheu und grenzenlose Verachtung zwangen mich aufzuspringen. Diese Menschen und ihre Vergnügungen widerten mich an. Stierkampf nannten sie das? Es war kein Kampf, es war nichts als eine ekelhafte Schlächterei! Hätten diese Stierkämpfer wohl auch den Mut, den Bison zu jagen – mit Pfeil und Bogen?

Ich eilte dem Ausgang zu, Lysander und zwei seiner Freunde liefen mir nach. Draußen blieb ich stehen, ich glaube, ich war blass vor Wut.

„Winnetou dankt sehr für deine Einladung! Der Apache erinnert sich nicht, jemals zuvor mutigere Heldentaten gesehen zu haben, als diese Männer dort vollbrachten!"

Mit Absicht hatte ich mich Apache genannt. Lysander sollte Vergleiche ziehen. Er sagte kein Wort, aber einer seiner Freunde spottete:

„Ein Indianer, der kein Blut sehen kann! Noch dazu ein Apache! Der Teufel soll mich holen, wenn mir das irgendjemand glaubt. Was für Heldentaten hast du denn schon vollbracht, mein Süßer?"

Mit blitzenden Augen trat ich einen Schritt auf ihn zu. Er wich zurück, die rechte Hand spielte mit dem Griff eines Messers, der sichtbar aus seinem Gürtel ragte. Lysander trat zwischen uns.

„Das reicht, hört auf! Vielleicht hat Winnetou tatsächlich schon mehr Tapferkeit bewiesen als ein Stierkämpfer."

„Pshaw, Tapferkeit? Eine Rothaut? Verschwinde, Lysander!"

Er stieß den Mestizen brutal zur Seite und schrie:

„Come on, Rothaut!"

In der nächsten Sekunde starrte er in den Lauf des Revolvers, den ich auf ihn gerichtet hatte. Sein Gesicht wurde bleich, er schluckte krampfhaft. Der andere, so genannte Freund Lysanders flüsterte erschrocken:
„Nicht schießen! Es war nur ein Scherz."
„Ja", nickte ich. „So hat Winnetou das auch verstanden. Denn sonst wäre er längst tot. Und jetzt befreit mich von eurem Anblick, schnell!"
Das brauchte ich nicht zu wiederholen.
Lysander begleitete mich stumm zu meinem Pferd. Er hielt die Zügel, während ich mich auf den bloßen Rücken des Schecken schwang. Dann blickte er hoch zu mir und lächelte.
„Du machst verdammt wenig Umstände! Hab noch nie gesehen, dass einer so schnell gezogen hat. Schätze, ich werd' mir deinen Namen merken müssen. Die beiden anderen vergessen ihn bestimmt ihr Leben lang nicht. Na ja – und was den Stierkampf betrifft, vielleicht hast du sogar Recht. Hab noch nie darüber nachgedacht."
Ich reichte ihm die Hand.
„Mein Freund, du bist im Pueblo am Rio Pecos stets willkommen."
Dann trieb ich den Schecken an.
Hinter mir hörte ich Lysanders Stimme:
„Keine leeren Versprechungen, mein Junge! Eines Tages nehm' ich dich beim Wort!"
Das hat er nicht getan, das Pueblo hat er bis heute nicht besucht. Und wenn ich, so wie an diesem Abend, meinen Blick hinauf zu den Sternen richte, dann denke ich manchmal auch an Lysander. Was mag wohl aus ihm geworden sein? Werden sich unsere Lebenswege irgendwann noch einmal kreuzen?
Nur der, den wir das „Große Geheimnis" nennen, kennt die Antwort auf alle unsere Fragen.

Mit überkreuzten Beinen kauerte ich in unserer Wohnung im Pueblo und erzählte von den Ereignissen der vergangenen Monde, während Nscho-tschi - hinter mir kniend – die erbeutete Klapperschlangenhaut in mein Haar flocht. Klekih-petra saß dabei und hörte zu. Seine Augen leuchteten auf, als ich mein Erlebnis mit Adam Jones erwähnte. Doch dann kam ich auf das Leben in den Städten der

Bleichgesichter zu sprechen und gab mir keine Mühe, meine Abneigung zu verbergen. Klekih-petra sagte nichts, auch dann nicht, als die Verachtung in meinen Worten immer deutlicher wurde. An seinem veränderten Gesichtsausdruck aber erkannte ich die wachsende Enttäuschung. Hatte er gehofft, ich, als der zukünftige Häuptling, würde den Lebensgewohnheiten der Bleichgesichter Anteilnahme und Verständnis entgegenbringen?

Das Gegenteil war eingetreten: Ich verabscheute die weiße Rasse nur noch mehr.

5. Buch: Geschrieben bei Tatellah Satah II

5. Buch.

Geschrieben bei

Catellak Satak II

Geschrieben bei Tatellah - Satah II

Heute ist mir leicht ums Herz. Nur noch wenige Tage, dann werde ich reiten, um meinen weißen Freund wieder zu sehen. Er kommt zurück über das große Wasser, er hat es mir versprochen. Ich freue mich auf das Leuchten in seinen Augen, weil ich ihm Hatatitla mitbringe, und auch der Rappe wird glücklich sein. Zu oft muss er seinen Herrn entbehren. Mag ihn auch meine Liebe und die Fürsorge aller Mescaleros ein wenig trösten, so ist sie doch nicht dasselbe für ihn wie die Liebe und Fürsorge Old Shatterhands.

Ich will die Zeit bis zum Treffen mit meinem Bruder nutzen und schreiben. Es ist gut, dass ich innerlich so froh bin, denn das wird mir vielleicht helfen bei der Niederschrift von Ereignissen, die ich in diesem Buch beschreiben muss. Obgleich die Jahre darüber hinweggegangen sind, so haben sie es nicht vermocht, die grauenvollen Bilder meinem Gedächtnis zu entreißen. Sie sind da, sie werden immer da sein. So wie das Bild meiner sterbenden Mutter, das Bild des vor mir zu Boden stürzenden Klekih-petra, das Bild meiner Schwester und meines Vaters in ihrem Blut - so ist das Bild der tödlich getroffenen Ribanna mit dem leblosen Kind in ihren Armen auf ewig unauslöschlich in meine Seele gebrannt.

Als ich mit meinen Lebenserinnerungen begann, habe ich mir geschworen, in allem nur die Wahrheit zu sagen. Welchen Wert hätte dieses Testament, würde ich mich besser oder schlechter machen? Darum gehören auch Erlebnisse hier herein, aus denen ich später gelernt habe. Ich war ein Apache wie jeder andere, und die Zeit war und ist voller Wandlungen. Die Brutalität und Grausamkeit, mit der sich die rote und weiße Rasse bekämpften, ist schon heute in die Geschichte eingegangen. Und deshalb nannte man unser Land, ungeachtet seiner Schönheit, die „dark and bloody grounds", die „finsteren und blutigen Gründe".

Klekih-petra lehrte mich Milde, Güte, Barmherzigkeit, Gerechtigkeit, Liebe zum Frieden und zu den Menschen - aber alles das stand in einem auffallenden Gegensatz zu dem, was ich beinahe täglich erlebte. Ich saß mit ihm zusammen, ich hörte ihm zu und stellte mir vor, das rote Volk würde tun, was Klekih-petra predigte. Es würde ehrlich handeln gegen die Lügen der Bleichgesichter, Verträge einhalten, die jene brachen, würde dem Länderraub mit Nachsicht und Verzeihung begegnen, würde Goldsuchern Berge und Flüsse widerstandslos überlassen und die Waffen niederlegen angesichts der Soldaten - weil die Liebe zum Nächsten es gebietet! Wie konnten dann noch Zweifel für die Zukunft bestehen? Konnte auch nur ein einziger, vernünftiger Mensch glauben, die Weißen würden eine solche Handlungsweise ebenso erwidern? Güte mit Güte, Verzicht mit Verzicht, Respekt mit Respekt vergelten? Hatten sie das mit den Schwarzen getan? Wie diese, die noch in der Zeit meiner Jugend den Weißen mit Leib und Leben gehörten, wären auch wir der Sklaverei verfallen. Das war der Grund, warum ich Klekih-petra zuhörte, ohne aber an seine Worte wirklich zu glauben. Und wenn ich dann wieder in die Gemeinschaft der Krieger zurückkehrte, dann kehrte ich in eine andere Welt zurück. Hier hatte das Wort „Gerechtigkeit" einen anderen Klang, die Worte „Milde und Barmherzigkeit" galten nur für das eigene Volk, und die Friedensliebe hätte einem Krieger leicht das Leben kosten können. Was Lysander über sich gesagt hatte, das galt und gilt auch heute noch für die Apachen: Es ging nur um eines - das Überleben! Dies alles muss ich erwähnen, bevor ich niederschreibe, was in meinem neunzehnten Lebensjahr geschah.

Vor unserer Wohnung im Pueblo saßen an diesem Sommertag Intschu tschuna, Tkhlish-Ko und die beiden alten Unterhäuptlinge Na'ishchagi und Inta im Gespräch beisammen. Ich selbst hielt mich mit Nscho-tschi drinnen auf, ging aber hinaus, als ich die Stimme des Kriegers Pesch-endatseh hörte. Er stand vor den Häuptlingen und hatte Unangenehmes zu berichten.
„Bleichgesichter ziehen durch unser Land. Sie führen Wagen mit sich, so viel wie die Finger an meiner Hand. Langes Messer hat gesehen, dass auch Blauröcke dabei sind."
Was der Krieger da sagte, brachte die Gemüter sogleich in Wallung, ungeachtet der stoischen Selbstbeherrschung, die dem roten Mann gewöhnlich eigen ist - oder doch sein sollte. Intschu tschuna stellte Fragen.
„Wie viele weiße Männer? Wie viele Blauröcke?"
„Zweimal zehn Reiter gehören zum Treck und dazu noch zehn Blauröcke. Wie viele in den Wagen saßen, konnte Langes Messer

nicht sehen. Aber oben auf den Wagen saßen immer zwei. Sie hatten Gewehre."

„Dann werden es vielleicht zusammen vier mal zehn Männer sein, denn in den Wagen sind gewiss nur die Squaws und Kinder", rechnete der Häuptling. Unser Medizinmann rief:
„Sie haben kein Recht, dieses Land zu durchqueren! Tötet sie!"
Intschu tschuna ging nicht darauf ein. Ruhig fragte er weiter:
„Waren es nur Siedler und Blauröcke? Oder waren unter den Reitern auch solche, die anders aussahen?"
Pesch-endatseh antwortete:
„Manche der Reiter waren bestimmt keine Siedler. sie sahen eher aus wie Goldsucher oder........adventurer[1]."
Er nannte das englische Wort, weil ihm kein passendes in unserer Sprache einfiel.

Ich lehnte während dieses Wortwechsels mit dem Rücken an der Außenwand unserer Wohnung und hatte die Arme verschränkt. Meine Schwester stand innen, nahe des Eingangs und lauschte.

Nach kurzer Überlegung erklärte Intschu tschuna:
„Wir schicken einen Trupp Krieger aus. Sie sollen diese Bleichgesichter überfallen und töten, wie sie es verdienen. Wenn wir zulassen, dass sie unbehelligt unser Land durchqueren oder sogar hier siedeln, werden immer mehr von ihnen kommen."

„Howgh!", knurrte Feuerschlange, und die beiden Alten nickten zustimmend. Jetzt drehte sich Intschu tschuna nach mir um.
„Winnetou, du wirst die Krieger anführen."
„Ja, mein Vater."

Ich löste mich von der Wand und trat einen Schritt auf die Häuptlinge zu.
„Wähle sieben mal zehn Krieger aus, mein Sohn. Nicht alle haben Gewehre, aber diese Zahl genügt."
„Ich brauche einen zweiten Anführer. Dafür möchte ich weder Nakaiyè noch Deelicho. Ich möchte Til Lata."
„Nun gut! Wage es mit ihm. Bewährt er sich, dann will ich ihn zum Unterhäuptling machen. Sage ihm das."

Ich nickte und verließ die Männer, um meine Waffen aus der Wohnung zu holen, während Intschu tschuna Langes Messer zum Herold

---

[1] Englisch = Abenteurer

schickte. Dieser sollte im Pueblo und im Zeltlager Freiwillige aufrufen.

Nscho-tschi sah mich besorgt an.

„Mein Bruder mag gut auf sich aufpassen."

Ich seufzte.

„Ja, Mutter."

Da gab sie mir einen Stoß in die Seite und lief kichernd davon.

Unten im Dorf hatte sich eine stattliche Anzahl Krieger versammelt. Ich befahl Entschar Ko, siebzig von ihnen auszuwählen, dann winkte ich Til Lata herbei.

„Du wirst der zweite Anführer sein. Denk daran, du könntest jetzt Unterhäuptling werden."

„Ich werde dich nicht enttäuschen", versicherte er mir strahlend.

Die Pferde wurden gebracht, und das Dorf lief zusammen, um uns zu verabschieden. Ich warf verstohlene Blicke um mich, denn ich fürchtete eine Begegnung mit Klekih-petra. Es war nicht das erste Mal, dass die Mescaleros einen Siedlertreck überfielen, und jedes Mal hatte es deswegen Probleme mit ihm gegeben. Zum Glück konnte ich ihn nirgendwo entdecken, und erleichtert setzte ich mich auf Reys Rücken und an die Spitze der Kriegerschar. Unmittelbar hinter mir ritten Til Lata und Pesch-endatseh, der uns den Weg wies. Auch Iyah war dabei. Der Gehilfe unseres Diyin führte Heilkräuter und Verbände mit sich für den Fall, dass der eine oder andere verletzt wurde.

Hatte ich Zweifel an der Rechtmäßigkeit meines Auftrags? Nein, ich kann mich nicht erinnern. Ich glaube, genau wie jeder andere Krieger war ich fest davon überzeugt, das Richtige zu tun. Die Weißen waren in unser Land eingedrungen, sie mussten sterben! Falls mich überhaupt etwas bewegte, dann vielleicht das Schicksal der Kinder. Aber der Gedanke an die unzähligen Indianerkinder, die von Bleichgesichtern unbarmherzig ermordet worden waren, verbannte alles Mitleid aus meinem Herzen. An die Lehren Klekih-petras wollte ich schon gar nicht denken.

Ein stundenlanger Ritt lag hinter uns, da entdeckten wir den Treck. Eine niedrige, wellenförmige Hügelkette trennte uns davon. Unsere Späher berichteten, die Eindringlinge zögen auf gleicher Höhe mit uns und wären völlig ahnungslos. Ich gab den Befehl zum Halten und Sammeln. Dann ritt ich mit meiner Gruppe ein gutes Stück weiter, während Til Lata und seine Männer zurückblieben. Sie sollten das

Ende des Trecks angreifen. Eine günstige Stelle zwischen den Hügeln schien mir zum Angriff geeignet. Ich hob die Hand mit meinem Gewehr, stieß einen schrillen Schrei aus und drückte Rey die Fersen in die Flanken. Der Hengst schoss davon, und die Schar der Krieger folgte sogleich. Getrennt von uns, aber gleichzeitig war auch Til Latas Gruppe gestartet. Das Wiehern der Pferde, das dumpfe Trommeln ihrer Hufe und das Kriegsgeschrei der Reiter erfüllten die Ebene.

Ja, da waren sie, die Bleichgesichter! Der Schreck schien sie sekundenlang zu lähmen, jedenfalls stoppte der Zug für einen Augenblick. Dann aber jagten sie los in panischer Angst. Erste Gewehrschüsse fielen auf beiden Seiten, die mitreitenden Soldaten riefen ihre Befehle. Ich erkannte, was sie planten. Soldaten und Reiter stellten sich uns schießend entgegen, die Wagen schlossen sich in aller Eile zu einem Kreis zusammen. Das heißt, sie versuchten es - wir hinderten sie daran. Ein Hagel von Pfeilen, eine Salve von Gewehrschüssen gingen auf sie nieder. Tote und Verletzte stürzten bei ihnen und leider auch bei uns von den Pferden. Jedem Sturz folgte ein einseitiges Triumphgeschrei. Frauen kreischten, und Kinder weinten. Endlich schafften sie es doch, die Wagenburg zu bilden, und schießend verschwanden die Überlebenden in ihrem Schutz.

Mit erhobener Hand gab ich das Signal zum Rückzug. Hinter einem der Hügel sammelten sich beide Gruppen. Til Lata lenkte seinen Schecken zu mir. Er jubelte:

„Noch einen Angriff, dann sind sie erledigt!"

Ich hatte Mühe, den aufgeregten Hengst zu bändigen.

„Wie viele Tote haben wir?"

Denn natürlich war das meine erste Sorge.

„Zwei, vielleicht drei. Und ein paar Verletzte. Aber die weißen Koyoten haben viele Tote."

Yato Ka erschien und berichtete, die Bleichgesichter rührten sich nicht. Sie erwarteten angstvoll einen neuen Angriff.

„Gib ihnen nicht so viel Zeit", mahnte Til Lata.

Ich sah ihn nur stolz an und wandte mich den Kriegern zu. Sie saßen alle noch zu Pferd, nur die Verwundeten ließen sich von Iyah versorgen.

„Macht Brandpfeile fertig!"

Schnell flackerte ein Feuer auf und sprang von einem der dafür vorbereiteten, mit Kiefernharz getränkten Pfeile zum nächsten.

„Los jetzt!"
Wieder jagten wir auf schäumenden Mustangs über die Ebene. Pfeil um Pfeil trug das brennende Verderben hinüber zu den Planwagen, und gleich darauf züngelten Flammen an ihnen empor. Schüsse peitschten auf, auch ich riss das Gewehr an die Wange und drückte ab. Ein lauter Aufschrei - aber im nächsten Augenblick spürte ich einen heftigen Schlag gegen den linken Oberarm und wusste, dass mich eine Kugel getroffen hatte. Zwar war es zum Glück nicht der rechte, jedoch konnte ich nur unter großer Selbstbeherrschung das Gewehr mit beiden Händen halten. Und schon bald begann sich eine Lähmung in dem verletzten Arm auszubreiten, sodass ich das Gewehr an einen anderen Apachen weiterreichte und den Revolver zog. Entschar Ko hielt neben mir. Er frohlockte, weil der Widerstand der Bleichgesichter jetzt schwächer erschien. Nur die Blauröcke leisteten noch Gegenwehr.

Dann sah Entschar Ko das Blut an meinem Jagdhemd.

„Du bist verletzt! Ist die Kugel drin?"

Ich nickte, da streckte er erschrocken die Hand aus und wies hinter mich.

Auch ich erschrak. Denn auf galoppierendem Pferd näherte sich uns - Klekih-petra! Selbstverständlich war mir klar, dass es jetzt zu einem Streit kommen würde und dass ich es war, auf den sich der Zorn meines weißen Freundes entlud. Ich konnte ihm leider nicht ausweichen.

Entschar Ko zurufend, er solle Til Lata den Befehl übergeben, trieb ich Rey aus der Schussweite. Als ich ihn anhielt, bäumte sich der Rappe wild auf, aber sofort stellte Klekih-petra seinen Braunen quer vor uns.

Er keuchte und rang nach Atem.

„Was ist das für ein Gemetzel? Habe ich dich das gelehrt?"

„Bitte, sei still", versuchte ich einzuwerfen. Er aber überschüttete mich mit Vorwürfen, was umso schlimmer war, da einige Krieger in der Nähe alles mitanhören konnten.

„Ich habe geglaubt, meine Worte wären auf fruchtbaren Boden gefallen! Ich war ein Narr! Du mordest unschuldige Menschen!"

Jetzt erhob auch ich meine Stimme.

„Unschuldig? Nennst du das unschuldig, wenn......"

Da schrie er mich an, und es war das erste und einzige Mal:

„Gib sofort den Befehl aufzuhören! Sofort!"

In höchstem Zorn blitzten seine Augen, ich erkannte ihn nicht wieder. Alle Liebe, alle Güte waren von ihm gewichen. Die Blicke der anwesenden Apachen gingen zwischen ihm und mir hin und her. Sie erwarteten, dass ich Klekih-petra Trotz bot - das aber gelang mir nicht.
Heftig wandte ich mich Yato Ka zu, der gerade auftauchte.
„Du hast es gehört! Sag Til Lata, er soll den Kampf einstellen."
Yato Ka öffnete den Mund zum Widerspruch, sah dann auf der Stelle ein, dass es sinnlos war und jagte davon. Klekih-petra versuchte, sich zur Ruhe zu zwingen. Ich sagte kalt:
„Da du nun den Oberbefehl hast - was soll Winnetou als Nächstes tun?"
Er zögerte kurz. Nach dem Wutausbruch schienen ihm Bedenken zu kommen, und meine Verletzung irritierte ihn. Unsicher antwortete er:
„Fordere sie auf, sich zu ergeben. Lass sie sich um ihre Verwundeten kümmern. Denk an die Kinder, Winnetou!"
„Ergeben?"
Ich lachte.
„Und dann? Wird Klekih-petra ihre Freilassung erzwingen? Wozu sollen sie sich da erst ergeben?"
Er schwieg. Zusammengesunken wie ein alter Mann saß er auf dem Pferd, und Schweiß perlte über seine Stirn. Endlich sagte er müde:
„Da gab es einmal eine Frau, die wahnsinnig wurde von dem unschuldig vergossenen Blut, an dem sie mitschuldig war. Sie bildete sich ein, dieses Blut an ihren Händen zu sehen. Erinnerst du dich?"
Widerwillig nickte ich.
„Lady Macbeth, nicht wahr? Mit Shakespeare habe ich dich das Lesen gelehrt. Damals glaubte ich, du würdest lernen, Recht von Unrecht zu unterscheiden. Habe ich mich geirrt?"
„Nein!", rief ich leidenschaftlich aus.
„Aber vielleicht kannst du es nicht mehr unterscheiden! Als du zu den Mescaleros kamst, da konntest du es noch. Da sprachst du vom Unrecht gegen das rote Volk."
„Ich habe es nicht vergessen! Ich habe nicht vergessen, was deinem Volk angetan wird. Hier aber geht es um Menschenleben, die du vernichten willst."
„Winnetou hat auch schon früher an Angriffen teilgenommen."

„Ja. Und es war mir immer ein Dorn im Auge! Heute ist es schlimmer. Denn heute bist du der Anführer."

„Ist dieser Unterschied dir so wichtig?"

„Sehr wichtig! Ich begreife es einfach nicht. Du hast mir von Adam Jones erzählt, und ich war stolz auf dich – weil du dich selbst überwunden hast. Jetzt ist es mir, als sähe ich einen anderen Winnetou vor mir, einen Winnetou ohne Mitleid, ohne Erbarmen! Wie fremd bist du mir in diesem Augenblick!"

Verstört betrachtete ich die Zügel in meinen Händen. Nur weil ich Adam Jones nicht getötet hatte, hieß das doch noch lange nicht, dass ich in Zukunft jedem Bleichgesicht mit Verständnis und Nachsicht begegnen würde. Schon gar nicht diesen Länderdieben! Und auch Adam Jones hatte ich gehasst. Wie oft war ich nahe daran gewesen, ihn umzubringen! Hatte Klekih-petra das nicht verstanden?

Geistesabwesend streichelte er den Hals seines Braunen.

„Wir sprachen von Lady Macbeth. Weißt du noch, was aus ihr wurde?"

„Sie tötete sich selbst."

„Sie war sich also trotz ihres Wahnsinns ihrer Schuld bewusst."

„Willst du, dass ich mich umbringe?"

„Was redest du da! Du sollst weder dich noch andere umbringen. Der Gott der Christen sagt: Du sollst nicht töten!"

Spöttisch den Mund verziehend, antwortete ich:

„Hat Klekih-petra je versucht, das den Christen zu sagen?"

Da verstummte er, als hätte ich eine wunde Stelle berührt. Wir schwiegen beide eine geraume Zeit lang, dann holte ich tief Atem.

„Komm, wir wollen sehen, was zu tun ist."

Bei der halb zerstörten Wagenburg erwarteten uns sämtliche Krieger. Es wurde nicht mehr geschossen, doch hielten sie ihre Gewehre und Bogen auf die Bleichgesichter gerichtet, die hinter den schwelenden Planwagen in Deckung lagen. Sie mochten wohl mit ihren Wasservorräten das Feuer gelöscht haben. Ich zügelte Rey und rief:

„Die Bleichgesichter mögen sich ergeben. Eine Weiterführung des Kampfes würde ihnen den Tod bringen. Jeder Widerstand ist sinnlos!"

Keine Reaktion, wir warteten. Schließlich verlor ich die Geduld.

„Schickt mir einen Unterhändler! Der Häuptling der Mescaleros wartet nicht länger."

Nun rührte sich doch etwas. Ein älterer Mann mit grauen Haaren und ein Soldat stiegen vorsichtig über die Wagendeichseln hinweg. Sie waren unbewaffnet und hatten die Hände erhoben.

Ich fühlte mehr, als dass ich sah, wie sich Klekih-petra neben mir entspannte. Er stieg vom Pferd, was mir nicht gefiel. Die beiden Unterhändler musterten ihn voller Misstrauen. Vermutlich erkannten sie in ihm einen Angehörigen ihrer eigenen Rasse, denn sie flüsterten miteinander. Bevor Klekih-petra nach ihrem Befinden fragen konnte, schaltete ich mich ein.

„Ihr seid in unser Land eingedrungen, ohne uns um Erlaubnis zu bitten! Nun müsst ihr die Folgen tragen. Beklagt euch nicht darüber."

„Wir brauchen euch nicht zu bitten", stieß der Soldat hervor.

„Die Regierung hat das ganze Land zur Besiedlung freigegeben. Es gehört euch nicht länger."

Die Mescaleros schwenkten erzürnt ihre Tomahawks und schrien laute Drohungen, bis ich Ruhe gebot.

„Ihr seht ja, was euch das gebracht hat. Eure Regierung geht uns nichts an. Sie kann nicht geben, was sie nicht besitzt. Wie viele seid ihr noch?"

Der Grauhaarige antwortete feindselig:

„Achtundzwanzig Männer, viele davon verletzt. Und sieben Frauen und sechs Kinder. Gott wird euch strafen, ihr habt auch Kinder umgebracht."

Ich ging nicht darauf ein.

„Winnetou sieht zwei Wagen, die nur wenig beschädigt sind. So trefft eure Vorbereitungen. Morgen früh werdet ihr unser Land auf demselben Weg verlassen, auf dem ihr gekommen seid."

Da warf mir der Mann einen Blick zu, in dem der nackte Hass stand. Seine Stimme klang wie das Knurren eines Hundes.

„Unsere Vorräte sind zum großen Teil durch das Feuer vernichtet, unser Scout ist tot. Wasser wurde zum Löschen verwendet. Wenn ihr uns so wegschickt, werden wir uns verirren und verschmachten. Auch das ist Mord."

„Eure Chancen sind besser, als wenn ihr den Weg fortsetzen würdet. Ihr kennt die Gegend, die hinter euch liegt. Eure Wagenspuren sind deutlich sichtbar."

Der Soldat schien einverstanden, verzichtete aber nicht auf die Androhung von Vergeltungsmaßnahmen. Der Grauhaarige wandte sich an Klekih-petra.

„Sir, Ihr seid doch ein Weißer, ein Christ! Ihr könnt das nicht zulassen. Im Namen des Herrn - helft uns!"

„Er hat euch bereits geholfen", hörte ich Til Latas Stimme und nickte.

Da griff Klekih-petra entschlossen in Reys Zügel. Er drängte den Hengst seitwärts, und weil ich nichts dagegen unternahm, folgte ihm das Tier bereitwillig. Wenigstens das hatte mein weißer Lehrer begriffen, dass er mir keine Vorhaltungen in Gegenwart der Krieger machte.

Ein kleines Stück entfernt ließ er die Zügel los.

Ich zwang mich zur Ruhe, legte das rechte Bein angewinkelt über den Widerrist des Rappen, blieb aber oben sitzen. Schweigend sah ich auf Klekih-petra herab.

„Winnetou, so ganz Unrecht hat der Mann nicht. Vom Jagen verstehen diese Siedler bestimmt nicht viel, und du würdest die Jagd auch gar nicht erlauben. Was sollen sie essen, wenn ihre Vorräte verdorben sind? Vom Wasser ganz zu schweigen. Du wirst einwenden, es gibt Wasserstellen auf ihrem Weg - doch was ist, wenn sie sich verirren? Vorerst können sie den eigenen Rad- und Hufspuren folgen. Wenn es nun aber regnet oder die Spuren verblasst sind? Sicher sind sie schon seit längerer Zeit unterwegs, da sind nicht mehr alle Spuren vorhanden. Sie haben keinen Scout mehr. Sie könnten sogar den Kiowas oder Comanchen in die Hände fallen oder einem anderen Apachenstamm. Diese Weißen haben ihre Strafe erhalten. Damit sollte es doch genug sein."

„Was willst du von Winnetou?"

„Begleitet sie. Reitet mit ihnen, bis sie in Gegenden kommen, die schon von Bleichgesichtern bewohnt sind. Ich bitte dich darum im Namen der Menschlichkeit! Ich selbst werde auch mitreiten, denn ich bin verantwortlich dafür, dass diese Weißen euch keinen Ärger machen."

Er sprach es nicht aus, aber von meiner Entscheidung, das las ich in seinen Augen, würde unsere künftige Beziehung abhängen.

Die Achseln zuckend erwiderte ich:

„Es soll geschehen, wie du es willst."

Damit lenkte ich Rey zurück zu den anderen und erklärte ihnen meine Entscheidung. Unter den Mescaleros gab es teilweise wütende Proteste, dagegen wirkten die Männer und Frauen der Bleichgesichter, die inzwischen dazugekommen waren, doch erleichtert. Erleichtert ja - aber froh oder gar dankbar?

Ich sah, dass sie Klekih-petra nicht sehr freundlich betrachteten. Hatten sie von ihm erwartet, er würde mich dahin bringen, sie ihren Weg fortsetzen zu lassen?

Wieder erfasste mich der Zorn, und mein verletzter Arm schmerzte. Mit einer Kopfbewegung deutete ich auf Klekih-petra.

„Diesem Mann habt ihr euer Leben zu verdanken! Doch bis jetzt hat Winnetou noch kein Wort des Dankes gehört."

Keiner von ihnen antwortete. Klekih-petra wandte sich zur Seite, so als wäre es ihm nicht wichtig, sogar peinlich. Til Lata knurrte verächtlich:

„Sie schweigen, die Hunde! Aber als es ums Bitten ging, da konnten sie kläffen."

Der Grauhaarige stieß hervor:

„Er hätte mehr tun können, denn wir sehen ja, dass ihr ihn respektiert! Er hätte möglicherweise dieses ganze Massaker verhindern können. Vermutlich ist er selbst schon ein halber Apache geworden."

Da zog ich den Revolver, richtete den Lauf auf ihn und sagte:

„Ich werde jeden erschießen, jeden Einzelnen von euch, der nicht auf der Stelle 'Danke, Sir' sagt! Du zuerst!"

Wenn Hass töten könnte, so hätte mich der Blick seiner Augen vom Pferd stürzen lassen. Angesichts des Revolvers zischte er sein „Danke, Sir", und nach ihm zwang ich den Soldaten und alle anderen dazu. Währenddessen blickte Klekih-petra starr vor sich nieder. Er schämte sich für die Angehörigen seiner Rasse, das sah ich ihm an. Hatte er mir doch selbst erzählt, es sei Sitte bei ihnen, sich zu bedanken. Und er wusste, dass ich in diesem Augenblick daran dachte.

Zuletzt kam eine alte Frau. Niedergedrückt von der Last vieler Winter schritt sie auf Klekih-petra zu. Unter ihrem grauen, verschlissenem Kopftuch schauten weiße Haare hervor, und in der faltenzerfurchten Hand hielt sie ein Buch. Sie musste aufsehen zu Klekih-petra, der doch selber nur klein und gebeugt vor ihr stand. Ich ließ den Revolver sinken. Sie bemerkte das, und für einen Augenblick glitt ein warmes Lächeln über ihr Gesicht. Leise sagte sie:

„Danke, junger Mann!"

Ich schüttelte den Kopf und wies stumm auf Klekih-petra. Die Frau kümmerte sich nicht um das verärgerte Getuschel der anderen Weißen.

„Du hast Achtung vor meinem Alter, Häuptling, dafür habe ich dir gedankt. Meinen Dank an diesen Mann hier aber will ich anders ausdrücken."

Ihre zitternden Hände streckten Klekih-petra das Buch entgegen, und mit tiefer Verneigung und aufleuchtenden Augen nahm er es in Empfang. Das Gemurmel um uns herum verstummte, alle starrten die beiden an. Da wandte sich die Frau noch einmal an mich. Und in die plötzlich eingetretene Stille hinein sagte sie zu mir:

„Ich werde für dich beten."

Verwirrt, ja beinahe erschrocken sah ich ihr nach, als sie fortging.

Anschließend kehrten die Weißen zu den Planwagen zurück. Sie begannen ihre Arbeit, denn der Tag neigte sich langsam dem Ende zu, und am frühen Morgen sollte aufgebrochen werden. Einige von ihnen sortierten aus den beschädigten Wagen alles aus, was mitgenommen werden konnte. Andere pflegten die Verletzten oder begruben die Toten.

Die Mescaleros dagegen entfachten Feuer, aßen und ruhten sich aus. Wir alle führten eine kleine Ration Fleisch mit uns, weil man nie wissen konnte, wann man wieder daheim war.

Bevor ich mich den ärztlichen Künsten Iyahs anvertraute, ging ich zu jedem einzelnen Krieger, um mich über seinen Zustand zu informieren. Drei von ihnen waren tot, mehrere so verwundet, dass sie schnell zum Pueblo zurück mussten. Ich bestimmte Til Lata und die meisten Krieger dazu, den Rückweg anzutreten und Intschu tschuna zu berichten. Dreißig gesunde Männer sollten mit mir und Klekih-petra reiten zur Begleitung der Bleichgesichter.

Dann ließ ich mich ins Gras nieder und winkte Iyah herbei. Er half mir, das Jagdhemd auszuziehen. Iyah betrachtete die Wunde.

„Die Kugel muss raus! Das weißt du - oder?"

„Rede nicht - tu es."

Iyah legte Heilkräuter und nasse Baststreifen bereit. Danach zog er sein Messer, ging hinüber zu einem der Lagerfeuer und hielt die Klinge eine Weile hinein. Als Klekih-petra das sah, setzte er sich neben

mich. Er sagte nichts, und auch ich schwieg. Iyah kam, wartete, bis das Messer abgekühlt war und fragte kurz:
„Bereit?"
Ich nickte.
Das Messer bohrte sich in mein Fleisch. Meine Lippen pressten sich zusammen, und meine rechte Hand krallte sich unwillkürlich in das vor mir liegende Lederhemd. Klekih-petra wandte das Gesicht ab. Dachte er, dass mir recht geschah? Nein, er liebte mich! Ich schloss die Augen, als Iyah die Kugel heraus holte. Der Schmerz tobte rasend in meinem Arm und verstärkte sich noch bei der Berührung mit einer Flüssigkeit, die in die Wunde tropfte. Iyah drückte zusammengedrehte Kräuter hinein, legte weitere darüber und umwickelte die Stelle mit dem nassen Baststreifen. Ein Lederband hielt das Ganze fest. Die Prozedur würde wiederholt werden müssen, das wusste ich.

Ich schlug die Augen auf und sah Iyah grinsen.
„Weißt du noch damals, im Zelte Tkhlish-Kos?"
„Ja, natürlich. Du hast dich nicht gerade freundschaftlich benommen", antwortete ich, bemüht, meiner Stimme Festigkeit zu verleihen.
„Ich war eifersüchtig auf dich! Du warst so viel jünger - aber ich muss zugeben, du warst besser."
„Dann will Winnetou hoffen, dass Iyah heute der Bessere ist."
„Damit die Wunde heilt?"
„Damit die Wunde heilt."
„Das wird sie!"
Iyah sprang auf.
„Sie wird so gut heilen, dass Winnetou später nicht mehr weiß, in welchem Arm die Kugel steckte."
Er lachte und entfernte sich.
Klekih-petra wandte mir wieder das Gesicht zu. Überrascht sah ich Tränen in seinen Augen glitzern.
„Wie fühlst du dich?"
„Viel besser", lächelte ich. Da ergriff er meine Rechte.
„Winnetou! Eines musst du mir versprechen, wenn alles so werden soll, wie es immer zwischen uns gewesen ist."
„Sprich, mein weißer Vater."
„Tu so etwas nie wieder!"
„Was? Meinen Arm für eine Kugel hinhalten?"
„Das auch!"

Er lachte, wurde aber sofort wieder ernst.

„Ich meine den Überfall. Als ich es erfuhr, ritt ich, so schnell das Pferd laufen konnte, um ihn zu verhindern. Es war schrecklich zu sehen, wie die Menschen starben. Aber es war fast noch schrecklicher für mich zu sehen, dass du es warst, der den Befehl dazu gab."

Ich seufzte.

Dass Intschu tschuna es befohlen hatte, sagte ich nicht. Es lag nicht in meiner Absicht mich freizusprechen, indem ich die Verantwortung auf den Häuptling wälzte. Klekih-petra wusste es jedoch.

„Sollte dein Vater wieder einen solchen Befehl geben, dann sprich mit ihm. Sag ihm, man kann auch ohne Blutvergießen die Eindringlinge zum Verlassen des Landes bewegen."

„Und wie?"

„Durch Verhandlungen. Durch gegenseitiges Entgegenkommen."

Das war von ihm nicht anders zu erwarten!

Kopfschüttelnd erwiderte ich:

„Dann wird es darauf hinauslaufen, dass man ein Ultimatum stellen muss. Letzten Endes wird dann doch der Kampf entscheiden. Er hat nur den Nachteil, dass die Eindringlinge gewarnt sind und ihre Vorbereitungen treffen."

Klekih-petra drückte leicht meine Hand.

„Ja, wahrscheinlich wird das so ablaufen. Es ist aber immer noch besser, die Menschen können sich frei entscheiden, als sie ohne Vorwarnung anzugreifen. In einem solchen Fall tragen sie selbst einen Teil der Verantwortung für ihr Schicksal. Und, Winnetou, du weißt doch genau - es kommt der Tag, wo ihr sie nicht mehr vertreiben könnt, die Siedler! Sie werden in Scharen kommen, eure Verluste aber könnt ihr nicht ersetzen."

Ich verzichtete auf eine Antwort, und bald legten wir uns zur Ruhe. Mein verletzter Arm hinderte mich am Einschlafen, und die ganze Nacht hindurch hörte ich im Geist Klekih-petras beschwörende Worte: „Tu das nie wieder!"

Tagelang begleiteten wir nun den Zug der Bleichgesichter, die ihre Feindseligkeit uns gegenüber aufrechterhielten. Wir gaben ihnen von unserer Jagdbeute und zeigten ihnen die wenigen Wasserstellen. Sie vergalten uns das mit ablehnenden Mienen und barschen Bemerkungen, worin sich insbesondere der Grauhaarige und die Soldaten auszeichneten. Sie ertrugen es nicht, dass wir im Besitz ihrer Waffen waren. Sie beleidigten mich und die anderen Apachen mit üblen Schimpfworten und verließen sich dabei auf den von ihnen so verachteten Klekih-petra, der sie auch stets in Schutz nahm, allerdings mit steigendem Widerwillen. Und als ich es nicht mehr aushielt und ihm das sagte, da erklärte er sich ohne Einwände bereit, die Bleichgesichter von nun an allein ziehen zu lassen. Wir gaben ihnen die Waffen mitsamt der nötigsten Munition zurück, und dann trennten sich unsere Wege, während ihre Beschimpfungen noch lange in unseren Ohren gellten.

Einzig von jener alten Frau hatte Klekih-petra sich verabschiedet.

Jetzt fragte ich ihn, was das für ein Buch sei, das er als Geschenk erhalten habe. Ein Amerikaner habe es geschrieben, antwortete er.

„Es trägt den Titel ‚Hiawatha', aber ich kenne es nicht."

„Hiawatha? Winnetou kennt Hiawatha. Er war ein großer Geheimnismann der nördlichen Völker. Es gibt viele Geschichten über ihn. Ist dieser gemeint oder der andere Hiawatha, den der Große Geist einst zu den Menschen sandte?"

Überrascht blickte er auf.

„Du kennst ihn? Willst du das Buch einmal lesen?"

„Ja", nickte ich. Denn es machte mich neugierig zu erfahren, was ein Bleichgesicht von Hiawatha wusste.

Intschu tschuna empfing mich in Gesellschaft der Unterhäuptlinge. Auch Til Lata, der nun selbst dazugehörte, war anwesend. Der Häuptling der Mescaleros forderte einen Bericht von mir, und zwar von Anfang an. Sie kannten alle Til Latas Erzählung, wollten aber aus meinem Mund weitere Einzelheiten erfahren, denn die Ereignisse hatten ziemlich viel Unruhe ins Dorf gebracht. Intschu tschunas Gesichtszüge verrieten keine Gefühle, als er fragte:

„Mein Sohn Winnetou hielt es für richtig, den Wünschen Klekihpetras zu folgen?"

„Ja, mein Vater. Die Bleichgesichter waren am Ende. Sie hatten ihre Strafe erhalten."

„Winnetou denkt also, Klekih-petras Einschreiten sei gerechtfertigt gewesen? Er hätte das Recht gehabt, dir zu widersprechen?"

Ich zögerte kurz. Alle sahen mich an, nur Til Lata blickte zu Boden. Was hatte er berichtet? Mir fiel ein, dass Klekih-petra die Marterung der Mörder seines Vaters verhindert hatte. Bei meiner Antwort wog ich jedes Wort genau ab.

„Winnetou möchte die Frage nicht so einfach mit Ja oder Nein beantworten. Klekih-petra hatte keine Befehlsgewalt, er ist kein Häuptling. Aber jeder Apache ist ein freier Mann, und der Weiße Vater gilt als einer von uns. So hat er das Recht auf seine eigene Meinung, auch mir gegenüber."

„Gewiss", sagte Nakaiyè beinahe nachsichtig.

„Aber durfte er diese Meinung auf solche Weise äußern?"

Und Deelicho meinte:

„Durfte er Winnetous Autorität herabsetzen?"

Ich schüttelte leicht den Kopf. Ihnen meine Gedanken mitzuteilen, erwies sich als sehr schwierig. Ich versuchte es noch einmal.

„Das, was er getan hat, empfand er als Recht. Ja, mehr als das - als seine Pflicht. Sein Glaube verlangte es von ihm. Er durfte mir nicht vor allen Kriegern widersprechen, das hat er aber selbst eingesehen. Beim zweiten Mal sprach er allein mit mir. Winnetou denkt, wenn Klekih-petra geschwiegen hätte, dann hätte er sich im Stillen immer Vorwürfe gemacht."

„Denkst du das wirklich?", fragte Intschu tschuna zweifelnd.

„Ja, ganz bestimmt."

Da meldete sich überraschend Til Lata zu Wort.

„Ich denke das auch", sagte er zu meinem großen Erstaunen.

„Zuerst hat Til Lata Zorn empfunden über das Eingreifen des Weißen Vaters. Später aber musste ich mir sagen: Es war sehr mutig von ihm! Til Lata kann ihm seinen Respekt nicht versagen."

Ich warf ihm einen dankbaren Blick zu, den er mit Wärme erwiderte. Die Häuptlinge beschlossen nun, die Angelegenheit auf sich beruhen zu lassen. Niemand stellte Klekih-petra zur Rede.

Des Abends, als ich mit meinem Vater und Nscho-tschi allein war, wollte Intschu tschuna aber doch genau wissen, was ich wirklich dachte. Zwar hatte auch er in den vergangenen Jahren in vielen Gesprächen Einblick in Klekih-petras Gedankenwelt erhalten, es fiel ihm jedoch erheblich schwerer als mir, diese Gedanken nachzuvollziehen.

„Der Häuptling begreift nicht, was unser Freund will. Ein Mann muss sich doch seiner Feinde erwehren."

Meine Schwester wandte zaghaft ein:

„Klekih-petra hasst jedes Blutvergießen. Er denkt, wenn die Menschen einander lieben, so wird es keine Kriege mehr geben."

„Das ist ein Traum."

Intschu tschuna runzelte die Stirn und griff nach seiner Pfeife.
„Niemals werden die Menschen einander lieben. Niemals wird es einen ewigen Frieden geben."
Ich nickte, denn obwohl mir dieser Traum gefiel, glaubte auch ich nicht daran. Aber Nscho-tschis Augen leuchteten auf.
„Einen solchen Traum möchte ich immer träumen. Nie möchte ich daraus erwachen."
Im gleichen Sommer noch versuchte ich eine Probe mit diesem Frieden. Ich kam zurück von Tatellah-Satah und traf auf einige Navajo-Apachen. Sie waren jagend umhergestreift und dabei war ihnen Pida, der Sohn des Häuptlings der Kiowas in die Hände gefallen. Dieser Pida zählte zwei Jahre weniger als ich. Er hatte erst kürzlich die Kriegerwürde erhalten und wirkte noch recht unerfahren. Die Navajos trieben rohe Späße mit ihm, sodass er um sein Leben oder wenigstens um seine Gesundheit fürchten musste. Da griff ich ein und half dem jungen Kiowa gegen meine eigenen Leute - zum ersten Mal tat ich das. Es kam zu einem heftigen Streit, in dessen Verlauf Pida die Flucht glückte. Die Navajos waren sehr aufgebracht darüber, trotzdem gingen wir am Ende friedlich auseinander. Es sollte sich zeigen, dass die Kiowas mein Eintreten für ihren Häuptlingssohn keineswegs zum Anlass nahmen, die Feindschaft zwischen ihnen und den Mescaleros zu beenden. Mich aber - das weiß ich heute - hat dieses Erlebnis, so unbedeutend es auch für mich war, auf meinem schweren Weg hin zum Friedenswillen ein kleines Stück weitergebracht.
So vergingen die Jahreszeit der fallenden Blätter mit ihren ausgedehnten Jagden und ein vorwiegend sonnig - trockener Winter, in dem ich mich oft und gern mit meinen beiden Junghengsten Iltschi und Hatatitla beschäftigte. Sie liebten es, im Wasser des Rio Pecos zu plantschen. Das half mir, sie an einen Reiter zu gewöhnen, indem ich sie tiefer in den Fluss trieb, sodass sie schwimmen mussten. Dann ließ ich mich abwechselnd bald von dem einen, bald von dem anderen tragen. Im Spiel lernten sie, und ein Spiel war es auch für mich und Nscho-tschi, die in diesen Monden häufiger als sonst meine Nähe suchte. Ich hatte fast das Gefühl, sie sah in mir eine Art Beschützer vor Intschu tschunas mahnenden Blicken. Denn der Häuptling erhielt jetzt viele Anträge von Kriegern, die Nscho-tschi zur Frau begehrten, allen voran Til Lata und Entschar Ko. Nscho-tschi lehnte alle ab, was unseren Vater gelegentlich verstimmte. Er hatte mir versprochen, sie nicht gegen

ihren Willen zu verheiraten, und er hielt sein Versprechen. Aber er schien nicht begeistert über die Zurückhaltung seiner Tochter. Ganz besonders deshalb, weil auch sein Sohn nichts von Heirat wissen wollte.

Dieses ständige Gerede von Liebe und Ehe war schuld daran, dass ich im Wachen und Träumen wieder Ribannas Gesicht vor mir sah. Den ganzen Winter hindurch erwehrte ich mich meiner Sehnsucht nach ihr. Als aber in der Luft ein erster Hauch des Frühlings wehte, gab ich dem inneren Drängen nach. Es waren fast drei große Sonnen vergangen seit Old Firehands Ankündigung, in den Osten zu reiten. Ich durfte wohl annehmen, dass er inzwischen heimgekehrt war und es kein Gerede über Ribanna und mich geben würde.

Meine Pferde überblickend entschied ich mich diesmal für Jaadè. Der Ritt würde ihr gefallen, sie hatte sich lange genug ausgeruht. Kurz zuvor war Doolè gestorben, friedlich und ohne Schmerzen. Hatatitla und Iltschi liefen ein Stück des Weges mit, und als ich sie zurückscheuchte, protestierten sie laut wiehernd, kehrten aber brav um. Mit stolzem Lächeln sah ich ihnen nach.

Wenn ich zu Anfang dieses Buches die Hoffnung niederschrieb, meine Freude des bevorstehenden Wiedersehens mit Scharlih wegen könne mir nun helfen, so erweist sich diese Hoffnung als leer und trügerisch. Nichts, nicht einmal der Gedanke an ihn, macht mir das Schreiben leichter! Gerne möchte ich verweilen bei anderen, freundlicheren Erinnerungen, möchte Einzelheiten meines Rittes schildern - aber es ist besser, ich bringe die folgenden Seiten so schnell wie möglich hinter mich. Es muss sein, auch wenn sich mir das Herz zusammenkrampft.

Nur einen Tagesritt entfernt vom Lager der Assiniboin begegneten mir überraschend Old Firehand und Harry, den sein Vater vor sich aufs Pferd genommen hatte. Ich erkannte sie von weitem, winkte ihnen zu und trieb Jaadè zum Galopp. Als wir aufeinander trafen, erschrak ich. Denn das Gesicht Old Firehands war schmerzverzerrt. Es kostete ihn Mühe zu sprechen:

„Winnetou, mein Freund! Was für eine Schicksalsfügung, dich zu treffen. Es ist etwas Furchtbares passiert."

Ich stellte keine Frage, ich sah ihn nur an. Er suchte nach Worten.

„Ich holte Harry aus dem Osten. Wir kamen zu den Assiniboin. Das....das Lager war zerstört......niedergebrannt. Überall lagen Tote. Alte Männer und Frauen......Kinder! Hingemordet, skalpiert!"

Seine Stimme brach ab. Der große, starke Mann weinte.

Mein Herz schlug wie rasend.

„Und - Ribanna?"

„Entführt! Tah-schah-tunga hatte uns auf einem Leder eine Nachricht hinterlassen."

„Entführt? Von wem? Wohin?"

„Von den Schwarzfuß-Indianern. Aber ihr Anführer........du kennst ihn."

Und im selben Augenblick wusste ich, wen er meinte.

„Tim Finnetey!"

„Ja. Dieser Schurke hat Ribanna in seine Gewalt gebracht und auch unsere kleine Tochter."

„Das Bleichgesicht ist der Anführer der Schwarzfüße? Und Tah-schah-tunga? Die Krieger?"

„Fast alle Männer befanden sich zur Zeit des Überfalls auf einem Jagdzug. Eine Gruppe, geführt von Tah-schah-tunga, kehrte eher heim als die anderen und fand das zerstörte Dorf. Sie wussten, dass ich bald mit Harry kommen würde und hinterließen uns eine Nachricht. Denn sie sind sofort den Schwarzfüßen nachgeeilt. Wir müssen uns beeilen, Winnetou!"

Er hatte Recht! Es galt, keine Minute zu verlieren. Ich nickte Harry zu, der wie verloren auf dem Pferd des Vaters hockte und sich in der Mähne fest hielt. Sein eigenes kleines Pony hätte mit dem Tier nicht Schritt halten können, deshalb war es zurückgeblieben.

Wir strengten unsere Pferde bis zum Äußersten an. Old Firehand hatte eine ungefähre Vorstellung von dem Weg der Schwarzfüße und der sie verfolgenden Assiniboin, so gab es zum Glück keine Verzögerung durch Spurensuche. Auch fiel in der ganzen, langen Zeit kaum ein Wort. Wozu auch? Unsere Gedanken und Gefühle waren dieselben, unser Hass war derselbe. Erst abends, als wir der Tiere wegen eine kurze Rast einlegten, erfuhr ich Näheres von meinem Freund. Er habe einmal Tim Finnetey getroffen, sagte er. Dieser zeigte sich freundlich und versöhnlich und erkundigte sich nach Ribanna. Daraufhin beging Old Firehand den Fehler, ihm von seiner Vermählung mit ihr zu erzählen. Finnetey blieb unverändert höflich, doch mussten ihn glühende Rachegedanken befallen haben.

Später, so sagte Firehand, habe er wohl von einem weißen Häuptling der Schwarzfuß-Indianer gehört, aber nicht geahnt, dass es sich dabei um Tim Finnetey handelte. Die Schwarzfüße waren schon seit Generationen die Feinde der Assiniboin. Sie zu einem Überfall anzustacheln, dürfte dem zurückgewiesenen Verehrer Ribannas nicht allzu schwer gefallen sein. Und als er dann von Old Firehands Abwesenheit erfuhr, da setzte er seine Rache in die Tat um.

Harry tat mir Leid. Ich versuchte ihn zu trösten, indem ich ihm versicherte, wir würden alles tun, um seine Mutter und Schwester zu befreien. Gleichwohl wusste ich, wie gering unsere Chancen waren. Selbst wenn den Assiniboin der Sieg über die Feinde gelang, so konnte doch Finnetey mit Ribanna schon längst in die Berge entflohen sein.

Am folgenden Nachmittag trafen wir die Krieger der Assiniboin im Tal des kleinen Flusses Bee Fork, wo sie lagerten. Bei ihrem Anblick erschraken wir, denn ihre Zahl war sehr unzureichend. Die überwiegende Mehrheit der Krieger befand sich noch auf der Jagd, viele Tagesritte entfernt von hier und ahnte nichts von dem Verbrechen an ihren Angehörigen. Tah-schah-tunga verbarg seine Empfindungen. Außer der Tochter und dem Enkelkind waren noch andere Frauen und Kinder in die Gewalt der Schwarzfüße geraten. Ein schwerer Schicksalsschlag hatte sein Volk getroffen, und wirklich erholte sich der Stamm Tah-schah-tungas nie mehr ganz davon.

Sie planten für die Nacht einen Überraschungsangriff. Denn das Lager der Feinde war ganz in der Nähe, und nach Auskunft der Späher schöpften die Schwarzfüße auch keinen Verdacht. Ich wandte mich an Tah-schah-tunga mit dem Vorschlag, vor Beginn des Angriffs Ribanna und das kleine Mädchen heimlich herauszuholen. Er überlegte.

„Lass es Winnetou versuchen", drängte ich ihn. „Allein oder mit Old Firehand zusammen. Dann sind sie außer Gefahr."

Der Häuptling beriet sich mit zwei anderen Kriegern. Dann lehnte er zu meiner Enttäuschung ab. Zwei Gründe bewogen ihn dazu. Zum einen wollte er eine Bevorzugung der eigenen Angehörigen vor den übrigen Gefangenen vermeiden, zum anderen fürchtete er unsere Entdeckung und Ermordung. Damit wäre nicht nur der Überraschungsangriff vereitelt, sondern auch seine zwei besten Krieger verloren.

„Dann Winnetou allein", bestürmte ich ihn.

Er aber blieb bei seiner Entscheidung. Mir war das überhaupt nicht recht, doch musste ich mich fügen. Tah-schah-tunga war hier der Häuptling, ich durfte mich nicht widersetzen. Old Firehand, an den ich mich mit meinem Anliegen wandte, stimmte mir zu, konnte aber auch die Einwände des Häuptlings verstehen. Und so wurde eine Chance vertan, die sicher nur klein war, vielleicht jedoch zum Erfolg geführt hätte. Der Gedanke daran lässt mich bis heute nicht los.

Die Nacht kam. Wir bestimmten zwei Krieger, die als Pferdewachen hier warten sollten, und bei ihnen auch Harry. Im Schutze der Dunkelheit nahten wir uns dem Lager der Feinde, das sich schon bald durch die glühenden Punkte der Feuer verriet. Hier war ein freier Platz, eine Lichtung, die der Bee Fork begrenzte. Vorsichtig schlichen wir uns heran. Die Schwarzfüße ahnten nichts, die meisten hatten sich bereits zum Schlafen niedergelegt. Nahe einer Gruppe von Balsamtannen standen einige wenige Zelte, worin sich vermutlich die Gefangenen aufhielten, denn es gingen Wächter davor auf und ab.

Ich versuchte, unter den Schlafenden und denen, die am Feuer saßen, Tim Finnetey auszumachen. Es waren ihrer aber zu viele. Tah-schah-tunga wartete, bis der Mond sein volles Licht über das Tal ergoss und die Lagerfeuer erloschen. Dann gab er das Zeichen zum Angriff. Welch ein Erwachen für die Feinde! Die Assiniboin fielen über sie her, wie ein Rudel Wölfe in eine Schafherde einbricht, und ehe sie begriffen, was geschah, waren schon mehrere von ihnen gefallen.

Während alle anderen mit Entschlossenheit und Todesverachtung kämpften, suchte ich Ribanna. Der Kampfeslärm übertönte meine lauten Rufe, als ich zielbewusst auf die Zelte zulief und dabei mit dem Gewehrkolben die Angreifer niederschlug, die sich mir in den Weg stellten. Einmal waren es gleich zwei, und bei dem wilden Kampf büßte ich das Gewehr ein, mit dem der eine jubelnd davonrannte. Den Revolver hatte ich schon vorher einem Assiniboinkrieger gegeben, sodass mir nur noch der Tomahawk und das Messer blieben. Trotzdem gelang mir der gewagte Durchbruch durch die Reihen der Gegner.

Plötzlich sah ich eine junge Frau mit einem kleinen Kind auf den Armen hastig aus einem der Zelte laufen. Im hellen Mondlicht konnte ich das lange, flatternde Haar erkennen und riss die Rechte hoch.

„Ribanna! Hierher, schnell!"

Sie wandte den Kopf, sah mich und eilte in meine Richtung, so wie auch ich ihr entgegenlief. Da krachte ein Schuss, trotz des allgemeinen Lärms unzähliger weiterer Schüsse hörte ich ihn so deutlich, als wäre er der Einzige gewesen.

Ribannas Fuß stockte, sie schrak zusammen und senkte das Haupt herab auf ihr kleines Mädchen. Das Kind hing schlaff in ihren Armen.

„Ribanna!", schrie ich, ohne in meinem Lauf innezuhalten.

Nur noch eine geringe Entfernung trennte mich von der Frau, die ich liebte - da tauchte schattengleich ein Mann aus dem Dunkel der Balsamtannen auf. Ich sah noch aus den Augenwinkeln die Pistole schwarz glänzend in seiner ausgestreckten Hand aufschimmern und wollte Ribanna zurufen, sie solle sich hinwerfen.

Der Schuss peitschte auf.

Ribanna tat einen Schritt, noch einen, dann wankte sie und brach - das tote Kind an sich gepresst - auf die Erde nieder.

Mit einem Verzweiflungsschrei warf ich mich ihrem Mörder entgegen, der in diesem Augenblick auch auf mich schoss. Er traf nicht. In der nächsten Sekunde war ich bei ihm, und wir stürzten gemeinsam zu Boden. Alles um mich herum war vergessen, als ich mit meinem Todfeind um den Besitz der Pistole kämpfte. In einer Verfassung, die an Raserei grenzte, riss ich Tim Finnetey die Waffe aus der Hand und schlug sie mit aller Kraft gegen seine Stirn. Röchelnd sank er in sich zusammen. Sofort richtete ich die Pistole auf sein Gesicht. Mein Finger berührte schon den Abzug - da umklammerte eine eisenharte Faust mein Handgelenk, drückte es zur Seite, und der Schuss ging fehl.

Aufspringend und einen Schrei der Wut ausstoßend, wandte ich mich dem neuen Gegner zu, einem riesenhaften, halbnackten Kerl, der mein Handgelenk nicht losgelassen hatte. Mit der freien Linken wollte ich das Messer ziehen, aber da tauchten noch weitere Schwarzfußkrieger auf, viele Hände streckten sich mir entgegen. Ich wehrte mich mit der Kraft der Verzweiflung - vergebens! Sie stießen mich auf die Erde und rangen mir Messer und Tomahawk ab, was ihnen nicht so ohne weiteres gelang und sie nur noch wütender machte.

Tim Finnetey stand taumelnd auf, er musste einen harten Schädel haben. Das Blut lief ihm übers Gesicht und verlieh ihm ein dämonenhaftes Aussehen. Wie eine Schlange zischte er mich an:

„So, du roter Hund! Das wär's dann. Den Schlag mit der Pistole wirst du mit deinem Leben bezahlen!"

Sie zerrten mich auf die Beine und fesselten mir die Hände auf dem Rücken. Tim Finnetey nahm die Pistole, die der riesige Kerl ihm reichte, untersuchte sie und fand sie leer geschossen. Er lachte höhnisch.

„Diese Pistole hat die Tochter Tah-schah-tungas und ihre Brut getötet! Hier, Apache, ich schenke sie dir!"

Immer noch lachend steckte er die Waffe in den Saltilloschal, den ich als Gürtel trug. Auch wenn ich es gewollt hätte, ich hätte ihm nicht antworten können. Der Hass hielt mich so gefangen, dass mir selbst das Atmen schwer wurde.

Als sie mich dann wegbrachten, führten mich die Krieger der Schwarzfüße ganz bewusst an der toten Ribanna vorbei. Die Kugel war in ihre Brust eingedrungen. Ihr Arm umfing noch das Kind, dessen Köpfchen in einer dunklen Blutlache lag.

Mein Herz schrie bei diesem Anblick.

Einer Wildkatze gleich entwand ich mich den Griffen der Krieger und sank neben Ribanna in die Knie. Sie gönnten mir keinen einzigen Augenblick der Trauer, rissen mich hoch und stießen mich vor sich her. Jetzt aber gab ich jeden Widerstand auf und ließ alles mit mir geschehen. Mein Wille war gebrochen, mein Geist war leer. Ich erinnere mich nicht, jemals wieder in meinem Leben eine ähnliche Lähmung empfunden zu haben.

Außerhalb des Kampfgetümmels ließen mich die Schwarzfüße unter Bewachung zurück. Gebunden an Händen und Füßen lauschte ich wie betäubt dem Lärm, als ginge mich das alles nichts mehr an. Die Assiniboin machten es ihren Feinden sehr schwer. Die Schlacht dauerte bis in die Morgenstunden hinein, dann erscholl das Siegesgeheul der Schwarzfüße. Ich schloss die Augen. An diesem schrecklichen Morgen bedeutete mir weder mein eigenes, noch das Schicksal Tah-schahtungas und Old Firehands irgendetwas. Einzig um Harry sorgte ich mich, denn ich hatte einst geschworen, ihn zu beschützen.

Der Kampf war zu Ende. Die feindlichen Krieger liefen umher, kümmerten sich um ihre Verletzten und Toten oder ruhten sich aus. Die toten Assiniboin ließen sie unbeachtet liegen, die vielen Schwerverwundeten töteten sie an Ort und Stelle. Nur einige wenige mit leichteren Verwundungen schleppten sie dorthin, wo ich lag, unter ihnen auch den Häuptling der Assiniboin und Old Firehand. Das von grenzenloser Trauer gezeichnete Gesicht meines weißen Freundes, und die Augen Tah-schah-tungas, in denen jede Hoffnung erloschen schien, sagten mehr als alle Worte. Sie wussten von Ribannas Tod.

Am Nachmittag trafen die Schwarzfüße ihre Vorbereitungen für den Aufbruch. Wir waren vierzehn Gefangene, denen sie die Hände nach vorn zusammenbanden und mit Stricken an ihre Pferde fesselten. Auf diese Weise zwangen sie uns dazu, zu Fuß neben oder hinter ihnen herzulaufen. Dies wäre nicht nötig gewesen, denn ich sah einige unserer Pferde bei ihnen, Jaadè allerdings nicht. Ich dachte wieder an Harry, er war ja bei den Pferdewachen geblieben, und der Gedanke an ihn holte mich langsam heraus aus meiner gefährlichen Willenlosigkeit. Während des anstrengenden Weges, im gleichen Verhältnis, in dem die Kräfte meines Körpers schwächer wurden, stärkte sich der Widerstand meines Geistes. Ich war es Ribanna schuldig, dass ich Harry nicht im Stich ließ! Entweder Old Firehand oder ich - wenigstens einer von uns musste den Feinden entkommen!

Aber das sollte uns schwer werden. Die Schwarzfüße machten sich einen Spaß daraus, ihre Pferde immer wieder anzutreiben, sodass wir nicht Schritt halten konnten, stolperten und stürzten. Dann schleiften sie uns hinter sich her, und als endlich ein Nachtlager aufgeschlagen wurde, gab es keinen unter uns, dessen Kleider nicht zerrissen waren und dessen Körper nicht aus vielen Wunden blutete.

Neben mir lag Tah-schah-tunga. Er, als der älteste von uns, litt wohl am meisten unter seinen Verletzungen und einer erschreckenden Erschöpfung. Ich spürte, wie er qualvoll nach Luft rang. Old Firehand lag ein wenig entfernt von uns. Besorgt hob er den Kopf und sah zu dem Häuptling herüber. Schmutz und Blut hafteten in seinem Bart und in den wirren Haaren. Aber er war stärker und widerstandsfähiger als Tah-schah-tunga, der eine Fortsetzung der Tortur am kommenden Tag wohl kaum überleben würde.

Am Morgen kam Tim Finnetey. Er blieb vor Old Firehand stehen und überschüttete ihn mit beißendem Hohn. Ich hörte ihn sagen:

„Na, habe ich meinen Racheschwur gehalten? Eigentlich sollte ich dich am Leben lassen, damit du an jedem Tag und in jeder Nacht an mich denkst! Aber auch so wirst du Gelegenheit dazu bekommen - zweitausend Nächte mit Ribanna sollst du zweitausendmal bereuen!"

„Nicht eine einzige Nacht mit ihr werde ich jemals bereuen!" schrie Old Firehand zurück. Finnetey versetzte ihm einen Tritt mit seinen schweren Stiefeln, dann ging er zu Tah-schah-tunga.

„Deine Tochter würde noch leben, wenn du nicht ein solcher Narr gewesen wärst", bellte er ihn an.

„Aber da du sie ja bald wieder siehst, grüß sie von mir!"

Der Häuptling flüsterte heiser:

„Ja, ich sehe sie wieder. Tah-schah-tunga ist des Lebens überdrüssig."

Jetzt stand Tim Finnetey vor mir. Mit gespreizten Beinen, die Hände in die Hüften gestemmt sah er auf mich herab und lachte.

„Das war ja ein verdammt rührender Anblick, als Ribanna und du aufeinander zugelaufen seid! Aber du verstehst - mit Rücksicht auf ihren Ehemann konnte ich doch nicht zulassen, dass sie dir um den Hals fällt!"

Ich hatte ruhig bleiben wollen, hatte mir fest vorgenommen, ihn nicht eines Blickes zu würdigen. Seine Worte jedoch ließen mich die Schreckensbilder wieder aufs Neue erleben.

Bebend vor Hass und Schmerz stöhnte ich auf:

„Mörder! Wenn du am Leben bleiben willst, dann musst du Winnetou töten! Gelingt dir das nicht - dann versteck dich, wo immer du kannst! Ich werde dich finden, Tim Finnetey!"

Er starrte mich an, und ich gab den Blick wild zurück. In seinem Gesicht zuckte ein Muskel. Ganz nahe an mich herantretend, fauchte er:

„Du dreckige Kröte! Apachenhund! Ich werde dir noch zeigen, was es heißt, mir zu drohen!"

Er hob den Fuß und trat mir mit aller Kraft in den Leib. Dann drehte er sich abrupt auf dem Stiefelabsatz um und ging.

In den nächsten Stunden wiederholten unsere Peiniger die Folter des vorhergehenden Tages. Wir zählten nur noch zwölf Gefangene. Zwei von uns, die schwere Knochenbrüche erlitten hatten, wurden von den Schwarzfüßen hilflos zurückgelassen. Und weitere drei erlagen ihren Verletzungen, als die Feinde gegen Mittag eine Pause einlegten.

Einer der Toten war Tah-schah-tunga.

Ribanna und ihr kleines Mädchen brauchten den Weg zu den Sternen nicht allein zu gehen.........

Der Ort, wo gerastet werden sollte, lag in einem friedlichen, grünen Tal mit schönen alten Fichten und Laubbäumen. Auf einem freien Platz stiegen die Schwarzfüße von ihren Pferden, welche sofort grasend die Köpfe senkten.

Old Firehand, die übrigen sieben Assiniboin und ich blieben an unsere Stricke gefesselt, man machte sich nur die Mühe, die Toten davon zu befreien. Einer der Schwarzfußkrieger kniete soeben mit dieser Absicht direkt vor mir neben Tah-schah-tunga nieder. Ich wandte unauffällig den Kopf und warf Old Firehand einen bezeichnenden Blick zu. Auch in seiner unmittelbaren Nähe spielte sich das Gleiche ab. Er nickte kurz, und eine Sekunde später legte ich dem Krieger die gefesselten Hände um den Hals und drückte ihm die Kehle zusammen. Zwar sah ich es nicht, wusste aber, dass mein weißer Freund zur selben Zeit dasselbe tat. Der Krieger schlug in Todesangst um sich, erschlaffte aber bald. Ein Assiniboin, der alles gesehen hatte, kam eilig zu mir, und mit Hilfe des Messers, das dem Toten entfallen war, befreiten wir uns gegenseitig von den Fesseln. Noch hatte niemand etwas bemerkt, die Pferde verdeckten die Sicht auf uns. Ich huschte zwischen ihnen hindurch und half in fliegender Eile den anderen Gefangenen, von den Stricken loszukommen.

Nun aber musste jeder für sich selbst sorgen, die Zeit wurde knapp. Ich warf mich auf das nächststehende Pferd und schlug ihm die Fersen in die Weichen. Dicht gefolgt von Old Firehand trieb ich es in halsbrecherischem Galopp in den Wald hinein.

Es wurde ein mörderischer Ritt! Obwohl wir uns tief über die Pferdehälse beugten, peitschten uns die herabhängenden Zweige schmerzhaft in die Gesichter. Der unebene Waldboden und Baumwurzeln brachten die Tiere ein ums andere Mal ins Stolpern, und da sie ohnehin bereits ermüdet waren, würde es nicht mehr lange dauern, bis sie nicht weiter konnten. Irgendwo hinter uns hörten wir das Geschrei der Schwarzfüße, welche die Verfolgung aufgenommen hatten. Sie würden uns auf den Fersen bleiben, denn die Hufspuren drückten sich deutlich in die weiche Erde ein. Ich drehte mich zu Old Firehand um und rief:

„Da vorne ist dichtes Gebüsch! Lass uns die Pferde noch einmal hart antreiben und dann abspringen - jetzt!"

Gleichzeitig mit Firehand warf ich mich vom Pferd, das noch ein ganzes Stück weiterjagte, und hinein in das wuchernde Gestrüpp. Zerkratzt und zerschunden hasteten wir tiefgebückt sogleich davon. Einen Augenblick lang warteten wir unter hohem Farn liegend das Vorüberpreschen der Verfolger ab, dann flohen wir noch tiefer in den Wald hinein.

Endlich konnten wir Atem holen. Um uns war Stille, nur das Zwitschern der Vögel war zu hören - eine angenehme Musik, begleitet vom heftigen Schlagen des Herzens und dem Pochen des Blutes in den Ohren.

Wir sahen uns an.

„Geschafft", flüsterte Old Firehand.

„Heavens! Eine Verfolgungsjagd wie diese habe ich noch nie erlebt! Aber - was tun wir jetzt? Außer dem Messer haben wir keine Waf....."

Er stockte, denn sein Blick fiel auf die Pistole in meinem Gürtel. Ich schüttelte den Kopf, selbst ein wenig verwundert, weil ich sie trotz allem nicht verloren hatte.

„Sie ist nicht geladen."

„Und wo sind wir überhaupt? Wir müssen uns erst einmal orientieren."

„Winnetou weiß, wo wir sind. Old Firehand mag sich auf ihn verlassen."

Abschätzend betrachtete ich ihn.

„Mein Bruder ist in keiner guten Verfassung. Wird er den langen Weg durchhalten? Oder will er Winnetou nicht lieber langsam folgen?"

„Ich werde Schritt halten mit dir. Auch du siehst sehr mitgenommen aus. Aber um Harrys willen......."

Er brauchte nicht weiterzusprechen.

Ich eilte voran, Old Firehand den Weg bahnend. Die Sorge um den Knaben hielt uns aufrecht, und mit eisernem Willen verdrängten wir jede Müdigkeit. Bevor die Dunkelheit ein Weiterkommen verhindert hätte, waren wir aus dem Wald heraus, und das helle Mondlicht wies uns den Weg. Dann aber konnte Old Firehand nicht weiter. Er brauchte dringend eine Stunde Erholung, und natürlich fühlte ich mich nicht viel besser.

Wir machten uns erneut auf den Weg, ohne gegessen oder geschlafen zu haben und stets auf der Hut vor unseren Feinden. Was aus den anderen entkommenen Assiniboin geworden war, wussten wir nicht. Der Vormittag verstrich und die Mittagsstunden. Old Firehands Gesicht war grau vor Erschöpfung.

„Ruh dich aus", bat ich ihn.

„Winnetou geht allein weiter."

„Nein, mein Freund. Ich schaffe es."

Und er schaffte es wirklich! Am Nachmittag hatten wir den Platz erreicht, wo so viele ihr Leben lassen mussten, und mit letzter Kraft strebten wir hin zu unseren geliebten Toten. Aasgeier flatterten und sprangen umher, wir verscheuchten sie mit Steinwürfen. Da sahen wir Harry! Zusammengekauert lag er neben den Leichen von Mutter und Schwester, und als er uns hörte, stand er unsicher auf.

„Harry!", schrie Old Firehand.

Taumelnd und stolpernd wankte er ihm entgegen, und Harry stürzte in seine Arme. Tränenüberströmt klammerte er sich an seinen Vater, als wollte er ihn nie mehr loslassen. Old Firehand sank auf die Erde, den Knaben im Arm, und seine Blicke irrten zu Frau und Tochter hinüber. Ich setzte mich neben die Toten, zog die Knie hoch und drückte die Stirn dagegen. So verharrten wir eine längere Zeitspanne in wortloser Trauer.

„Ihr blutet ja!", rief Harry plötzlich erschrocken.

Er kam zu mir und schmiegte seinen Kopf an meine Beine.

„Das ist nicht schlimm."

Meine Hand fuhr sanft durch seine hellbraunen Haare.

„Und die Mörder?"

„Sie werden bestraft."

Ich erhob mich und schaute flüchtig auf meinen weißen Freund. Dieser hatte nichts mehr gemein mit dem starken Riesen, als den ich ihn damals kennen lernte. Zusammengesunken saß er da und starrte vor sich hin. Zum zweiten Mal hatte der Tod alles vernichtet, was er sich für ein glückliches Leben geschaffen hatte. Wenigstens waren ihm die Söhne geblieben, Harry, der ihn über den Tod hinaus mit Ribanna verband.

Ich dagegen besaß nichts - nichts, als die Erinnerung!

Jetzt schickte ich Harry fort, auf dem Schlachtfeld nach Tomahawks zu suchen, mit deren Hilfe ich eine tiefe Grube aushob. Old Firehand sah schweigend zu, dann raffte er sich auf, mir zu helfen.

Noch war die Arbeit nicht beendet, da trafen drei der Krieger ein, die mit uns aus der Gewalt der Schwarzfüße fliehen konnten. Sie teilten sich in das einzige Pferd, das sie retten konnten. Die anderen vier waren auf der Flucht getötet worden. Auch diese drei Krieger befanden sich in einem elenden Zustand, und der furchtbare Anblick der verstreut daliegenden Leichen erschütterte sie sehr.

Und Jaadè, meine treue Jaadè - plötzlich tauchte sie auf von irgendwo her, und ihr helles Wiehern erwärmte meine Seele.

Old Firehand und ich betteten Ribanna und ihr kleines Mädchen in die Grube. Mein weißer Freund versuchte ein Gebet, doch kamen die Worte nur stammelnd über seine Lippen. Ich hörte ihn um Frieden für ihre beiden Seelen bitten. Dann schaute er mich verstört an, so als scheue er zurück vor einem Racheschwur am offenen Grab. Er war ein Christ wie Klekih-petra, und wenn er auch nach Rache dürstete, so wagte er die Worte unmittelbar nach seinem Gebet wohl nicht auszusprechen.

Mich aber berührten diese Bedenken nicht. Ich sah herab auf die, der ich mein Herz geschenkt hatte und sagte mit der Ruhe und Sicherheit, die nur der kalte Hass verleiht:

„Der Häuptling der Apachen hat den Pfeil der Rache aus der Erde gegraben. Winnetous Hand ist stark, Winnetous Fuß ist leicht, Winnetous Tomahawk ist scharf! Er wird Tim Finnetey, den Mörder, suchen und finden. Und er wird ihm den Skalp nehmen für das Leben der Tochter der Assiniboin!"

Old Firehand nickte heftig bei meinem Schwur. Harry aber rief aus:

„Auch ich schwöre dir den Tod, Tim Finnetey!"

Dann bedeckte die Erde das Grab und bis in die Nacht und den Morgen hinein auch die Gräber der anderen Opfer.

Später gelang es einem der Assiniboinkrieger essbare Wurzeln aufzutreiben, die allerdings den Hunger nicht stillten. Nach diesem kargen Frühstück verlangte es Old Firehand, die näheren Umstände von Ribannas Tod zu erfahren. Bisher hatte er mich nicht danach gefragt. Mit wenigen Worten berichtete ich alles und zog dabei die Pistole aus meinem Gürtel.

„Dies ist die Waffe, aus der die tödlichen Schüsse fielen."

Da flehte Harry mich an:

„Bitte, Winnetou! Bitte gib sie mir! Mit dieser Waffe will ich Tim Finnetey erschießen, so wie er Mutter und Schwester erschossen hat. Ich werde ihn jagen, wenn's sein muss, mein Leben lang!"

Ich betrachtete Harry nachdenklich. Er war noch ein Kind, aber er wusste, was er da sagte. Und es war sein Recht! Ich gab ihm die Pistole.

„Nimm sie! Einer von uns wird die Ermordeten rächen. Tim Finnetey kann nicht uns allen entkommen."

Dann traten wir den Rückweg an in das zerstörte Dorf der Assiniboin, und beinahe gleichzeitig mit unserem Eintreffen kehrten auch die Jagdtrupps zurück, die noch völlig ahnungslos waren und von den entsetzlichen Ereignissen erst jetzt erfuhren. Ebenso wie auf dem Schlachtfeld, ja noch schrecklicher zugerichtet durch Aasgeier und Verwesung, lagen die Leichen zwischen den niedergebrannten Tipis. Keine einzige Familie hatte der Tod verschont. Das Blockhaus, das Old Firehands Familie einst bewohnte, war ein einziger, schwarzverkohlter Trümmerhaufen. Er wolle hier nicht mehr leben, sagte der weiße Jäger. Er wolle mit Harry den Handelsposten der Trapper am Niobrara aufsuchen und vorläufig dort bleiben.

Während die Toten geziemend bestattet wurden, ritt eine Gruppe Krieger aus, um die Leiche ihres Häuptlings Tah-schah-tunga zu bergen und denen Hilfe zu bringen, die von den Schwarzfüßen mit Knochenbrüchen liegen gelassen worden waren. Dann trat die Ratsversammlung zusammen, zu der auch Firehand und ich geladen wurden. Es ging um einen möglichen Rachefeldzug. Aber die Vernunft setzte sich durch. Denn zum gegenwärtigen Zeitpunkt wäre das Wagnis zu groß gewesen. Zu viele Krieger hatte der Stamm verloren, zu stark war der Feind. Auch Tim Finnetey würde in den kommenden Monaten alle Vorsicht walten lassen, uns nicht in die Hände zu fallen. Unsere Rache musste warten, um ihn eines Tages umso sicherer zu treffen.

Ich verabschiedete mich von Old Firehand und Harry. Ein Band war zerrissen - aber das der Freundschaft würde halten.

Wie erleichtert ich bin, diesen Abschnitt meines Testaments geschrieben zu haben! Er ist nicht der einzige, vor dem ich mich fürchte. Warum, mein Bruder, gibt es so viel Leid, so viel Hass, so viel Böses auf der Welt? Niemand kann diese Frage beantworten. Winnetou glaubt, alles das gab es und wird es geben, solange es Menschen gibt. Aber solange es Menschen gibt, solange wird es auch die Liebe geben.

Ich hatte die Assiniboin verlassen und ritt heimwärts. Seit einigen Tagen befand ich mich in den Jagdgründen der Sioux, und diese waren noch nie Freunde der Apachen gewesen. Daher hätte es eine besondere Veranlassung zur Vorsicht geben müssen, die mir später auch zur Selbstverständlichkeit wurde. Aber damals, so kurz nach Ribannas Tod, weilten meine Gedanken oft bei dem, was ich verloren hatte, statt sich mit der eigenen Sicherheit zu beschäftigen. So kam es, wie es kommen musste: Ich geriet in die Hände der Sioux-Ogellallah.

Sinnlos, sich zu wehren! Mehr als zwanzig Krieger umringten mich. Mein Gewehr, das mir ein Schwarzfuß beim Kampf abgenommen hatte, befand sich wieder in meinem Besitz. Es war auf dem Schlachtfeld unbemerkt liegen geblieben, ebenso wie der Revolver. Dennoch nutzen mir beide in diesem Moment gar nichts, weil der Überfall mich vollkommen unerwartet traf und einige Ogellallah mich mit ihren Schusswaffen zwangen, die Arme hochzuheben. Die anderen, bemalt mit den Farben des Krieges, schrien und johlten, während sie ihre Kriegsponies im Kreis um uns herum trieben. Ich verwünschte meine Unaufmerksamkeit, die mich in diese Lage gebracht hatte. Dann, nachdem sie meinten, mich nun genug eingeschüchtert zu haben, nahmen sie mir alle Waffen ab.

Einer der Ogellallah ritt nahe an mich heran. Er zählte vermutlich mehr als fünfzig Winter, trug eine sehr schöne Adlerfederkrone auf dem Haupt, und seine Leggins, ebenso wie das büffelledere Jagdhemd, waren über und über mit Skalphaaren versehen. Mit unbewegtem Gesichtsausdruck maß er mich eine Zeit lang.

Dann fragte er:
„Wer bist du?"
Stolz warf ich den Kopf hoch.
„Mein Name ist Winnetou. Ich bin ein Häuptling der Apachen."
Seine Mundwinkel zogen sich spöttisch herab.
„Ein Häuptling? Haben die Apachen so wenige gute Krieger, dass sie einen Jüngling zum Häuptling machen? Oder lügt dein Mund, um deine schändliche Abstammung zu verbergen?"
„Achte auf deine Worte! Seit Generationen gibt es Häuptlinge in Winnetous Familie. Winnetous Vater ist Intschu tschuna, ein Häuptling, den alle Apachenstämme anerkennen."

Der Ogellallah konnte nicht verbergen, dass ihm Intschu tschunas Name bereits bekannt war. Ein leises „Uff" und eine Gebärde der Überraschung bezeugten es. Jetzt fragte ich meinerseits:
„Und wie nennt man dich?"
Da richtete er sich im Sattel auf. Er schien beinahe zu wachsen.
„Du willst deinen Bezwinger kennen lernen? Tatanka tanika[2] ist berühmt und gefürchtet von Sonnenaufgang bis Sonnenuntergang."
Ich musste ihm zeigen, dass ich keine Angst vor ihm hatte.
Also lachte ich kurz und trocken auf.

---

[2] Lakota = Alter Büffel

„Winnetou hat noch nie von dir gehört."

„Für den Apachen wäre es besser, er hätte auch weiterhin nichts von mir gehört. Denn auf meinen Befehl hin wird er sterben."

Die Krieger der Ogellallah jubelten wegen dieser Worte. Alter Büffel genoss ihren Beifall. Er winkte einen von ihnen an seine Seite, einen muskulösen jungen Mann von fünfundzwanzig Sommern. Alter Büffel wandte sich wieder an mich.

„Dieser hier ist Ko-itse[3], mein Sohn! Ko-itse soll entscheiden, auf welche Weise Winnetou sterben wird. Sieht der Apache diese Prärie rings um uns herum? Sie heißt ‚Prärie des Blutes', und sie trägt diesen Namen, weil wir hier unsere Gefangenen zu Tode hetzen. Noch keiner ist den Ogellallah entflohen."

Als er sprach, beobachtete er neugierig, ob mein Gesicht Erschrecken zeigen würde. Ich zog jedoch nur die Augenbrauen hoch, als bezweifle ich seine letzte Behauptung. Da wies er schnell auf die bewaldeten Berge, welche die „Prärie des Blutes" begrenzten.

„Und siehst du diese Berge? Einer von ihnen wird Hancock-Berg genannt! Dort gibt es eine Höhle, in der die Ogellallah seit langer Zeit dem Großen Geist Opfer darbringen - Menschenopfer!"

Er machte eine Pause, um seine Worte wirken zu lassen. Ich zeigte mich immer noch unbeeindruckt. Daraufhin forderte er seinen Sohn auf:

„Entscheide nun, mein Sohn, welchen Tod der Apache sterben soll! Soll er auf der Blutprärie zusammenbrechen, oder soll ihm in der Opferhöhle die Kehle durchgeschnitten werden?"

Ko-itse sah mich grinsend an. Ich fand ihn hässlich und überheblich, und dies mochte er wohl in meinen Augen lesen, denn verärgert rief er:

„Der Gefangene rühmt sich seiner Abstammung! Nun gut, dann ist es sicher angemessen, ihn dem Großen Geist zu opfern!"

„Howgh! Howgh!", erscholl die Zustimmung der Krieger. Auf den Befehl des Häuptlings hin fesselten sie mir die Hände, und auch die Füße verbanden sie unter Jaadès Bauch mittels eines Stricks miteinander. Ko-itse ergriff die Zügel meiner unruhig tänzelnden Stute, und dann wurde keine Zeit mehr verloren.

Natürlich zerbrach ich mir den Kopf über eine Rettungsmöglichkeit. Doch wenn sich eine solche bieten konnte, dann vermutlich nur in der

---

[3] Lakota = Feuermund

Höhle selbst - wie aber sollte das geschehen? Ich hatte nicht die geringste Vorstellung davon, nicht den Hauch einer Idee.

Menschenopfer! Noch nie hatte ich gehört, dass Präriestämme diesem blutigen Brauch huldigten. Früher, das wusste ich, lebten in Mexiko rote Völker, die ihren Göttern Menschen zum Opfer darbrachten. Das Blut sollte die Sonne auf ihrem Weg stärken und Nahrung sein für gute und böse Geister. Wie aber kamen die Ogellallah darauf, dass der Große Geist Freude hatte am Blut? Oder war es nur dieser eine Stamm?

Gleichviel, es musste mir gelingen zu fliehen, nur - wie?

Als wir endlich die bewussten Berge erreichten, zerrten mich die Sioux auf die Erde, wo sie mir aufs Neue die Füße fesselten. Sie entfachten ein kleines Feuer und verschlangen ihre Pemmikanvorräte[4], wobei ich ihnen zuschauen durfte, denn ich bekam nichts. Nachts saßen links und rechts zwei Wächter neben mir, die jede meiner Bewegungen scharf im Auge behielten.

Ich starrte in die Dunkelheit, versuchte, mich mit meinem bevorstehenden Tod abzufinden. Vor wenigen Wochen noch, als mich die Schwarzfüße gewaltsam von der Leiche Ribannas trennten, da wäre es mir nicht nur gelungen, da hätte ich den Tod sogar begrüßt! Jetzt aber wollte ich leben. Die Ogellallah waren es nicht wert, dass sich Nschotschis schöne Augen mit Tränen füllten!

Gewiss wäre es besser gewesen zu schlafen, um neue Kräfte zu sammeln. Und heute würde ich mich auf jeden Fall dazu zwingen. Damals vermochte ich es nicht. Zwar musste ich annehmen, dass jede Stunde unabänderlich mein Ende näher brachte, doch fühlte ich mich bei Morgengrauen etwas zuversichtlicher.

Die Sioux frühstückten gut gelaunt, ich erhielt wieder nichts. Danach brachen wir auf, zunächst noch reitend. Ein paar Stunden später wurden die Tiere unter der Aufsicht von zwei Wächtern zurückgelassen, denn von nun an ging es ständig bergauf. Mit auf dem Rücken gefesselten Händen war das nicht gerade einfach. Mehrere Male stürzte ich, jedes Mal rissen mich die Ogellallah grob wieder hoch und stießen mich vorwärts. Am rücksichtslosesten gebärdete sich Ko-itse, der mir dabei die Fäuste in den Rücken schlug. Nach dieser Tortur atmete ich auf, als wir den Bestimmungsort erreichten. Wir befanden

---

[4] Fleischpaste aus getrocknetem und zerstoßenem Fleisch, getrockneten und zerdrückten Beeren, Rüben und Talg aus Bisonfett hergestellt

uns am Rande eines steil abfallenden Abgrunds. Der Berg bildete hier einen tiefen Krater, und wir mussten mit Hilfe der Lassos hinunter. An dieser Felswand wuchsen nur wenige Grasbüschel und Sträucher, es gab aber schmale Vorsprünge, die einen gewissen Halt boten. Ko-itse sorgte dafür, dass mir der Abstieg möglichst schwer gemacht wurde. Er seilte sich gleichzeitig neben mir ab und trat dabei gegen meinen Fuß, wenn ich ihn abstützen wollte. Als es zum zweiten Mal geschah, und ich wieder hart mit der Stirn gegen den Felsen schlug, trat ich meinerseits nach ihm. Er rutschte ab, und ich hatte die Genugtuung, dass auch er sich am Kopf verletzte.

Unten angelangt fand ich mich auf dem Grund des Kraters wieder, eine spärlich mit Pflanzen bestandene, fast kreisrunde Fläche, über deren östlicher Seite der Felsen etwas hinausragte. Darunter war ein schmaler Spalt zu sehen, und fahle menschliche Schädel lagen verstreut daneben. Die gesamte Umgebung machte einen düsteren, ja bedrohlichen Eindruck. Hier war das Blut vieler Menschen geflossen, und hier sollte auch mein Leben enden.

Aus dem Dunkel des Felsspaltes trat ein alter Mann mit dünnen, schneeweißen Zöpfen. Sein von Falten durchfurchtes Gesicht und der magere Körper deuteten auf Entbehrungen und häufiges Fasten hin, seine Augen waren ohne jeden Glanz. In der knochigen Rechten hielt er einen Stab, behangen mit Rasseln von Klapperschlangen, menschlichen Fingerknochen und Skalps. Er schüttelte ihn, und das verursachte ein widerwärtiges Geräusch.

„Wen bringt ihr dem Wächter der Höhle?", krächzte er.
Alter Büffel antwortete:
„Die Ogellallah bringen dir ein Opfer für den Großen Geist. Einen Jüngling, der von sich selbst sagt, er sei ein Apachenhäuptling."
Der Alte kam auf mich zu. Ein unangenehmer Geruch ging von ihm aus, und ich wandte angeekelt das Gesicht zur Seite. Der Alte kicherte.
„Schon lange wartet der Wächter der Höhle auf ein Opfer wie dieses! Manitou wird sich daran erfreuen."
Einige der Sioux hatten kurze, starke Äste mitgebracht, die mit Harz bestrichen und so als Fackeln hergerichtet waren. Im Kreis um den Alten und mich rammten sie diese nun in den Boden und zündeten sie an. Inmitten des Feuerkreises zwangen sie mich in die Knie. Der alte

Wächter begann einen monotonen Singsang, während er mich rasselnd mit seinem Stab umtanzte.

Was ich fühlte, was ich dachte? In meinem Innern drohte Panik aufzusteigen, doch Ehre, Erziehung und Stolz rangen sie nieder. Und ich senkte die Wimpern, um es zu verbergen.

Der Alte blieb stehen, das Opfermesser mit der Obsidianklinge glänzte in seiner Hand, und er warf die mageren Arme zur Anrufung Manitous hoch. Diesen Augenblick benutzte ich, um ihn anzusprechen:

„Ich glaube nicht daran, dass der Große Geist Menschenopfer fordert! Auch habe ich schon einmal im Sonnentanz mein Blut gegeben."

Die Arme des Alten sanken herab.

„Du bist durch den Sonnentanz gegangen? Ist das die Wahrheit?"

„Ja! Bei den Schoschonen. Es waren auch Häuptlinge der Dakota dabei."

„Wie heißt du?"

„Winnetou."

Ringsum war es still geworden. Der Alte trat näher und riss mir das Jagdhemd über der Brust auseinander. Wie in Trance starrte er die leichten Vernarbungen an. Dann keuchte er:

„Uff! Der Apache spricht die Wahrheit! Der Wächter der Höhle hat davon gehört, dass vor einigen Sommern ein Apache bei den Schoschonen durch den Sonnentanz ging. Und der Name dieses Sonnentänzers war - Winnetou."

Jetzt schaltete sich Alter Büffel ein.

„Mag er auch ein Sonnentänzer sein! Warum sollte uns das daran hindern, ihn zu opfern?"

Gereizt drehte sich der Alte zu ihm um.

„Weil er bereits sein Blut gegeben hat! Weil das Wohlgefallen Manitous auf ihm ruht! Weh dem, der es wagt, den Großen Geist zu erzürnen!"

Der Häuptling und seine Krieger blickten sich unentschlossen an. Immer noch kniete ich im Feuerkreis, aber nun keimte Hoffnung in mir. Alter Büffel knurrte:

„Wächter der Höhle! Willst du den Großen Geist um das Opfer bringen, das ihm zugedacht ist? Dadurch, dass er den Apachen in unsere Hände gab, hat er uns seinen Willen kundgetan."

Der Alte schüttelte energisch den Kopf.

„Ich opfere keinen Mann, dessen Blut einst der Sonne geweiht war!"

Nun entstand eine große Unruhe. Die Ogellallah wollten nicht ablassen von ihrem Vorhaben, und der Alte blieb hart. Da mischte sich Ko-itse in das Streitgespräch ein.

„Vater, lass ein Gottesurteil die Entscheidung bringen. Ich will mit dem Apachen kämpfen. Besiege ich ihn, dann ist es ein Fingerzeig Manitous - dann soll er geopfert werden. Besiegt er mich, dann will Manitou sein Opfer nicht."

Der Vorschlag fand bei den Kriegern sogleich offene Ohren. Alter Büffel und der Wächter der Höhle sprachen leise miteinander. Ich stand auf, niemand hinderte mich daran. Nur das hochmütige Grinsen Ko-itses ruhte auf mir. Schließlich schien es, als sei auch der Alte mit dem Gottesurteil einverstanden.

Der Häuptling der Ogellallah verkündete:

„Ko-itse und Winnetou sollen kämpfen - ohne Waffen, denn es ist kein Kampf auf Leben und Tod. Es geht darum, den Willen Manitous zu erfahren. Siegt Ko-itse, dann stirbt Winnetou den Opfertod. Siegt der Apache, dann soll er frei sein."

„Das genügt mir nicht!", rief ich aus, und der Krieger, der vorgetreten war, meine Fesseln zu durchschneiden, blieb verwirrt stehen.

Selbstbewusst hob ich den Kopf und straffte die Schultern.

„Ich verlange euren Schwur auch für meine Stammesbrüder! Wenn Winnetou siegt, dann darf kein Apache von den Ogellallah geopfert werden - nie mehr!"

Alter Büffel wollte zornig werden, besann sich aber und lächelte.

„Winnetou ist ein Häuptling - ich glaube es jetzt! Ich bin einverstanden. Aber der Sieger wird Ko-itse heißen. Mein Sohn hat noch jeden Gegner besiegt."

Man befreite mich von den Fesseln. Diese hatten ihre Spuren hinterlassen, und ich rieb die Handgelenke, um sie geschmeidiger zu machen und das stockende Blut anzuregen. Inzwischen erweiterten die Krieger den Feuerkreis. In seiner Mitte sollte der Kampf stattfinden, keiner von uns beiden durfte den Kreis verlassen. Ko-itse entledigte sich seines Hemdes und seiner Waffen, auch ich zog mein Hemd aus.

Wir traten aufeinander zu und maßen uns mit feindseligen Blicken. Ich war fest entschlossen, mich nicht auf die Verteidigung zu beschränken, denn die Arroganz Ko-itses ärgerte mich. Eine Bewegung, als wollte ich angreifen, verleitete Ko-itse zum Ausweichen, aber das hatte ich beabsichtigt. Mein rechter Fuß schnellte vor, und Ko-itse, obgleich er nicht fiel, geriet doch ins Taumeln. Diese kleine Unsicherheit ausnutzend, stieß ich ihm die Faust in den Unterleib. Er kippte nach vorn, fing sich aber sofort wieder und warf sein ganzes Gewicht auf mich. Wir stürzten beide auf die Erde. Jeder hatte die Absicht, den anderen unter sich zu bringen, aber das gelang weder ihm noch mir. Die Sioux feuerten Ko-itse an, sodass die Felswände des Kraters widerhallten von ihrem Geschrei. Mein Gegner war stark, das spürte ich schnell. Ich hingegen war beweglicher als er, entwand mich ihm und sprang auf die Beine. Ko-itse wollte sich hochstemmen, doch viel zu langsam. Mein Fuß traf ihn voll ins Gesicht, und er fiel zurück. Ich war sofort über ihm und schlug ihm die Faust unters Kinn, worauf er mit dem hinteren Teil des Kopfes hart auf dem Boden aufprallte. Seine Augen verdrehten sich, bevor sie sich schlossen, und einen Herzschlag lang fürchtete ich, ihn getötet zu haben. Nicht, dass er mir Leid getan hätte. Aber ich konnte nicht sicher sein, wie die Sioux darauf reagieren würden.

Meinen Faustschlag begleitete ein lautes Aufheulen der Zuschauer. Ich kniete auf dem ohnmächtigen Gegner, hob den Kopf und blickte mich herausfordernd um.

„Winnetou hat gesiegt", stellte ich fest.

Der Alte kam und scheuchte mich mit einer Handbewegung fort. Er kniete nieder, untersuchte Ko-itse und stand dann ruhig wieder auf.

„Der Sohn des Häuptlings lebt. Seine Seele hat ihn nur kurze Zeit verlassen. Damit ist der Wille Manitous offenbart."

Ich streifte mein Jagdhemd über, Alter Büffel räusperte sich.

„Howgh! Winnetou ist der Sieger, sein Blut wird nicht die Erde tränken."

Ihm zunickend streckte ich die Hand aus, um von den Sioux meine Waffen zurückzufordern. Das geschah, und inzwischen kam Ko-itse wieder zu sich. Verwirrt stand er auf, seine Miene drückte totale Betroffenheit aus. Man sah es ihm an, dass er nicht mit einer Niederlage gerechnet hatte. Stumm zog er sich außerhalb des Feuerkreises zurück.

Sein Vater rief laut:

„Die Entscheidung ist gefallen! Wir wollen diesen Ort nun verlassen!"

Sofort widersprach ich:

„Nein! Tatanka tanika mag sich seines Versprechens erinnern. Winnetou und er werden die Pfeife des Schwurs darüber rauchen!"

Er zögerte, hatte wohl gehofft, ich hätte im Rausch meines Sieges seine Worte vergessen. Dann aber ließ er sich im Ring des Feuers nieder und fingerte das Kalumet von seinem Hals. Ich setzte mich ihm gegenüber. Zum ersten Mal nahm ich bei einer solchen Handlung die Stelle meines Vaters ein und beschloss, ihn würdig zu vertreten. Tatanka tanika entzündete die Pfeife. Ich sagte:

„Tatanka tanika ist ein Häuptling, Winnetou ist ein Häuptling. Lass uns einen Bund miteinander schließen. Kein Apache darf durch die Ogellallah sein Leben als Opfer für Manitou beenden - du hast es versprochen!"

Alter Büffel wiederholte meine Worte, rauchte und blies den Rauch in die vorgeschriebenen Himmelsrichtungen. Dann ergriff ich die Pfeife, tat es ihm nach und versicherte dabei die Ogellallah meiner Freundschaft und der meines Vaters, solange sie ihren Schwur hielten. Anschließend kreiste das Kalumet unter allen Kriegern. Selbst Ko-itse musste es in den Mund nehmen, obwohl es ihm sichtlich widerstrebte.

Das helle Sonnenlicht hatte inzwischen nicht nur an Kraft verloren, es war geradezu verblasst. Stattdessen herrschte ein seltsames Zwielicht, und ein fast violetter Streifen überzog den wolkenlosen Himmel wie ein Unheil verkündendes Zeichen. Dabei regte sich keinerlei Windhauch. Die Luft aber schien merkwürdig verdichtet, innerhalb kürzester Zeit fiel die Temperatur rapide ab.

Die Ogellallah äußerten sich besorgt über diese Veränderung. Alter Büffel, der hinter mir stand, murmelte:

„Ein Unwetter naht, gleich wird es losbrechen. Es ist besser, wir erwarten es im Schutz des Berges."

Ich hörte, wie die Krieger seiner Aufforderung folgten - ich selbst reagierte nicht. Denn irgend etwas zwang mich stehen zu bleiben, so als hätte eine unsichtbare Macht Gewalt über meinen Körper ergriffen. War es die unheimliche Spannung in der Luft, oder lag es an dem Ort, der so viel Todesangst, so viel Verzweiflung gesehen hatte?

Ich kann es mir nicht erklären, ich erinnere mich aber, dass meine Sinne in diesem Augenblick aufs Äußerste geschärft waren. Jede Unebenheit des Bodens, jeden Grashalm, jeden Vorsprung auf der nur wenige Schritte vor mir aufragenden Felsenwand, von der wir uns abgeseilt hatten, nahm ich wahr. Die Luft begann sich zu trüben. Vor meinen geweiteten Augen wirbelten durchsichtige Schleier, und wie auf einen geheimen Befehl hin richteten sich meine Blicke auf die Felsenwand, glitten hinauf bis zu ihrem Rand. Irgendwo in meiner Nähe hörte ich einen Ton, der wie das Weinen eines Kindes klang - aber ich vermochte nicht, mich umzudrehen.

Wie gebannt starrte ich nach oben.

Plötzlich überlief mich ein Kälteschauer und gleichzeitig war mir, als riefe eine Stimme laut meinen Namen. Bei diesem Schrei schien mein Herzschlag auszusetzen. Ich sank - ohne mir dessen bewusst zu sein - auf ein Knie und stützte mich mit der Hand ab.

Die Erde, auf der ich kniete, schien unter mir zu brennen, und eine unbegreifliche Angst nahm mir den Atem, sodass ich leise aufstöhnte.

Es war, als habe eine fremde Macht den Lauf der Zeit aufgehoben.

Was war das, was bedeutete das alles?

Ich kannte das Gefühl einer Vorahnung seit frühester Kindheit. Sehr oft ist es mir widerfahren in meinem Leben, aber noch niemals so intensiv, dass selbst mein Körper darauf reagierte. Gerade so, als sende mir irgendjemand eine Botschaft, ja mehr als das: eine Warnung! An jenem Tag am Fuße des Abhangs erwartete ich deshalb jeden Augenblick so etwas wie einen Überfall - aber es blieb still, unheimlich still, nichts geschah. Jetzt erst sah ich, dass ich kniete.

Schwankend, ja sogar mit großem Kraftaufwand erhob ich mich. Alter Büffel schaute mich sehr bestürzt an, dann irrten seine Blicke zur Felsenwand, blieben wieder auf mir haften. Trotz der bronzenen Farbe war sein Gesicht bleich.

„Fühlt Winnetou sich nicht wohl?"

Ich strich flüchtig mit der Hand über meine eiskalte Stirn. Seine Frage hatte mich in die Gegenwart zurückgeholt. Aber es fiel mir schwer, mich in ihr zurechtzufinden, ganz so, als hätte ich einen Blick in eine andere Welt getan.

„Winnetou geht es gut", antwortete ich mit einer mir selbst fremden Stimme, das Beben meines Herzens ignorierend.

In diesem Moment verschwand das Sonnenlicht vollends. Ein Sturm brach los in der einbrechenden Dunkelheit, und wir flüchteten rasch durch den Felsspalt ins Innere des Berges. Hier war es sehr eng, aber Alter Büffel und ich fanden direkt am Eingang noch Platz. Aufatmend ließ ich mich auf die Erde gleiten, lehnte den Kopf an die steinerne

Wand und sah noch, bevor ich die Augen schloss, wie Alter Büffel mich im Widerschein der zuckenden Blitze beobachtete.

Ich suchte nach einer Erklärung für das Unerklärliche, fand jedoch keine. Mir war bewusst, dass außer mir keinem der Krieger - und auch dem Häuptling nicht - etwas aufgefallen war. Vielleicht, so dachte ich, lag es an der gespannten Atmosphäre in der Luft, die sich ja kurz darauf in Sturm, Blitz und Donner entlud. Merkwürdig nur, dass, nachdem sich das Unwetter verzogen hatte und wir ins Freie treten konnten, dieses beklemmende Gefühl wiederkehrte, gleichsam als habe es nur draußen gelauert und auf mich gewartet. Es begleitete mich noch, als die Ogellallah und ich durch die Felsspalte einem gefährlich abfallenden Pfad folgten, der aus dem Berg heraus führte und in umgekehrter Richtung wohl kaum zu ersteigen war. Erst später, erst, als der Hancock-Berg hinter uns lag, erst dann verflüchtigte es sich, löste sich auf wie das nebelhafte Trugbild einer Sinnestäuschung.

Jetzt, in dieser Stunde, überfällt mich die Erinnerung daran und belastet meine Seele. Jener Ort am Hancock-Berg hatte Schreckliches gesehen - dies könnte die Ursache für meine Verwirrung gewesen sein. Vielleicht bin ich besonders empfänglich dafür. Nur eines verstehe ich dabei nicht: Warum erstreckte sich mein Erschauern nicht auf die gesamte Umgebung? Doch es war nur der Steilhang und vor allem die Stelle, wo ich kniete - vor der ich innerlich erzitterte!

Bis heute, mein Bruder, entzieht sich dieses Erlebnis meinem Verstand. Ja, manchmal ist mir, als hätte ich das alles nur geträumt, so unwirklich erscheint es mir. Darum habe ich auch zu niemandem davon gesprochen, auch zu dir nicht. Eine unüberwindliche Scheu verschließt mir den Mund, denn heute kenne ich die Stimme, die damals meinen Namen rief.

Es war deine Stimme, Scharlih!

4. GEDANKEN-SPRÜNGE

Es war deine Stimme Scharlih! Erschüttert ließ ich das Buch sinken. Ja, es war meine Stimme gewesen. Ich hatte laut den Namen des Freundes gerufen, als der Schuss aufpeitschte und Winnetou zur Erde stürzte. Nie hatte er mir etwas von dieser Vision erzählt. Nicht einmal an dem Abend vor seinem Tod, als wir zum letzen Mal miteinander gesprochen hatten. Und doch hatte er damals ganz bestimmt an dieses frühere Erlebnis gedacht. Und spätestens da erkannt, dass es schon eine Todesahnung gewesen war. Denn der Ort des Geschehens war ja derselbe. Da konnte es keinen Zweifel mehr für ihn gegeben haben. Er wusste, es war das Ende. Es würde ihn erwarten, dort unten am Fuße des Steilhangs, genau an der Stelle, an der er damals gekniet hatte.

Ich kniff die Augen zusammen, aber auch das konnte die schrecklichen Gedanken nicht vertreiben. Diese hässlichen Vorahnungen am Todestag meines Blutsbruders. Oh, hätte ich diese Gedankengänge damals doch viel, viel ernster genommen! Aber das Kismet hatte es nicht so gewollt.

Wie heute klingen mir seine Worte noch in den Ohren:

„Mein Bruder Scharlih kommt, um nach seinem Freunde zu sehen. Er tut recht daran, denn bald wird er ihn nicht mehr sehen!"

Seine Worte vom Feuer des Lebens, das verlischt, dass seine Sonne verlöschen würde...

„Das Wild weiß genau, wenn der Tod sich ihm naht; es ahnt ihn nicht nur, sondern es fühlt sein Kommen und verkriecht sich im tiefsten Dickicht des Waldes, um ruhig und einsam zu verenden. Diese Ahnung, dieses Gefühl, welches niemals täuscht, empfindet Winnetou in diesem Augenblicke[1]."

Wie wahr, wie wahr! Und wie sprach er dann weiter:

---
[1] Siehe Gesammelte Werke Band 9 „Winnetou III"

„Es ist so deutlich, so deutlich! Es sagt mir, daß Winnetou sterben wird mit einer Kugel in der Brust. Denn nur eine Kugel kann mich treffen; ein Messer oder einen Tomahawk würde der Häuptling der Apachen leicht von sich wehren. Mein Bruder mag mir glauben, ich gehe heute in die ewigen Jagd...!"

Wobei er das Wort Jagdgründe nicht mehr aussprechen konnte, zu intensiv hatten wir uns über das Thema Leben nach dem Tod in der Zeit davor ausgetauscht. Aber dann wurde er konkreter. Ich weiß jedes seiner Worte noch wie heute:

„Ich gehe heute dahin, wo der Sohn des guten Manitou uns vorangegangen ist, um uns die Wohnungen im Hause seines Vaters zu bereiten, und wohin mir mein Bruder Old Shatterhand einst nachfolgen wird..."

Unwillkürlich musste ich an den Goethe-Vers denken:

„Zum Bleiben ich, zum Scheiden du erkoren
gingst du voran – und hast nicht viel verloren"

Mich, den ansonsten so optimistischen Menschen, überfiel ein Weltschmerz, den ich in der Art eigentlich an mir gar nicht kannte. Tränen rannen mir die Wangen herab. Ich saß da, betrachtete geistesabwesend das Buch und wie von selbst kehrten meine Gedanken an den Anfang zurück. Zeit und Ort versanken um mich herum. Ich war wieder achtzehn Jahre alt und begierig, das Leben kennen zu lernen...

5. DIE ERSTE ÜBERFAHRT

Achtzehn Jahre alt und voller Tatendrang. Und was dann alles in kurzer Zeit auf mich zukam. Vom Hauslehrer zum Vermesser der Eisenbahn. St. Louis - nach der Prüfung durch die Atlantic and Pacific Company sollte ich also mitwirken am Erstellen der Streckenführung durch das Indianer - Territorium, Texas, New Mexico, Arizona und Kalifornien bis hin zur Pazifikküste. Unser Streckenabschnitt zwischen dem Quellgebiet des Red River und dem Canadianfluss führte dann eben zu dieser folgenschwersten Begegnung meines ganzen Lebens. Auch jetzt im Alter rückblickend, muss ich das so sagen, denn keine Freundschaft hat mich dermaßen geprägt, wie die mit meinem unvergleichlichen Winnetou. Ihn habe ich damals nicht nur kennen- sondern auch lieben gelernt.

Welche Ironie des Schicksals, dass ich in Amerika ausgerechnet für die Eisenbahn arbeitete, obwohl ich doch bei Reiseantritt auf all meinen Weltreisen eigentlich viel lieber von Dresden mit dem Schiff nach Hamburg schipperte und dann weiter nach Bremen fuhr, als mit der Bahn zum jeweiligen Überseeschiff zu gelangen. Das hieß nämlich zumeist sehr oft umzusteigen und lange Wartezeiten in Kauf zu nehmen.

Doch meine allererste Reise, die zu meiner schicksalhaften Begegnung mit Winnetou führen sollte, trat ich anfangs eben per Zug an. Die Umstände haben es so mit sich gebracht. Damals fuhr ich noch dritter Klasse versteht sich, denn etwas anderes hätte ich mir zu der Zeit gar nicht leisten können.

Lange vor Fahrtantritt las ich natürlich aufgeregt alles an Lektüre und Berichten über weite und ausgedehnte Reisen in ferne Länder, was mir nur so in die Finger fiel, um nicht ganz unvorbereitet dieses große Wagnis einer Ozeanüberquerung auf mich zu nehmen. Ich, der ich später selbst einmal nur noch davon leben sollte, dass ich nichts anderes tat, als von meinen ausgedehnten Reisen durch die Weltgeschichte in Artikeln, Magazinen und später in den Gesammelten Reiseerzählungen über meine auf diesen Fahrten gewonnenen Eindrücke und abenteuerlichen Erlebnisse in der Fremde zu berichten. Aber jeder fängt halt einmal klein an, oder? Doch zurück zu meiner damaligen Lektüre. Wie hatte es ein gewisser Alexander Mackenzie, der erste berühmte Nordamerikadurchquerer als Ratschlag für Nachahmer in einem seiner Werke so treffend aufgeschrieben:

„Man teile das Reisegepäck in drei Stapel, nämlich in die notwendigen, die gewiss benötigten und die absolut lebenswichtigen Sachen. Diesen letzten Stapel reduziere man um die Hälfte und verdopple dafür lieber das Reisegeld. Dann stimmt's."

Leichter gesagt als getan, wenn es vor allem an letzterem an allen Ecken und Kanten mangelt. Dennoch ging ich bei meinen Reisevorbereitungen (außer pekuniär) gewissenhaft nach Mackenzies Ratschlag vor, als ich meine armseligen Siebensachen in einen alten Reisekorb aus Weidengeflecht, meinen leinenen Kleidersack und den schäbigen, abgewetzten Rohrplattenkoffer stopfte.

Von Dresden gab es damals zwei Möglichkeiten um per Bahn nach Hamburg zu gelangen. Die erste, umständlichere führte über Leipzig, Halle, Köthen, Magdeburg und Wittenberge nach Hamburg. Die zweite bequemere ging über Jüterbog und Berlin. Die Fahrscheine für den zweit genannten Reiseweg hatte ich bereits lange vor meinen Schiffskarten gekauft. Doch da ich von Bekannten, erfahrenen Reisenden und wer weiß nicht wem noch alles um viele Ecken herum die Tage und Wochen nach dem Erwerb meines Bahntickets nur Gutes über das Reisen über den „großen Teich" auf den Schiffen des Norddeutschen Lloyd hörte, und mir all diese Leute inbrünstig zurieten, ja diesen Seeweg zu bevorzugen, wählte ich - stark verunsichert - letztendlich wirklich Bremerhaven als Ausgangspunkt meiner Schiffsreise und nicht das für mich eigentlich viel näher gelegene Hamburg.

Doch ich hatte, wie gesagt, schon längst die Bahnkarten nach Hamburg erworben und mir sogar die Adresse der Dresdner Agentur der Hamburg – Amerika – Linie (Hapag) aus einer Zeitschrift herausgeschrieben und war drauf und dran gewesen, dort eben auch die Schiffspassage zu buchen. Doch dann sollte es also endgültig der ‚Norddeutsche Llyod' sein. Damit musste ich irgendwie noch von Hamburg nach Bremerhaven gelangen. Von Hamburg ging es nach Bremerhaven nur mit der Kutsche weiter, aber Zeit war ja mein einziger Reichtum und so konnte ich mir unterwegs auch gleich noch die alte Hansestadt an der Elbe in Ruhe ansehen, die ich natürlich ebenso wenig kannte, wie die vielen anderen Orte auf meiner Reise, schließlich war ich aus der Heimat außer auf meinen Wanderungen als Knabe mit meinem Schulfreund Carpio durch die Gebirgszüge Böhmens nie hinaus gekommen[1]. Darum buchte ich mein Billet nicht mehr um, obwohl ich über Halle, Magdeburg, Braunschweig, Hannover und Bremen auch durchaus ausschließlich per Zug nach Bremerhaven hätte kommen können.

Mein Bahnbillet sollte mich also zunächst, wie gesagt, nach Berlin führen. An einem recht frischen, nebeligen, typisch grauem Herbsttag ging die große Reise los. Das rotgelbe Laub bedeckte die glitschigen Straßen und raschelte bei jedem Schritt unter meinen Füßen, als ich über den Vorplatz auf den Dresdener Bahnhof zuhielt. Meinen Mundvorrat für die Bahnfahrt hatte ich mir natürlich von Zuhause mitgebracht, denn die eine Mark und fünfzig für einen Esskorb mit schmackhaften Speisen aus dem Bahnhofsrestaurant konnte ich mir damals beim besten Willen nicht leisten. Eine große Menschentraube wartete auf dem Dresdener Bahnhof, als der Preußische Express fauchend mit Volldampf in den Bahnhof einfuhr. Zwar befanden wir uns natürlich dort noch in Sachsen, aber von der Stadt Hof im Königreich Bayern ab verkehren nur noch diese „Preußischen Bahnen" in Richtung Berlin. Ich war ganz aufgeregt. Für die Reisenden der ersten Klasse gab es neuerdings sogar Klosetts in den Reisezügen, das waren Kabinen in denen man seine Notdurft verrichten konnte, tja die Entwicklung war nicht aufzuhalten. Diese Kabinen bekam ich allerdings erst einige Jahre später selbst zu Gesicht, denn in die erste Klasse hätte man mich nie vorgelassen. Klosetts in Zügen gab es bisher sowieso nur in Preußischen Zügen, die Bayern waren noch nicht so weit mit dem Fortschritt.

Die schwere Dampflokomotive kam mit kreischenden Bremsen zum Stehen. Besser hätte es gar nicht kommen können. Direkt vor meiner Nase befand sich die nächste Tür zu einem der Personenwaggons. Kein Fahrgast stieg aus, also konnte ich eigentlich gleich das Abteil betreten. Mit mir stiegen zwei Männer in den Wagen zu, ein wohlbeleibter, rotgesichtiger Mitfünfziger und ein kleiner, dürrer,

---

[1] Siehe „Weihnacht im Wilden Westen", GW, Band 24

vom Alter her schwer einzuschätzender Mann. Ächzend und stöhnend schob sich der Dicke unhöflich an dem Dünnen und mir vorbei zuerst in den Eisenbahnwaggon herein, obwohl wir beide eigentlich vor ihm auf dem Bahnsteig an der Bahnsteigkante auf den Einstieg gewartet hatten. Dabei hielt der Dicke vor seinem wohl gerundeten Bauch einen mordsmäßigen Bastkorb, den er wie einen großen Schatz zu bewachen schien. Das Geflecht des Korbes knirschte verdächtig, als der Dicke sich an uns vorbei in den Zug hineinzwängte. Der Eisenbahnwagen war schon sehr gut belegt, denn schließlich hatte der Zug ja auch schon eine gute Wegstrecke von Bayern bis hierher nach Dresden zurückgelegt. Ich zumindest sah auf den ersten Blick keinen einzigen freien Sitzplatz.

„Schaffner!", brüllte der Dicke sogleich ungeduldig.

„Wo ist denn hier noch Platz für mich?"

Vom anderen Waggonende rief der Schaffner sehr höflich zurück:

„Einige wenige Plätze sind noch frei, mein Herr!"

„Was?", brüllte der Dicke wieder, „wo denn, soll ich hier etwa stundenlang herumstehen?"

Der geduldige Schaffner trat einige Meter in den Gang hinein und wies auf eine Bank vor sich:

„Hier sind noch drei Plätze frei, mein Herr!"

„Was, das sollen drei Plätze sein? Da sitzt doch schon ein Herr!"

„Das ist so, aber in der dritten Klasse teilen sich nun einmal immer vier Herrschaften eine Bank. Das war schon immer so!"

„Das ist ja eine unverschämte Frechheit! Was ist denn das für eine Behandlung hier bei der Preußischen Staatsbahn?"

„Ihr hättet Euch ja auch ein Billet der zweiten Klasse erstehen können, dann hättet Ihr es deutlich kommoder, mein Herr!"

„Ich bin doch kein Dukatenscheißer!", ereiferte sich der Dicke lautstark weiter.

„Das heißt, leisten könnte ich mir die zweite Klasse natürlich spielend, sogar die erste, aber das muss ja wohl nicht sein, oder?"

Doch weder der Schaffner noch einer der anderen Mitreisenden im Abteil sah sich genötigt, ihm diese in den Raum gestellte Frage zu beantworten, was nun nach ihrer Ansicht sein musste und was nicht. Na, das konnte ja heiter werden, und mit diesem „freundlichen Zeitgenossen" sollte ich mir nun den ersten Teil meiner Reise und zudem auch noch den Sitzplatz teilen? Resigniert ergab ich mich in mein unvermeidliches Schicksal, denn andere Bankplätze waren nun wirklich in dem Waggon nicht mehr unbelegt, wie ich mich durch einen letzten Rundblick vergewisserte. Der Dünne hatte seinen Mantel gar nicht erst abgelegt, sondern rasch auf der Holzbank Platz genommen. Nicht unpfiffig, denn so konnte ihm diesen Sitzplatz zumindest keiner mehr streitig machen. Also setzte ich mich, seinem Beispiel folgend, auch hurtig hin. Bei mir ging das ebenso schnell wie bei dem Dürren, da ich nicht einmal einen Übermantel besaß, den ich hätte ablegen können. Mein Gepäck stellte ich neben der Bank in den Gang. Das war nicht zu vermeiden, da es keinen anderen freien Aufbewahrungsplatz mehr dafür gab.

Der Dicke stellte direkt zu unseren Füßen ungefragt seinen Bastkorb ab und schälte sich als Nächstes aus seinem schwarzen Überzieher, faltete diesen umständlich zusammen und legte ihn in das schmale Gepäcknetz. Er strich aufreizend langsam seinen graukarierten Anzug glatt. Die schwarzen Längs- und Querstreifen des Stoffes waren auffällig dick und irgendwie sah der ganze Anzug unmodern, hässlich und merkwürdig altbacken aus. Fast stieg mir allein beim Anblick des Anzugs schon der Geruch von Mottenkugeln in die Nase. Nicht dass ich mir etwas aus vornehmer Kleidung gemacht hätte, und es ging mir bei dieser Feststellung auch weiß Gott nicht um den Preis des auffälligen Kleidungsstückes, nicht dass Sie mich jetzt falsch verstehen, liebe Leser.

Der Dicke hingegen sah uns triumphierend an und sagte, wieder viel zu laut, was nur den Hintersinn haben konnte, dass auch möglichst das ganze Abteil seinen Monolog mitbekommen sollte:

„Schöner Anzug, was, Herrschaften? Ja, wunderbare, schwere englische Qualität, versteht sich. Der neueste Schrei in der Aristokratie. Man geht eben mit der Zeit! Habe ich direkt in London maßgeschneidert anfertigen lassen! Da staunt ihr, was?"

Zuerst sah er mich herausfordernd an, dann den Dürren, zuletzt den zuerst hier niedergelassenen Mann, der jedoch die Augen fest geschlossen hielt und mit seiner Umwelt zumindest augenblicklich nicht viel zu tun haben wollte. Der laute Wüterich gedachte, sich nun auch endlich hinzusetzen. Da der Dürre und ich aber schon saßen, gab es ein kleines Problem, denn für den Dicken war eigentlich nur noch so viel Platz auf der Bank übrig geblieben, wie gerade für einen halb so breiten Menschen wie ihn ausgereicht hätte. Doch das schien ihn nicht weiter zu bekümmern, denn mit einem todesmutigen „Plumps" quetschte er sich einfach genau zwischen den Dürren und mich, wobei er sich rücksichtslos mit seinem vollen Gewicht auf die Bank fallen ließ, dass dabei unsere Knochen heftig und schmerzlich mit den seinen aneinander rieben. Bei dem Dicken war ich mir allerdings nicht ganz sicher, ob er ähnlich viel davon gemerkt haben mochte wie ich, zum Beispiel. Er besaß einfach eine deutlich bessere Polsterung. Er ruckelte noch heftig nach links und rechts wackelnd nach, bis er seine Sitzposition als bequem und befriedigend empfand. Mit den Füßen schob er dann seinen Bastkorb dichter zu sich heran, packte ihn mit einer seiner fleischigen Hände und zog ihn vollends auf den Schoß.

„Früher gab es mal höfliche junge Burschen, die für uns ältere Herrschaften freiwillig Platz machten!", schimpfte er schon wieder, diesmal eindeutig in meine Richtung zielend.

Bevor ich etwas erwidern konnte, ergriff der Dürre für mich Partei und sagte:

„Der junge Mann hier hat bestimmt genau den gleichen Fahrpreis für die Bahnfahrt entrichten müssen wie wir beide, also hat er doch wohl auch das gleiche Recht auf einen Sitzplatz, oder?"

Der Dicke war verblüfft. Ich blieb lieber stumm, obwohl mir durch den Kopf schoss, dass der Dicke bei seinen Ausmaßen ja eigentlich eher zwei Billets hätte lösen müssen. Der Mund des Grau karierten wollte sich aber schier gar nicht wieder schließen, als nun der Dürre auch noch kurz aufstand und seinerseits den Mantel auszog. Fast hätte ich laut und schallend losgelacht, denn der Dürre trug haargenau den gleichen Anzug, den der Dicke uns eben noch so lautstark als Maßanfertigung angepriesen hatte. Mich pikste sofort ein kleines Teufelchen, das ich nicht bremsen konnte, und ich fragte den dürren Fahrgast scheinheilig:

„Habt Ihr Euch diesen schönen Anzug auch in London maßschneidern lassen, mein Herr?"

Der Dürre lächelte, zwinkerte mir fröhlich zu und antwortete:

„Nein, den habe ich gebraucht als so genanntes „Schnäppchen" bei einem Trödelhändler in der Neustadt, in der Nähe vom Albertsplatz erstanden!"

Nun gab der Dicke zumindest erst einmal Ruhe. Vielleicht war ihm die vorangegangene Szene auch ein wenig peinlich gewesen. Keine Viertelstunde später öffnete er seinen Bastkorb, holte ein schweres Tischtuch hervor und wickelte aus dem gestärkten Tuch zwei mordsmäßige Schinkenbrote aus. Nicht nur mir lief sogleich das Wasser im Munde zusammen. Sehr genau registrierte der Dicke unsere begehrlichen Blicke, und schon war er wieder obenauf:

„Leider muss ich hier diesen Fraß zu mir nehmen!"

Er schickte einen fast angewiderten Blick auf seine Schinkenbrote. Oh, wie gern hätte ich ihn jetzt von dieser ‚schrecklichen Last' befreit.

„Aber im Bahnhofsrestaurant hättet Ihr Euch doch einen vorbereiteten Korb mit der feinsten Wegzehrung käuflich für eine Mark und fünfzig erwerben können!", antwortete wieder der Dürre.

„Das ist doch Wucher, nicht dass ich mir das nicht leisten könnte, aber was nicht sein muss, muss nicht sein!", schimpfte der Dicke schon wieder in ähnlicher Manier wie vorhin. Vom Geldausgeben schien er auf der einen Seite nichts zu halten, aber auf der anderen Seite musste er immer wieder betonen, dass er sich alles durchaus leisten konnte. Seltsame Grundhaltung. Jedenfalls schien ihm der „Fraß" dann doch ausgezeichnet zu munden, denn er kaute und schmatzte und nach kurzer Zeit glänzten seine wulstigen Lippen nur so von dem Fett der ersten mächtigen Butterstulle.

Nun war mein Hunger auch geweckt. Ich kramte also aus meiner seitlichen Jackentasche ein in ein Stück Pergamentpapier eingewickeltes Vesperbrot hervor. Die beiden Hälften der Stulle wölbten sich bereits deutlich sichtbar nach außen, da die Brotscheiben bereits einige Tage alt waren. Verächtlich lächelnd sah der Dicke auf meine karge Speise herab. Das schien aber seinen Ehrgeiz nur noch zu beflügeln, sich mir absichtlich zuzuwenden, damit ich auch ja seine dick belegten Schinkenstullen ständig vor der Nase hatte. Bei jedem Bissen grunzte er nun, als wenn er den Vorhof des Paradieses bereits erreicht hätte. Da meine magere Stulle natürlich rascher aufgezehrt war, als seine monströsen „Brotlaibe", zog ich hernach aus meiner anderen Jackenaußentasche den kleinen, schrumpeligen gelbroten Apfel, meine Nachspeise, hervor. Kaum gewahrte das der Dicke, grinste er höhnisch, klappte die zweite Deckelhälfte des Bastkorbs auf und zog umgehend mehrere große Äpfel, saftige überreife Birnen und leuchtend gelbe und blaue Pflaumen hervor. Er schien erst lange überlegen zu müssen, was er denn nun von diesen Früchten verzehren wollte. Nachdem er jedes Stück seines Obstvorrats genau inspiziert hatte, mehrmals seinen dicken Zeigefinger über dem reichhaltigen Angebot hatte kreisen lassen, biss er endlich in einen dicken, grünen Apfel, dass der Saft nur so zu uns herüberspritzte.

Die Fahrt war ansonsten insgesamt ermüdend. Meine Mitreisenden waren allesamt nicht sehr gesprächig, wobei ich allerdings auch keine große Lust verspürte, mit dem Dicken Konversation zu betreiben. Zu meinem Glück hatte der dürre Mitreisende neben mir kurz vor Fahrtantritt noch rasch eine Tageszeitung erworben. Als er diese endlich – ewig später – ausgelesen hatte, bot er das Blatt uns in der Runde an. Sofort grapschte sich der Dicke das Blatt und vergrub seine Nase zwischen die Zeilen, ohne ein einziges Wort des Dankes oder nachzufragen, ob dies dem Dürren recht gewesen wäre. Es wollte mir danach so erscheinen, als ob der Dicke nie mehr mit seiner Lektüre fertig werden wollte. Bei seinen anstrengenden Bemühungen, mit den Augen immer dichter an die Buchstaben heran zu gelangen, war ich mir kurz darauf gar nicht mehr so ganz sicher, ob er überhaupt richtig lesen konnte. Endlich bot er dann Stunden später dem Nächsten von uns die Zeitung an, nachdem ihm schon mehrmals während der Lektüre die Augen zugefallen waren und er herzzerreißend zu schnarchen begonnen hatte. Da der letzte Mitreisende immer noch die Augen fest verschlossen hielt, war ich nun der letztmögliche Nutznießer auf unserer Sitzbank. Ich wunderte mich fast, dass nach so viel verstrichener Zeit überhaupt noch Buchstaben in der Tageszeitung vorhanden und nicht alle bereits von dem Dicken herausgelesen waren. Kaum hatte dieser das Blatt an mich abgetreten, faltete er die fleischigen Hände vor seinem Bauch und war wenig später schon tief und fest eingeschlafen.

Ich begann mein Studium der Zeitung, wie man es normalerweise immer tut, auf Seite eins. Herausragende Schlagzeile auf der Titelseite war die Aufhebung des Versammlungs- und Koalitionsverbots im Königreich Sachsen. Besonders interessierte mich außerdem noch ein Artikel über einen gewissen Wilhelm Bauer, der so genannte „Hebeballons" erfunden hatte. Das waren Luftsäcke, mit deren Hilfe er einen im Bodensee gesunkenen Dampfer vom Grund des Sees wieder an die Wasseroberfläche gehoben hatte. Beruhigend dachte ich mir, sollte unser Überseedampfer auf dem Seeweg von Bremerhaven nach New York sinken, konnte man uns irgendwann später ja auch derart wieder vom Meeresgrund bergen. Über der Lektüre der Zeitung nickte ich dann, wenn auch nur für Sekundenbruchteile, immer wieder selig ein. Ich hatte doch sehr früh am Morgen aufstehen müssen.

„Die Fahrkarten bitte!"

Der fordernde Ruf des Kontrolleurs schreckte mich aus meinen schönsten Träumen hoch. Ich betastete meine beiden Brustinnentaschen, bis ich das Billett gefunden hatte. Der Dürre hielt sein Ticket bereits in der Hand, und auch der vierte im Bunde auf unserer Bank, regte sich zum ersten Mal auf der ganzen Reise, schlug kurz die Augen auf und beförderte fast mechanisch die geforderte Fahrkarte aus seiner Hemdtasche ans Tageslicht und hielt diese hoch. Der Konduktör entwertete diensteifrig die vorgelegten drei Billets.

Nun fehlte nur noch unser „Spezi", der Dicke. Weltmännisch zog er das Jackenrevers seines grau karierten Anzuges vom Körper weg und griff mit der anderen Hand übertrieben theatralisch in die linke Innentasche des karierten Ausgehrocks. Sein gerötetes Gesicht wurde postwendend blass und blasser, wenn das überhaupt noch möglich war. Der Dicke sprang wie von der Tarantel gestochen mit einer Vehemenz von seinem Platz hoch, die ich ihm bei seiner Leibesfülle gar nicht zugetraut hatte. Dann tastete er von außen in Höhe seiner beiden Brusttaschen seinen voluminösen Oberkörper ab und schrie, da er nicht fündig geworden war, in ohrenbetäubender Lautstärke, dass alle anderen Mitreisenden des Waggons aus ihrem Dämmerzustand aufschreckten:

„Zu Hilfe, zu Hilfe! Man hat mich bestohlen!"

Der Fahrkartenkontrolleur fragte sofort nach:

„Bitte was meint Ihr, mein Herr?"

„Na, ich bin ausgeraubt worden, weil... weil... weil ich wohlhabend bin!"

Begriffsstutzig fragte der Bahnbedienstete nach:

„Was ist geschehen?"

„Raub, Diebstahl, Lumperei!"

„Und wo habt Ihr Eure Fahrkarte?"

„Seid Ihr etwa beschränkt im Kapieren? Na, die befand sich doch eben gerade in dieser meiner Brieftasche!"

„Und die?"

„Mensch, die ist jetzt weg, das sage ich doch die ganze Zeit! Gestohlen ist sie, geraubt, stibitzt, gemopst!", schimpfte der Dicke in höchster Erregung, wobei sich seine Stimme ob der Aufregung mehrmals überschlug.

Er sah gehetzt nach links, dann nach rechts, wobei er nur uns, seine drei Mitreisenden gewahrte, was ihn aber nicht zu trösten, sondern im Gegenteil noch mehr aufzubringen schien, denn er kreischte nun schrill:

„In Dresden auf dem Bahnhof habe ich noch selbst nachgeschaut, ob mein Billet auch wirklich in der Brieftasche ist, das weiß ich ganz genau! Ich... ich muss hier im Zug bestohlen worden sein!"

Das war ja eine schnelle und vor allem schwer wiegende Anschuldigung. Der Kondukteur war sichtlich entsetzt.

„Das ist eine böse Beschuldigung, die Ihr da aussprecht, mein Herr!"

„Es ist aber so, es kann nur so sein! Alle hier sofort verhaften! Leibesvisitation. Mein Geld... mein Reichtum... meine Zukunft!"

Fieberhaft dachte ich nach. Ich hatte doch nicht geschlafen. Dieses mehrmalige Wegnicken hatte doch höchstens jeweils Sekundenbruchteile gedauert. Und ich hätte bei der Enge auf unserer Viererbank doch auch mitkriegen müssen, wenn einer der zwei anderen Reisenden oder jemand ganz anderes aus dem Zug sich an dem Dicken zu schaffen gemacht hätte, als dieser selig eingeschlummert war und mordsmäßig vor sich hin schnarchte. Hier stimmte etwas nicht.

„Sofort den Zug anhalten, die Gendarmerie einschalten! Diebe, Mörder, Spitzbuben!"

Der Dicke war kaum noch zu bändigen. Er japste schwer nach Luft.

„Beruhigt Euch doch, mein Herr!" versuchte der Kontrolleur, den Dicken etwas zu besänftigen.

Ihm war die Situation zutiefst peinlich. Das Geschrei des Dicken war dem Ruf der Eisenbahngesellschaft bestimmt nicht zuträglich.

„Vielleicht ist die Geldbörse ja nur runtergefallen?", warf ich nun in das Geschehen ein.

Erleichtert, dass jemand einen konstruktiven Vorschlag machte, ging der Schaffner gleich in die Knie und suchte emsig unter unserer Holzbank den Fußboden ab. Er krabbelte dabei wie ein Kleinkind zu unseren Füßen herum. Dass dabei seine Hosenbeine im Bereich der Kniescheiben stark verschmutzten, schien ihn zumindest im Augenblick nicht im Geringsten zu interessieren. Er wollte nur rasch diese leidige und ihm wohl auch höchst peinliche Angelegenheit zum Abschluss bringen.

„Hier ist leider nichts!" kam wenig später die traurige Antwort des Fahrkartenkontrolleurs zurück.

Hatte der gute Mann doch so sehr gehofft, dass es zu einer raschen und harmonischen Aufklärung des Sachverhalts kommen würde. Dem war aber wohl nicht so.

„Fangt mit diesen drei Kerlen an. Durchsucht sie!", geiferte der Dicke schon wieder in seiner poltrigen Art weiter und zeigte auf uns.

„Einer von den dreien ist der Übeltäter, da setze ich meinen ganzen Reichtum drauf!"

„Als Wetteinsatz?", fragte der Dürre leicht amüsiert zurück.

Der Dicke plusterte sich noch mehr auf und schrie den gleich gekleideten Dünnen heftig an:

„Mit Spitzbuben wette ich nicht!"

„Wieviel Geld war denn in Eurer Geldbörse?", fragte ich nun auch noch dazwischen.

Eigentlich erwartete ich sogleich eine böse Abfuhr, aber der Dicke antwortete fast in normalem Umgangston:

„Was weiß ich, jedenfalls so ein Packen Geldscheine!"

Dabei zeigte er uns mit Daumen und Zeigefinger seiner dicken, kurzen Wurstfinger etwa die Höhe eines Ziegelsteins auf. Sehr unwahrscheinlich, fand ich. Wie wollte der Mann solch einen Packen Geldscheine in ein Portemonnaie hinein bekommen haben, welches in die Jackettbrusttasche hinein passte?

Der Kondukteur wusste vor lauter Verzweiflung nicht mehr, was er noch machen sollte. Ich half ihm aus der Verlegenheit, indem ich aufstand, meine Arme ausbreitete und ruhig sagte:

„Also, mich könnt Ihr gern durchsuchen, ich habe nichts zu verbergen!"

Das wirkte wie ein Signal auf die zwei anderen Männer neben mir. Beide sprangen ebenfalls eifrig von der Bank hoch und betonten die gleichlautende Bereitschaft. Da der Schaffner sich nicht so recht getraute, uns einfach abzutasten, übernahm der Dicke dieses Amt sogleich. Der Mann kannte keine Skrupel. Fieberhaft tastete er mich von oben bis unten ab. Selbst meine Socken ließ er bei dieser Durchsuchung nicht aus, schließlich hätte ich ja auch in diese seine Brieftasche stecken können. Nach mir kamen die beiden anderen Männer an die Reihe. Selbstverständlich hätten wir uns diese Behandlung nicht gefallen lassen müssen, aber was sollte es, wir hatten augenscheinlich alle ein reines Gewissen.

Als der Dicke mit seiner anmaßenden Leibesvisitation fertig war, sah er uns nur noch sprachlos an. Ich war gespannt, was nun folgen würde. Mein Blick fiel unbeabsichtigt auf mein eigenes Gepäck. Also, ich hatte eigentlich keine Lust, dass mein Rohrplattenkoffer, der Reisekorb aus Weidengeflecht und der leinene Kleidersack auch noch durchwühlt oder gar ausgeschüttet wurden. Ich ließ fieberhaft meine Gehirnzellen spielen. Wo konnte die Geldbörse des Dicken denn geblieben sein? Da kam mir eine Idee. Ich trat einen Schritt vor und sagte ruhig und sachlich:

„Gleiches Recht für alle, mein Herr!"

„Bitte?", entgegnete der Dicke entgeistert.

„Na, Ihr habt uns durchsucht, nun müsst Ihr Euch im Gegenzug auch gefallen lassen, dass ich Euch jetzt durchsuche!"

„Was soll das? Meint Ihr, ich mache hier nur Theater?"

„Warum nicht? Vielleicht habt Ihr ja gar keine Fahrkarte und sucht nur eine Möglichkeit, dieses auf billige Art und Weise zu vertuschen!"

„Also, das ist ja wohl ein starkes Stück! Das hab ich ja wohl noch nie erlebt! Ich könnte mir auf einen Schlag, vier, fünf... ach ich weiß nicht wie viele Billets leisten! Lächerlich, das ist im höchsten Maße lächerlich, junger Mann!"

Ich ließ aber dennoch nicht locker und tastete den Dicken einfach auf die gleiche Art und Weise ab, wie er es gerade mit uns getan hatte. Dabei schimpfte er die ganze Zeit über wie ein Rohrspatz.

„Frechheit, und das mir, einem ehrbaren Bürger! Was man sich alles gefallen lassen muss und dann noch von so einem jungen Schnösel!"

Ich hörte gar nicht auf das Gezeter und begann mit seinem Brustbereich und befühlte das grau karierte Jackett immer weiter herunter. Dabei bepöbelte mich der Dicke weiter in einer Tour. Ich ließ mich aber überhaupt nicht beirren und fuhr nur akribisch mit meiner begonnenen Untersuchung fort. Vorn gab es an der Jacke nichts zu ertasten. Um keinen Bereich auszulassen, strich ich auch über die Rückseite der Anzugsjacke hinab und wurde doch tatsächlich am Saum fündig. Meine Hand ertastete einen Gegenstand, der sich genau zwischen Saum und Futter der Jacke befinden musste.

„Bitte zieht Eure Jacke einmal kurz aus!", befahl ich dem Dicken daraufhin, erstmals selbst im barschen Ton.

Der Schreihals war dermaßen überrascht, dass er meiner Aufforderung widerstandslos nachkam. Ich drehte das Futter der Jacke nach außen. Dann zog ich das Futter der Innentasche heraus. Und tatsächlich: Da klaffte unübersehbar ein fast faustgroßes Loch im seidenen Futter. Ich drehte meine Hand vorsichtig durch das Loch in das Innere des Futterstoffes hinein. Dabei schob ich mir den karierten Ausgehrock so zurecht, dass ich mit meinen Fingern zum Saum der Jacke gelangen konnte. Mit zwei Fingern packte ich zangengleich einen rechteckigen Gegenstand und wenig später zerrte ich aus dem Loch im Futter die vermisste Brieftasche heraus.

Nun war die Verlegenheit des Dicken groß. Der Fahrkartenkontrolleur strahlte über das ganze Gesicht. Korrekt, wie es seinem Berufsstand entsprach, sagte er:

„Bitte prüft nun einmal nach, ob noch alles Geld vorhanden ist und zeigt mir Euer Billet!"

Der Dicke lief puterrot an. Mit leicht zittrigen Fingern klappte er die Brieftasche auf. Fein säuberlich lag das Ticket zwischen den beiden Ledersetten. Alle vier sahen wir aber auch, dass das Ziegelstein hohe Geldbündel sich auf wundersame Weise auf ganze drei bis vier und auch noch wertmäßig kleine Geldscheine reduziert hatte. Der Kontrolleur fragte gewissenhaft nach:

„Fehlt etwas, mein Herr?"

„N... n... nein, es ist a... alles da!"

„So, so!", sagte der Dürre, um dann fortzufahren:
„Und wie steht es mit einer Entschuldigung? Immerhin habt Ihr drei ehrbare Männer hier auf das Schwerste beschuldigt!"
Das schien dem Dicken sichtbar schwer zu fallen, aber auch der Kondukteur setzte noch einen drauf:
„Ich meine auch, dass das das Mindeste ist, was man in dieser Situation von Euch verlangen kann!"
„I... Ich bi... bitte vie... vielmals um Entschuldigung!", stammelte der Dicke gepresst.
„Doch nun entschuldigt mich, i... ich brauche dringend Luft! I... Ich muss raus auf den Perron!"
Die Geschichte schien ihm dermaßen peinlich zu sein, dass er sein Heil nur noch in der sofortigen Flucht suchte.
„Nichts für ungut, meine Herren", sagte der Schaffner noch kurz, tippte sich an seine Dienstmütze und setzte seinen Kontrollgang fort.
Wir drei machten es uns auf unserer Bank wieder so bequem, wie es die harte Holzbank zuließ.
Eine Viertelstunde nach Mitternacht erreichte unser Zug den Anhalter Bahnhof in Berlin. Da es selbst für ein einfaches Nachtquartier zu spät geworden war, außerdem war schon Sperrstunde, blieb mir nichts anderes übrig, als mit Sack und Pack in der zugigen Bahnhofshalle zu übernachten. Das Kontrollpersonal der Staatsbahn war dies wohl gewohnt, denn eine ganze Reihe Weiterreisende tat es mir gleich und keiner belästigte uns die wenigen Nachtstunden hindurch. Meine drei Mitreisenden hatten allerdings in Berlin wohl den Zielpunkt ihrer Reise erreicht. Der Dürre verabschiedete sich höflich von mir. Der Dicke hatte schon vor Erreichen des Bahnhofs seinen Bastkorb ergriffen und sich ohne ein Wort des Abschieds in Richtung Ausgang begeben. Der stumme Vierte grüßte mich beim Halt des Zuges knapp, wünschte mir eine angenehme Weiterreise und war schnell im Menschenknäuel untergetaucht, das aus dem Bahnhof herausdrängte. Nachdem der überwiegende Teil der Reisenden den Bahnhof verlassen hatte, wurde es ruhig in der Halle. Mich fröstelte, an eine Übernachtung im Bahnhof hatte ich gar nicht gedacht. Erst ein Kaufmann, der schon öfters mit dem Zug über Berlin gefahren war, klärte mich über diesen unvermeidbaren Umstand auf. Ich ergab mich allerdings rasch in mein Schicksal und irgendwann übermannte mich dann doch der Schlaf.

Als ich erwachte, sah ich auf meine Taschenuhr. Es war kurz nach fünf Uhr morgens. Ich weckte zwei „Leidensgenossen" neben mir, die wie ich auch nach Hamburg weiterreisen wollten. Gemeinsam verließen wir die Halle und suchten den Bahnhofsvorplatz auf. Wir hatten Glück, dass zu so früher Zeit bereits eine Droschke auf dem vom Nieselregen glitschigen Straßenpflaster wartete. Den Fahrpreis für die Fahrt mit der Droschke teilten wir unter uns auf. Die Kutsche brachte uns zügig zum „Hamburger Bahnhof". Dieser spezielle Bahnhof in Berlin für die Fahrten in die alte Hansestadt ist im Jahre 1847 fertig gestellt worden. Beim Ausstieg aus der Droschke sah ich auf die beiden Türme des imposanten Bahnhofsgebäudes. Ursprünglich waren die Türme bei der Planung für die Aufnahme von optischen Telegraphen vorgesehen gewesen, doch wie so oft kam es anders, denn bereits bei Eröffnung der Strecke im Jahre 1846 hatte der elektrische Telegraph den optischen abgelöst, doch da waren die Bauarbeiten für den Bahnhof schon zu weit fortgeschritten. Die Halle machte in ihrem Ruß geschwärzten Zustand einen etwas düsteren und zutiefst erdrückenden Eindruck auf mich. Eine Stunde später ging die Reise allerdings bereits weiter.

Im grauen Morgennebel rollten wir an diversen Fabriken und Kasernen vorbei. Donnernd rauschte der Zug danach auf einer mächtigen eisernen Brücke über die Spree. Die Villenvororte von Spandau gingen rasch in das breite Band der Havel über. Üppige Kiefernwälder auf beiden Seiten beherrschten eine ganze Zeit lang das Bild der Reise. Nur ab und an tauchten kleine Fischerdörfer mit ihren strohgedeckten Häusern auf. Meine Mitreisenden bewerteten die weißgestrichenen Ferienhäuser wohlhabender Berliner Familien, an denen wir vorbeikamen und gaben kund, welches ihnen denn davon am liebsten gewesen wäre, was natürlich bei allen nur rein hypothetisch war.

Dann ging es weiter durch die Streusandbüchse des Heiligen Römischen Reichs Deutscher Nation, wie man die Mark Brandenburg früher abfällig genannt hat. Die sandigen Böden, sowie die kargen Wälder dürften zu dieser bissigen Bezeichnung beigetragen haben. Das flache Land bot dem Auge des Betrachters kaum einmal Abwechslung. Auf ärmlichen Weiden graste das typisch norddeutsche, schwarzbunte Vieh, dann sahen wir mal Heidekraut, dann mal wieder ein Torfmoor, einen Kiefernwald, einen Kartoffelacker und noch viel seltener ausgedehnte Roggenfelder.

In Ludwigslust hielt der Zug wenigstens für fast zwanzig Minuten, sodass wir uns etwas die Beine vertreten konnten. Es ist wahrlich kein Vergnügen in der dritten Klasse zu viert auf einer harten Holzbank sitzen zu müssen. Auch dieser Zug war wieder dermaßen überfüllt, dass gar nicht alle Passagiere einen Sitzplatz abbekommen hatten. Wie gut, dass ich Zeit meines Lebens nie Probleme mit Platzangst hatte.

Der Sachsenwald mit seinem Eichenbestand war eine willkommene Änderung des Landschaftsbildes. Kurz hinter Bergedorf nahmen die Gleise schlagartig zu. Das Labyrinth an Schienen führte durch den großen Güterbahnhof in die Bahnhofshalle des so genannten „Berliner Bahnhofs" hinein. Knappe sechs Stunden hatte die Fahrt von Berlin nach Hamburg gedauert. Das Geschiebe und Gedränge in der Ankunftshalle war unbeschreiblich. Tätowierte Hafenarbeiter, rauchende und fluchende Seeleute, Auswanderer mit ihren ganzen Familien, Hamburger Zimmerleute in ihrer typischen Tracht, hektische Kaufleute, Gendarmen, für Tropenreisen Uniformierte und unglaubliche Mengen an Reisegepäck versperrten den Weg. Ich jedenfalls kam aus dem Staunen gar nicht wieder heraus.

Der Jungfernstieg und die Binnenalster, die vielen berühmten Hamburger Kirchen, aber vor allem der imposante Hafen machten einen großen Eindruck auf mich. Zwei Tage Pause gönnte ich mir in Hamburg, wobei ich jeden hintersten Winkel der alten Hansestadt zu durchstöbern trachtete. Dann fand ich eine preiswerte Droschke, die mich nach Bremerhaven brachte. Damals stieg ich natürlich noch nicht wie später in dem weit bekannten Löhr's Hotel ab[2]. Dieses vornehme Haus lag in unerreichbarer Ferne für meinen kargen Geldbeutel.

Das Dampfschiff am Amerika-Kai überwältigte mich. Zur Zeit war nur eines zugegen, sodass es keinen Zweifel gab. Das musste unser Dampfer sein. Was war das doch für ein mächtiger Kasten! Es war schon ein Schiff der zweiten Dampfgeneration, was mich etwas beruhigte, denn die ersten Nordatlantikdampfer brachten dem Norddeutschen Lloyd nach ihrer Erbauung nur zum Teil Glück. Die „Bremen"

---

[2] siehe „Winnetous Erben", GW Bd. 33 und „In fernen Zonen", GW Bd. 82

und die „Newyork" taten brav ihren Dienst, aber die „Hudson", das dritte Schiff, war schon wenige Wochen nach der Jungfernfahrt in Bremerhaven ausgebrannt und die „Weser" überstand nicht mal diese. Sie musste die Fahrt wegen schwerer Sturmschäden in Cork unterbrechen.

Mein Amerikaliner war die „Hansa". Am 23.8.1861 war das Dampfschiff vom Stapel gelaufen. Die Jungfernfahrt hatte am 24.11.1861 stattgefunden. Es war also immer noch eine der ersten Reisen des Dampfers, als ich mit ihm nach New York überfuhr. Später soll das Schiff auch ein tragisches Schicksal genommen haben. Am 5.7.1883 auf einer Reise von Antwerpen nach Montreal wurde es im Englischen Kanal zuletzt gesehen und galt dann mit 70 Menschen an Bord als verschollen.

Ich schritt das Schiff am Kai ab. Es musste glatt an die 110 Meter lang sein. Die Breite, wie ich dann später an Bord nachlas, betrug 12,84 Meter. 75 Passagiere logierten in der ersten Klasse, 105 in der zweiten und mit mir verbrachten im Zwischendeck 480 Reisende die Überfahrt nach Nordamerika. Der Dampfer war bis auf den letzten Platz ausgebucht. 105 Menschen Besatzung trug der Dampfer, um dies der Vollständigkeit halber auch noch zu erwähnen.

Geduldig reihte ich mich in die lange Schlange der Wartenden vor den Holzschuppen ein, die schier kein Ende nehmen wollte und so weit reichte, wie mein Auge überhaupt zu blicken vermochte. Eine Handvoll Ärzte und Sanitäter war vor diesen dunkelbraun gestrichenen Schuppen seit Stunden damit beschäftigt, die Auswanderer, ihre Kinder und alle anderen Zwischendeckreisenden auf ernsthafte Krankheiten zu untersuchen. Nur wenn das Untersuchungsergebnis der Herren Medizinalräte positiv ausfiel, durfte man auf das Schiff hinauf.

Direkt vor mir in der Schlange war gerade ein fast winzig kleiner Mann an der Reihe. Dieser maß nach meinen Schätzungen kaum einen Meter vierzig. Bei ihm nahmen sich die Ärzte besonders viel Zeit. Als wenn seine Körpergröße nicht schon ein Problem an sich dargestellt hätte. Kurz vor Beendigung der auffällig gründlichen Untersuchung hieß man ihn noch seine Mütze abzunehmen. Unterwürfig kam er der Aufforderung sofort nach. Er knautschte die Schiebermütze zwischen seinen Händen und sagte dabei:

„Besser eene Jlatze als jar keene Haare, wa?"

Was bei ihm auch durchaus stimmte, denn der Kopf des Winzlings war nicht nur haarlos, sondern glänzte dazu wie gerade blank gewienert. Ich schmunzelte, nicht über seine Glatze, mehr über den Dialekt. Vor mir stand unverkennbar ein waschechter Berliner. Letztlich ließ man ihn dann doch passieren. Er musste also kerngesund sein. Der Winzige brachte seine Freude darüber auch sofort lautstark zum Ausdruck:

„Jott sei's jelobt, jetrommelt und jepfiffen, wa?"

Bei mir ging die Untersuchung viel schneller, und mit weit ausgreifenden Schritten bestieg ich hernach den Holzsteg. Jeden Schritt gab es eine Querverstrebung, sodass man auch bei nassem Wetter nicht auf diesem Steg abrutschen konnte. Der Kleine vor mir übersah aber eine der Querstreben auf dem recht steilen Aufstieg und schlug lang hin. Doch bevor ich ihm aufhelfen konnte, war er schon wieder selbst auf den Beinen und sagte vergnüglich prustend:

„Ick lach ma 'n Ast, wa?"

Na, mit Humor nahm er sein Mißgeschick ja. Das Gedränge auf dem Fallreep hinter mir nahm in der Zwischenzeit immer mehr zu. So drängte ich ihn nun zur Eile, nicht dass wir von den Nachrückenden noch umgestoßen und einfach überrannt wurden. Rührende Abschiedsszenen konnte ich am Kai beobachten und auch Tränen flossen in Strömen. Wie viele dieser Menschen würden sich wohl nie wiedersehen, wenn ihre Angehörigen für immer in der „Neuen Welt" bleiben würden?

Der kleine Berliner hatte den Aufstieg inzwischen tatsächlich unbeschadet überstanden und war schnurstracks auf eine Dame zugegangen, die schnaufend, mit Bergen von Hutschachteln überfrachtet, an Deck stand. Ihr Atem ging schwer rasselnd. Mit einem Ohr hörte ich noch, wie der kleine Berliner zu der Dame sagte:

„Ick bin ne Schnauze mit Herz, wa?"

Schüchtern schien er gerade nicht zu sein. Ich sah mich rasch um. Die Schiffscrew war bestens aufeinander eingespielt. An jeder Ecke standen Seeleute, die uns nach unseren Schiffspassagen fragten und nach Überprüfung der Dokumente dann den rechten Weg zu unseren Quartieren wiesen.

Wie gut, dass das Reisen im Zwischendeck mittlerweile angenehmer als noch vor wenigen Jahrzehnten geworden war. Damals schliefen die Zwischendeckreisenden noch dreistöckig auf harten Brettern übereinander. Bei rauher See mussten gar noch alle Luken geschlossen werden, damit nicht zuviel Wasser in den Raum hereinschwappte. Stickige, schlechte Luft, Seekrankheit, mangelhafte Ernährung und brackiges Wasser führten damals zu einer Sterberate von etwa zehn Prozent.

Man wies mir meinen persönlichen Schlafplatz zu. Wobei von persönlich nicht viel die Rede gewesen sein konnte, denn um mich herum standen überall Bettgestelle. Aber wenigstens einzeln und nicht mehr wie früher dreistöckig übereinander angeordnet.

Kaum sortierte ich mein Gepäck, da sah ich schon wieder den ulkigen Berliner, der genau das Bettgestell neben mir zugeteilt bekam. Er stellte nur rasch seinen Koffer ab, hopste dann auf den Strohsack des Bettes und nestelte an seiner Botanisiertrommel herum, die er mit einem Lederriemen quer über den Körper umgehängt hatte. Dem rollenartigen Behältnis entnahm er zu meiner nicht geringen Überraschung einen gebratenen Geflügelschenkel und fing einfach an zu speisen, indem er mir erklärend zurief:

„Eene jut jebrat'ne Jans is een jute Jabe Jottes!"

Eineinhalb Stunden später wusste ich nur zu genau, warum er vor der Abreise noch einmal ausgiebig mit Genuss gegessen hatte. Denn kaum hatten wir das offene Meer erreicht, da begann der Pott zu schaukeln und zu schlingern, dass die ersten Passagiere erst grün und dann aschfahl im Gesicht wurden und nur noch eilends in Richtung Deck strömten. Es sollen selbst erfahrene Seebären, die schon Dutzende von Umrundungen von Kap Hoorn hinter sich haben, immer noch ab und an von der schrecklichen Seekrankheit befallen werden.

Auch meinen Schlafplatznachbarn traf es unvermittelt und urplötzlich. Jammernd sprang er von seiner Schlafstatt auf und drängte nur noch stöhnend nach draußen. Mir selbst ging es erstaunlich gut, wo dies doch meine allererste Schiffsreise war, aber wer wusste für wie lange.

Der Winzling jedenfalls hing über der Reling und jammerte nach der ersten überstandenen „Magenattacke":

„So jrob als ick et verdrajen kann, könnt Ihr doch nich werden, wa?"

Er schien gern oder fast ausschließlich in Sprichwörtern und Redensarten zu fallen, wenn diese auch nicht immer ganz treffend waren. Er setzte sogar nach vollbrachter Tat noch eines hinterher:

„Lieber sich den Magen verrenken, als dem Wirt was zu schenken, wa?"

Dann kam auch schon „Attacke" Nummer zwei. Kaum hatte er sich, nach Luft japsend, auch von dem neuerlichen Anfall der Seekrankheit erholt, sagte er, wieder mehr zu sich, als an einen der Umstehenden gerichtet:

„Immer ruhig und jediegen, wat nich fertig wird bleebt liegen!"

Doch auch nach dem nächsten Anfall, der ihn deutlich später befiel, ging ihm sein Reichtum an geläufigen Sprichwörtern nicht aus:

„Wenn über eene olle Sache man wieder Jras jewachsen is, kommt sicher so'n Kamel jeloofen, det allet wieder runterfrisst!"

Ich will es kurz machen. Zwei, drei Tage hatte ich kaum einen vernünftigen Gesprächspartner an Bord, um mir die Zeit zu vertreiben, da die meisten Passagiere mit sich selbst mehr als genug zu tun hatten. Sonst ereignete sich auch die Tage danach nichts Nennenswertes auf der Reise.

Das sollte schon auf meiner beabsichtigen Rückreise von dieser Fahrt ja dramatisch anders aussehen. Leser, die all meine Bücher studiert haben, erinnern sich bestimmt. Ausgangspunkt dieser Rückfahrt war New Orleans. Es war zur Zeit des amerikanischen Bürgerkriegs. Winnetou war bereits allein weiter hinter Santer her und ich hätte nur die Chance gehabt, in St. Louis bei Mr. Henry auf eine Nachricht meines Blutsbruders zu warten. Aber da hätten Wochen, ja Monate vergehen können. So entschied ich, erst einmal in die Heimat zurückkehren, um meine darbenden Verwandten mit dem ordentlichen Packen Geldes zu unterstützen, den ich gerade verdient hatte. Einziges in Frage kommendes Schiff war damals ein Yankeeboot, das nach Cuba abgehen sollte. Von dort wollte ich direkt nach Deutschland, oder zumindest erst einmal nach New York gelangen. Durch einen Hurrikan war das Schiff aber wenig später auf eine Klippe aufgelaufen. Mit Mühe konnte ich nur mein nacktes Leben retten.[3] Apropos

---

[3] Siehe Karl Mays Gesammelte Werke Band 8: „Winnetou II"

New Orleans. Sofort muss ich da auch an eine Überfahrt einige Jahre später von Hamburg eben wieder nach New Orleans denken. Unauslöschlich haben sich die turbulenten Ereignisse in meinem Kopf festgesetzt, wie ich mit dem jungen Schauspielschüler Sherlock Holmes, der später einer der berühmtesten Detektive der Welt werden sollte, zusammen den Mord an dem im Rollstuhl gefesselten englischen Lord Peter Wingard aufklären konnte[4].

Doch meine erste Reise verlief für meinen Geschmack jedenfalls zu eintönig. Der Ozean bot kaum einmal eine Abwechslung. Himmel und Wasser schienen sich nur in einem fortwährenden Streit zu befinden, die gleiche Färbung einnehmen zu müssen. Die interessanten Zeitvertreibe waren den besser zahlenden Passagieren vorbehalten. Zudem war diese erste Überfahrt im Nachhinein auch eher beschwerlich. Es war sehr eng im Zwischendeck, und meine mitgebrachte Verpflegung wurde mit der Zeit auch nicht besser und schmackhafter, sodass ich heilfroh war, als wir endlich in New York anlangten.

Ich staunte nicht schlecht über die bis zu zehn- bis zwölfstöckigen Hochhäuser auf der Halbinsel Manhattan. Noch mehr verblüffte es mich, dass es in einigen der Hochhäuser mit Dampf betriebene Aufzüge gab, die die Hausbewohner oder ihre Gäste unter schauderhaftem Gerassel und Getöse bis in die höchste Etage zu befördern hatten. So etwas kannten wir in Europa schließlich nicht.

Der kleine Berliner schüttete in allen Reisetagen zuvor an Bord noch Unmengen an Sprichwörtern über uns Mitreisende aus, wobei eine normale Unterhaltung mit ihm kaum möglich war. Was auf mich erst so offen und extrovertiert, ja fast weltmännisch gewirkt hatte, stellte sich zunehmend als reine Fassade heraus, um die eigene Unsicherheit zu überdecken.

Höflich verabschiedeten wir uns beim Abschied in New York voneinander. Er wollte in Amerika ein neues Leben beginnen, weil er in der Heimat zu oft wegen seiner Körpermaße und seiner Sprachgewohnheiten verlacht worden war. Da ich ihn all die Tage nie hatte spüren lassen, dass ich ihn verlachte, was ich auch wirklich nicht tat, hatte er mich besonders in sein Herz geschlossen und wollte sich gar nicht mehr von mir trennen.

---

[4] Siehe Reinhard Marheinecke: „An den Ufern des Missouri"

Die Einreiseformalitäten waren zermürbend. Hafenarzt, Zollbeamte und Polizisten strömten schon an Bord, als das Schiff noch in den Hafen einlief. Da ich angegeben hatte, mich nur auf einer Studienfahrt zu befinden, war ich nach knapp zwei Stunden erlöst. Die Fahrgäste aber, die angaben, Einwanderer zu sein, wurden unter strengsten Sicherheitsvorkehrungen zunächst auf einer hermetisch abgesperrten Insel im Hafenareal zusammengepfercht.

An anderer Stelle habe ich ja bereits erwähnt, dass es eine Art angeborener Tatendrang war, der mich über den großen Ozean in die Vereinigten Staaten getrieben hatte. Doch es hielt mich nach meiner Ankunft in New York nirgends lange, obwohl ich an der Ostküste sicherlich als junger, strebsamer Mensch ein gutes Auskommen hätte haben können. Ich verdiente immer gerade so viel, dass ich mir gerade meinen nächsten Reiseabschnitt leisten konnte. So zog es mich letztlich nach St. Louis hin.

Ich glaube, ich habe bisher noch nirgends erwähnt, wie diese Kutschfahrt, als „blutiger Anfänger", oder wie würde der gute alte Sam Hawkens gesagt haben, als „Greenhorn" über die Bühne ging. Heute kann ich über meine unbedarften Anfänge selbst nur noch schmunzeln, will sie Ihnen, liebe Leser, aber nicht länger vorenthalten:

Ich war gerade in Cincinnati in die Postkutsche eingestiegen, da rumpelte das monströse Gefährt auch schon los. Jedes Schlagloch der Straße ging mir durch Mark und Bein. Es rüttelte und schüttelte uns, dass ich schnell das Gefühl hatte, jeden Knochen in meinem Leibe nummerieren zu können. Neben mir im Coupé saß ein kleiner, untersetzter Endfünfziger, der eine auffällige, goldfarbene Weste trug. Der gute Mann hatte mindestens drei samtbezogene Kissen unter seinen Allerwertesten geschoben. Ein heftiges Schlagloch, das mich erst gegen den stoffbespannten Himmel der Kutsche und dann wieder hart auf die Bank zurückschnellen ließ, zeigte mir den Sinn seiner Kissen nur allzu deutlich (schmerzlich) auf.

Um mich zu zerstreuen schlug ich die Zeitung auf. Diese hatte ich im letzten Augenblick im General Store teuer erstanden. Erst jetzt sah ich auf das Datum. Die Gazette war ja schon zehn Tage alt. Geschäftstüchtige Menschen in dem Store, denn das hatte der Besitzer beim Verkauf mit keiner Silbe erwähnt. Nachdem sich mein leichter

Groll wieder gelegt hatte, siegte dann doch meine angeborene Neugier und ich begann mit der Lektüre des Blattes. Fast hätte ich bei der Überschrift des Leitartikels lauthals losgelacht: „Ratschläge für Stagecoach - Reisende". Passender ging es ja wohl kaum. Das Schlingern des Wagens passte ausgezeichnet zu diesem Lesestoff. Ich war jedenfalls sehr gespannt auf den Inhalt des Artikels! Schon vertiefte ich mich in die Druckerschwärze der Buchstaben, die sogleich vor meinen Augen erschienen:

„Der beste Sitzplatz im Inneren einer Kutsche ist jener, der sich am nächsten beim Kutscher befindet!"

Ich sah hoch. Natürlich befand sich mein Platz außen, am weitesten vom Kutscher entfernt. Anfängerfehler, oder?

„Selbst wenn Sie beim Rückwärtsfahren einen Hang zur Seekrankheit haben - Sie werden es überstehen und weniger Schläge und Stöße einstecken. Lassen Sie sich diesen Platz auch nicht von einer schlauen Elfe abhandeln!"

Das blieb mir wenigstens erspart, da ich diesen vorteilhaften Sitzplatz als letztzugestiegener Passagier ja nicht ergattert hatte. Ich saß der besagten „angepriesenen" Bank genau gegenüber. Ich las weiter:

„Reisen Sie bei kaltem Wetter nicht mit eng anliegenden Stiefeln, Schuhen oder Handschuhen!"

Ich blickte abermals hoch. Vor mir saß eine ältere Dona, die sich ununterbrochen Luft zufächerte. Dennoch rann ihr an beiden Wangen in dünnen Linien der Schweiß über die fast fleischlosen Wangen. Ich grinste innerlich. Mit Kälte war hier in dieser Wüstengegend ganz bestimmt nicht zu rechnen.

Die gute Senora sah mich böse, fast feindselig an, als ob ich an ihrem Zustand und Unbehagen Schuld tragen würde. Vielleicht war sie aber auch einfach nur ein eher griesgrämiger Typ. Lieber senkte ich meinen Blick schnell wieder in die Gazette:

„Wenn Sie der Kutscher auffordert, auszusteigen und zu Fuß zu gehen, tun Sie dies ohne Murren, denn er wird es nicht verlangen, wenn es nicht unerlässlich ist. Wenn die Pferde durchbrennen - dann bleiben Sie am besten still sitzen und vertrauen Sie auf Ihr Glück. Wenn Sie nämlich einfach aus der Kutsche hinausspringen, werden Sie sich in neun von zehn Fällen verletzen!"

Hinausspringen wäre in meinem Fall auch schier unmöglich gewesen, höchstens hinausquetschen, so überfüllt wie diese Überlandkutsche war. Selbst zu unseren Füßen saßen beziehungsweise kauerten noch zwei Kinder, weil nicht genug Platz in dem engen Gefährt vorhanden war. Gehörten diese Kinder etwa zu der griesgrämig dreinschauenden Senora? Wenn, musste es sich bei ihr aber eher um die Großmutter, als um die Mutter der Kleinen handeln.

„Verzichten Sie, wenn das Wetter wirklich kalt ist, auf Branntwein, denn Sie werden doppelt so rasch erfrieren, wenn Sie unter dem Einfluss von Alkohol stehen. Brummen Sie nicht während des Essens auf den Stationen. Die Postkutschengesellschaften setzen Ihnen gewöhnlich das Beste vor, was sie eben auftreiben können."

Ach du Elend, und ich hatte mir keinen Proviant eingepackt!

„Lassen Sie die Kutsche nicht warten, rauchen Sie im Wagen keine starke Pfeife - spucken Sie immer leeseits aus. Haben Sie eine Flasche mit einem Getränk bei sich, so reichen Sie diese auch den anderen Fahrgästen herum. Besorgen Sie sich Ihre Genussmittel vor Beginn der Reise, denn „Ranch - Whisky" auf den Stationen ist kein Nektar."

Zu spät! Auch daran hatte ich nicht gedacht. Mit mordsmäßigem Getöse polterte das schwere Kutschgefährt über die steinübersäte Straße zwischen die Hügel der Halbwüste hinein. Ich sah kurz aus dem Fenster, dann las ich die klugen Ratschläge weiter:

„Fluchen und schimpfen Sie nicht auf Ihre schlafenden Nachbarn. Nehmen Sie genügend Kleingeld mit, um Ihre Ausgaben zu bestreiten. Schießen Sie nie während der Fahrt, da dies die Kutschpferde erschrecken könnte. Diskutieren Sie nicht über Politik und Religion. Schildern Sie nicht ausführlich, wo kürzlich Morde verübt wurden. Tun sie es besonders dann nicht, wenn weibliche Passagiere dabei sind."

Die gute Senora musste man von einer derartig feinfühligen Behandlung sicherlich ausnehmen, wie ich mir nur wieder durch einen flüchtigen Blick in ihre verbiesterten Gesichtszüge ausmalen konnte.

„Fetten Sie ihr Haar nicht, denn der Weg ist staubig. Glauben Sie keinen Augenblick, Sie seien auf einer Vergnügungsreise. Erwarten Sie vielmehr Plagen, Mühen und Not"

Ich war froh, dass dieser so viel Zuspruch versprühende Artikel ein Ende gefunden hatte. Es gelüstete mich nicht nach weiteren Kunstwerken der zeitungsschreibenden Zunft, so faltete ich das Blättchen zusammen und besah mir stattdessen meine anderen Mitreisenden etwas genauer.

Der kleine untersetzte Mann, mit der goldfarbenen Weste neben mir sah, dass ich nicht mehr länger mit der Zeitung beschäftigt war, und sprach mich sofort zum Zeitvertreib an:

„Na, junger Mann, ganz schön eintönig so eine Reise, was?"
„Da habt Ihr Recht, Mister!"
„Wohin soll's denn bei Euch gehen?"
„Nach St. Louis, Sir!"
„Und dann?"
„Dort werde ich mir erst einmal einen Job suchen!"
„Interessant, und was habt Ihr gelernt?"
„Ach, so allerhand. Ich kann ordentlich zupacken, aber auch Büro- oder Schreibarbeiten übernehmen. Mal sehen, was es in St. Louis so für Möglichkeiten gibt! Ich bin da nicht festgelegt. Und was macht Ihr?"
„Beruflich?"
„Ja!"
„Ich bin Waffenhändler!"

Das hatte ich nun nicht erwartet. So sah dieser Mann eigentlich gar nicht aus, obwohl, ich nicht einmal hätte sagen können, wie ein Waffenhändler denn nun eigentlich aussah.

Der Mann nahm einen Holzkasten zur Hand, den er mit den Waden eingeklemmt vor seinem Sitz stehen gehabt hatte und klappte diesen vor meinen Augen auf. Zwei Revolver lagen dort fein säuberlich in Samt eingeschlagenen Ausbuchtungen. Der Waffenhändler nahm einen der Revolver zur Hand und hielt mir diesen direkt vor die Nase:

„Das ist das neueste Modell! Colt Police. Das ist ein hochmoderner Vorderlader, Single Action, feststehender Abzug, Kaliber 36, fünfschüssige Trommel!"
„Aha!"
„Und hier dieses Modell gibt es schon seit 1 ½ Jahren. Colt Army, wird auch in Hartford hergestellt, aber 44er Kaliber und sechsschüssig. Dieses moderne Schießgerät löst in Armeekreisen immer mehr den alten Dragoon ab. Ist einfach leichter, handlicher und eleganter als sein Vorgänger, dieser Revolver. Die Griffschalen bei dieser Waffe

sind normalerweise aus Holz, aber hier das Elfenbein sieht doch viel netter aus, oder? Ist in der Ausstattung natürlich ein bisschen teurer!"
Dabei lachte er schallend. Irgendwie irritierte mich dieser Mann. Mit einem geradezu übersprudelnden Enthusiasmus erzählte er über seine neuesten „Menschenvernichtungsmaschinen". Ich hatte mich schon langsam daran gewöhnt, dass hier viele Menschen einen Colt im Gürtel mit sich spazieren trugen, wie anderswo ein Spitzentaschentuch, und je weiter ich in den Westen kam, um so mehr nahm dieser Umstand zu, aber ich wusste nicht, was ich eigentlich davon halten sollte. „Du sollst nicht töten!" Dieses göttliche Gebot galt hier nicht viel. Und für mich selbst stand schon von klein auf fest, dass ich nur in äußerster Notwehr einen Menschen erschießen würde. Mir war jedes Menschenleben etwas wert, und es galt, dieses möglichst zu erhalten und nicht zu vernichten. So ließen seine Ausführungen mich eher zwiespältig und innerlich aufgewühlt zurück.

Irgendwann rauchte mir von den begeisterten Ausführungen des Waffenhändlers der Kopf. Colt Petersen Belt, Colt Walker, Colt Armee Dragoon Nr. 1und Nr. 2, die Begriffe schwirrten mir nur noch so im Kopf herum.

Die Ironie des Schicksals sollte es so mit sich bringen, dass ich ausgerechnet einen Büchsenmacher bei der deutschen Familie in St. Louis kennenlernen sollte, bei der ich als Hauslehrer vorläufig Unterschlupf fand. Mr. Henry, der gerade für mich, den jungen, fremden Menschen eine solche Vorliebe zeigte und mir letztlich auch die Arbeit bei der Eisenbahn beschaffte.

Doch wie die Gedanken gekommen waren, schwebten sie auch schon wieder davon, und ich ergriff mir das nächste, mittlerweile schon sechste von Winnetous Heften.....

6. Buch: Geschrieben am Grabe Klekih-petras

Geschrieben am Grabe Klekih-petras

Ich bin zurückgekehrt an den Rio Pecos, denn meine Pflichten als Häuptling zwingen mich dazu. Old Shatterhand und ich können immer nur wenige Monde miteinander verbringen, aber jedes Mal ist diese Zeit ausgefüllt mit unvergesslichen Erlebnissen. Oft sind Gefahren damit verbunden, und trotzdem möchte ich keinen einzigen Tag missen. Oft auch macht uns der Große Geist das Geschenk, anderen helfen zu dürfen, wie es bei unserem letzten Treffen geschah. Die Squaw und die Söhne des Upsarokahäuptlings Schwarze Schlange wären ohne uns nicht mehr am Leben, aber das erfüllt mich nicht mit Stolz, sondern mit Dankbarkeit. Dankbarkeit, weil ich weiß, dass mein Leben ohne Old Shatterhand anders verlaufen wäre. Ich, Winnetou, bin nicht der Schenkende – ich bin vielmehr der Beschenkte!

Nach der Trennung von Scharlih hatte ich das Glück, meinen Freund Old Firehand und das „Kleeblatt" wieder zu sehen. Und der Wille des Allmächtigen lenkte uns und führte unsere Wege hin zum Todestal, wo wir nicht nur den Sohn Lata nalguts, den Schnellen Wind, aus furchtbarer Gefangenschaft befreien konnten, sondern auch viele andere Menschen. Dabei fand Walker, der Mörder unserer Tante Droll, endlich seine verdiente Strafe. Schon glaubte er, sicher aus dem Gefängnis entkommen zu sein, doch eine Kugel aus Sam Hawkens' Liddy warf ihn nieder. Welch eine Genugtuung für den Hobble Frank, wenn er es erfährt! Diese Nachricht wird seiner Seele wohl tun, vermag sie auch die Wunde, die Drolls Tod geschlagen hat, gewiss nicht zu heilen.

Wie herrlich die Eichen gewachsen sind! Sie breiten ihre prachtvollen Kronen über dem Grabhügel aus, an dem ich sitze, und Vögel singen in ihren Zweigen. Ihre grünen Blätter wehren die Sonnenhitze ab von mir, und dennoch sind sie licht und hell. Ich lausche ihrem Flüstern und weiß, sie grüßen mich von ihm, der in ihrem Schatten begraben liegt. In Frieden hätte er alt werden können, hätte eines leichten Todes sterben können, wie es jedem guten Menschen vergönnt sein sollte. Er aber starb durch die Kugel eines Mörders, indem er sich schützend vor mich warf.

Habe ich das verdient? Hatte er das verdient?
In jenem Jahr streckte der Tod mehrere Male die Hand nach mir aus. Zweimal entkam ich ihm durch eigene Kraft, als ich Gefangener der Schwarzfüße und dann der Ogellallah war. Einmal rettete mich die Verzweiflungstat Klekih-petras und dann wieder zweimal der Mut und die Entschlossenheit Old Shatterhands.
Aber ich will den Ereignissen nicht vorgreifen.

Der Tod Ribannas lag drei Monde zurück, und ich begann erst jetzt, mich wieder in meinem Leben zurechtzufinden. Langsam noch und wie tastend, nahm ich nach und nach teil an dem, was die Menschen um mich herum interessierte. Mein Vater hatte mich ermahnt, denn ich war immerhin ein Häuptling und durfte keine Schwäche zeigen. Und so tat ich, was er verlangte - am Tage!
Die Nächte gehörten immer noch meinen Erinnerungen.

Die meiste Zeit verbrachte ich nun mit Iltschi und Hatatitla. Mit ihrer stürmischen Zärtlichkeit, ihren ausgelassenen Spielen, ihrer überschäumenden Lebensfreude lenkten sie mich ab von meiner Niedergeschlagenheit. Doch sie waren nun drei Jahre alt und mussten ernsthaft lernen. Schon vor sechs Monden hatte ich sie in die Pflicht genommen und an Zügel und mein Gewicht gewöhnt. Jetzt galt es, ihnen bestimmte Verhaltensweisen beizubringen, wie zum Beispiel sich auf meinen Zuruf hinzuwerfen oder keinen Laut von sich zu geben, wenn meine Hand auf ihren Nüstern lag. Außerdem lernten sie das sofortige Anhalten aus schnellem Lauf, wenn ich das Lasso über den Hals eines anderen Pferdes geworfen hatte. Beide begriffen mühelos, und ich lobte sie ausgiebig. Ein wenig Eifersucht war durchaus mit im Spiel, wenn einer das Gefühl hatte, ich würde den anderen bevorzugen. Besonders Hatatitla versuchte oft, Iltschi wegzudrängen, und dieser stieg dann und keilte aus. Bis sich beide wieder beruhigten und friedlich beschnoberten.
Nicht ganz so leicht fiel es den temperamentvollen Hengsten, sich an den Knall eines Schusses zu gewöhnen. Ich tat es so schonend wie nur möglich, um ihre empfindlichen Ohren nicht über Gebühr zu strapazieren. Sie mussten es aber lernen, denn sie konnten mich in große

Gefahr bringen, wenn sie beim Abfeuern einer Schusswaffe in Panik gerieten.

Zwischen diesen vielen Übungen gab es regelmäßige Wettrennen mit den besten Pferden des Stammes. Das gefiel den Rappen, da konnten sie ihre ganze Schnelligkeit entfalten. Ihre Hufe schienen mit der Erde zu spielen, mit fast schwereloser Leichtigkeit bewältigten sie jede Entfernung und ließen alle anderen weit hinter sich, während ich tief gebeugt auf ihrem Rücken lag und mich nur mit den Schenkeln fest hielt. Bei einem Rennen zwischen ihnen allein kam es immer auf den Reiter an. War ich dieser Reiter, dann siegte der betreffende Hengst, wenn auch mit knappem Vorsprung. Am Ende solcher Rennen zeigten sie keinerlei Erschöpfung und kaum Schweiß. Ihr Atem ging ruhig, die großen Augen funkelten vor Erregung.

Es gab keinen auch nur einigermaßen begüterten Krieger im Dorf, der mir nicht schon seine eigenen Pferde, seine Waffen, ja sogar seine Frau angeboten hätte für Iltschi oder Hatatitla. Aber natürlich gab ich keinen von ihnen her. Auch hielt ich sie und die anderen Tiere meiner Herde, die inzwischen stark angewachsen war durch Schenkung, Zucht und wilde Mustangs, von der großen Herde des Stammes fern. Halbwüchsige Knaben bewachten sie. Der unangefochtene Herrscher dieser vierbeinigen Schar aber war Rey, der Vater meiner beiden Lieblinge. Er machte seinem Namen alle Ehre, er war der König! Selbst seine aufsässigen Söhne gehorchten ihm - und das wollte schon etwas bedeuten, denn außer mir gehorchten sie sonst niemandem.

Eines Nachts schreckte ich von meinem Lager hoch. Auch Intschu tschuna, der im selben Raum schlief, richtete sich auf. Draußen waren Stimmen zu hören. Man bat um Einlass, und dann betraten Entschar Ko und Yato Ka den Schlafraum. Im hereinfallenden Mondlicht konnte ich ihre von Aufregung gezeichneten Gesichter erkennen.

„Ein Überfall auf unsere Pferde! Es waren Kiowas."
„Schon wieder?" knurrte mein Vater.
„Vom Stamme Tanguas?"
Entschar Ko nickte heftig.
„Ja. Es ist ihnen aber misslungen, mein Häuptling. Unsere Wachen haben nicht geschlafen."

Wir standen auf, zogen uns rasch die Leggins über und folgten den beiden Kriegern aus dem Pueblo durch das Dorf hinab zum Ufer des Rio Pecos. Noch schlief das Lager, aber am Flussufer waren bereits einige Männer versammelt. Einzelne Pferde zeigten ihren Unmut über die nächtliche Störung, die meisten hatten sich aber wieder beruhigt. Im Schein brennender Fackeln erkannten wir vier tote Kiowakrieger.

Intschu tschuna winkte den Wächtern.

„Was ist hier geschehen?"

Respektvoll standen sie vor ihrem Häuptling. Ihr Sprecher berichtete, es hätte Unruhe unter den Tieren gegeben. Die Wächter hätten nachgesehen und mehrere Kiowas entdeckt, die im Begriff waren, einen Teil der Herde fortzutreiben. Dann sei es zu einem kurzen Kampf gekommen, bei dem diese vier Kiowas getötet wurden. Es sei so schnell vorbei gewesen, dass die Wächter noch nicht einmal einen Alarmruf abzugeben brauchten. Die feindlichen Krieger wären auch sogleich geflohen, ohne eines der Pferde mitzunehmen.

Als er geendet hatte, lobte Intschu tschuna die Aufmerksamkeit unserer Wächter. Die toten Kiowas könnten einstweilen hier liegen bleiben. Ihre Ausrüstung sollten die Wächter untereinander teilen und die Leichen morgen zum anderen Flussufer schaffen, um sie dort zu verscharren.

Am folgenden Tag versammelte sich der Stammesrat. Die Wächter mussten ihren Bericht wiederholen, dann waren sie entlassen. Nicht zum ersten Mal hatten die Kiowas sich an unseren Pferden vergriffen. Sie trieben sich häufig in unseren Jagdgebieten herum und belästigten immer wieder unsere Krieger. Es hatte offensichtlich nichts genutzt, dass ich im vergangenen Jahr ihrem Häuptlingssohn Pida geholfen hatte.

Würde dieser - wie sein Vater - auch ein Pferdedieb werden?

Intschu tschuna forderte alle auf, ihre Meinung zu dem Vorfall zu sagen. Ich war der zweite Häuptling, aber auch mit Til Lata der jüngste, und ließ deswegen die anderen vor mir sprechen.

Der alte Na'ishchagi erklärte:

„Die Mescaleros müssen dem Treiben der Kiowas ein Ende setzen! Diese sind wie Ungeziefer, das ständig Ärger verursacht."

„Howgh!" nickte Inta.

„Tangua hat uns oft versprochen, er würde uns in Ruhe lassen. Seine Versprechungen sind nichts wert. Tangua ist ein Lügner."
Deelicho rief:
„Lasst uns den Tomahawk des Krieges in die Hand nehmen! Die Mescaleros sind stark und mutig! Sie werden die feigen Kiowas jagen wie Präriehasen!"
„Deelicho spricht meine Gedanken aus", bestätigte Nakaiyè.
„Auch ich bin für den Krieg. Unsere Gewehre sind gut, und unsere Pfeile fliegen weit."
Tkhlish-Ko, unser Medizinmann, sah sich im Kreise um.
„Meine Meinung kennt ihr alle! Ich habe schon früher zum Krieg geraten, denn die Kiowas wollen keinen Frieden. Tkhlish-Ko ist erfreut zu hören, dass ihr endlich bereit seid zum Kampf."
Alle Augen richteten sich nun auf mich. Ich zuckte die Achseln.
„Krieg."
Und Til Lata sagte knapp:
„Tod den Kiowas!"
„So sei es!" rief Intschu tschuna aus.
„Der Häuptling hat euch alle reden lassen. Ihr denkt wie er, und Intschu tschuna wird euch sagen, was er zu tun beabsichtigt. Die Kiowas verlangt es nach Rache ihrer toten Krieger wegen. Sie werden unser Dorf überfallen wollen. Wir aber kommen ihnen zuvor, indem wir ihnen mit einer entsprechend großen Schar entgegenreiten. Die Kiowas ahnen nicht, dass wir das tun. Sie glauben, uns überraschen zu können, werden jedoch von uns überrascht."
Er blickte sich um, alle nickten. Da fuhr er fort:
„Als Erstes schicken wir ihnen Kundschafter nach, die feststellen sollen, wie viele Krieger sie gegen uns senden und wie diese bewaffnet sind."
Ich warf ein:
„Trotzdem sollte unsere Schar nicht erst die Kundschafter abwarten, sondern schon früher aufbrechen. Winnetou will den Kampf nicht im Dorf haben. Verstärkung können wir notfalls nachkommen lassen."
Intschu tschuna gab mir Recht und fügte hinzu:
„Diese Sache ist wichtig. Die Kiowas dürfen nichts merken, darum brauchen wir die besten Kundschafter."
Deelicho sah mich an.

„Winnetou und.........."

„Und Intschu tschuna selbst!" beendete der Häuptling den Satz, sehr zum Erstaunen der anderen, denn er hätte es nicht nötig gehabt, sich dieser Gefahr auszusetzen.

„Nakaiyè und Til Lata übernehmen den vorläufigen Befehl über die Kriegerschar. Tkhlish-Ko wird dabei sein, falls seine Heilkunst gebraucht werden sollte. Und Deelicho hat die Verantwortung für das Dorf. Wenn wir weitere Krieger benötigen, wird er sie uns mit Entschar Ko nachschicken."

Damit löste sich die Versammlung auf. Später, als Intschu tschuna, Klekih-petra und ich beim Essen saßen, äußerte unser weißer Freund den ungewöhnlichen Wunsch mitzureiten. Der Häuptling fragte verwirrt:

„Mitreiten? Mit uns?"

Er sah zuerst mich, dann Klekih-petra an. Dieser senkte das graue Haupt.

„Ja, mit euch. Es ist mir ein wirkliches Bedürfnis."

„Aber - wir gehen auf Kundschaft."

Intschu tschuna konnte es kaum glauben. Ich schüttelte den Kopf.

„Das ist nicht ungefährlich."

„Ich weiß. Aber ich verspreche, mich in allem nach euch zu richten."

„Warum willst du mitkommen?"

„Es ist so ein Gefühl, es treibt mich ganz einfach. Verbietet es der Häuptling?"

Mein Vater hob abwehrend beide Hände.

„Wie könnte ich Klekih-petra etwas verbieten? Nein, es bewegt uns nur die Sorge um ihn. Wenn er es jedoch wünscht, dann mag er mitreiten."

Mir gefiel das nicht, und Nscho-tschi dachte wie ich. Sie wagte aber nicht, unseren Vater darauf anzusprechen.

Am anderen Tag sollte aufgebrochen werden. Eine Gruppe Krieger - unter ihnen auch Yato Ka - wollte uns ein Stück begleiten. Ich holte mir Iltschi, legte ihm sein wunderschön besticktes Zaumzeug an und eine ebenso schöne Decke auf seinen Rücken, beides von Nscho-tschi gearbeitet. Der Rappe warf den edlen Kopf, dass die lange Mähne nur so flog, sein rabenschwarzer Schweif peitschte die Flanken. Als ich aufsaß, ging er wiehernd vorne hoch. Sein feuriges Temperament ließ ihn keinen Augenblick ruhig stehen, aber er gehorchte meinem Schenkeldruck und setzte sich sofort an die Spitze unserer Gruppe. Hinter mir hörte ich die Krieger tuscheln. Yato Ka drängte seinen Schecken an die Seite Iltschis und lachte mich an.

„Weiß Winnetou, was die Krieger über ihn und Iltschi sagen?"
„Nun? Was sagen sie denn?"
„Dass ihr ganz großartig ausseht! Dass ihr gut zusammenpasst!"
„Wir passen zusammen? Was meinen die Krieger damit?"
„Na ja, so...so stolz! So selbstsicher. Der Hengst hat Rasse - und du auch. Ihr seht eben gut aus, ihr beide!"

Jetzt musste ich doch lächeln.

„Was Iltschi angeht - er weiß genau, wie schön er ist! Alle Pferde zusammengenommen, welche die Kiowas stehlen wollten, reichen nicht an ihn und seinen Bruder heran."

Yato Ka stoppte sein Pferd. Er und die anderen mussten uns verlassen.

„Sei vorsichtig, Winnetou! Lass dich von denen nicht erwischen."

Ich sah ihm nach, als er davonritt, und dachte, dass er mir immer ein guter Freund gewesen sei.

Wir ritten nun allein weiter, Intschu tschuna, Klekih-petra und ich. Die Spuren der entflohenen Kiowas waren teilweise noch gut erkennbar. Wo Tanguas Stamm zurzeit seine Zelte aufgeschlagen hatte, wussten wir nicht, waren also auf die Fährtensuche angewiesen. Das konnte tagelang dauern. Hin und wieder verloren wir die Spur und mussten sie erst mühsam wieder finden. Ein Kundschafterritt wie der unsrige ist nichts für ungeduldige Menschen.

Endlich mehrten sich die Anzeichen, die auf ein größeres Lager hindeuteten. Von jetzt an galt doppelte Vorsicht. Die Prärie war hier uneben. Sie wechselte ab mit hohen, zerklüfteten Felsen, zwischen denen Mesquitebüsche und bizarr geformte Pinyon-Kiefern wuchsen. Diese begrenzten das Blickfeld, schützten aber auch uns vor den Augen der Feinde. Den Wind, der die hohen Gräser wie die Wellen eines Meeres bewegte, mussten wir für unsere Zwecke nutzen. Wir durften uns nicht mit ihm bewegen, um die Pferde der Kiowas nicht durch unseren Geruch zu warnen.

Dann baten wir Klekih-petra zurückzubleiben. Es war zu riskant, ihn weiter mitzunehmen. Er hatte das lautlose Anschleichen und all die kleinen, damit verbundenen Tricks nie gelernt, und auch die körperliche Anstrengung würde er nicht durchstehen. Widerspruchslos fügte er sich. Die Stelle, an der er mit den Pferden auf uns warten sollte, lag geschützt. Nahrung und Wasser hatte er ausreichend und ein Gewehr zu seiner Verteidigung. Intschu tschuna gab ihm die nötigen Verhaltensmaßregeln für den Fall, dass wir nach Ablauf von drei Tagen nicht wiederkamen. Ich lächelte Klekih-petra zu, und seine gütigen Augen grüßten mich.

Der Häuptling ging voran, ich folgte in einem gewissen Abstand, um die Gefahr einer gleichzeitigen Gefangennahme zu verringern. Wir bewegten uns schnell, aber behutsam. Die vielen, frischen Spuren von Menschen und Pferden wiesen in eine bestimmte Richtung, und schließlich, gegen Abend, fanden wir den Weg hinauf auf einen mit Felsgeröll übersäten Hügel. Oben, inmitten hohen, harten Büffelgrases, legten wir uns nieder und krochen, so weit es ging, voran. Um uns war sternenlose Dunkelheit, der Mond schien hinter Wolken dahinzutreiben. Aber weit unten in der Ferne schimmerten leuchtende Punkte.

„Lagerfeuer", sagte Intschu tschuna.

„Ich zähle zwei mal zehn. Was glaubt mein Sohn, wie weit sind sie entfernt?"

„Wenn wir sie jetzt beschleichen, werden wir zu spät kommen, um sie noch zu belauschen. Dann schlafen sie bereits."

„So ist es. Aber wir wissen nun, wo sie sind, und können uns ein Versteck für den Tag suchen."

Ein solches fanden wir am Fuße des Hügels. Abwechselnd wachend und schlafend verbrachten wir den Rest der Nacht und den folgenden Tag. Bevor wir uns auf den Weg machten, verbargen wir die Gewehre gut. Sie hätten uns eher behindert als genützt. Nur die Revolver und Messer nahmen wir mit.

Dann begann der gefährlichste Teil des Unternehmens. Kein Wort fiel, wir verständigten uns ausschließlich durch Zeichen. Einmal waren uns ein paar Kiowakrieger so nahe, dass wir nach ihnen hätten greifen können, aber sie bemerkten uns nicht. Und wie geplant, erreichten wir ihr Lager bei sinkender Dämmerung. Feuer flackerten auf, die Kiowas bereiteten ihr Abendessen. Als es noch dunkler wurde und alle Krieger mit dem Essen beschäftigt waren, schlichen wir uns ganz nah an sie heran. Die Windrichtung war von uns berücksichtigt worden, die Pferde konnten uns nicht wittern. Trotzdem war es eine heikle Angelegenheit, die geringste Kleinigkeit hätte uns verraten können.

Wie oft habe ich später ein Wagnis wie dieses unternommen! Meistens allein, denn ich verlasse mich ungern auf andere - abgesehen von dir, mein Bruder.

Die Feinde zu zählen, erwies sich als unmöglich. Wir begnügten uns mit der Anzahl der Feuer und kamen, wie gestern, auf zwanzig. Es mochten also etwas mehr oder weniger als zweihundert Männer dort versammelt sein. Es handelte sich hier eindeutig nicht um ihr Zeltlager, sondern um den Kriegstrupp, den sie gegen uns schickten. Gewehre sah ich nur wenige, ihre Bewaffnung bestand hauptsächlich aus Pfeil und Bogen, Tomahawks und auch Speeren. Für diese Schar genügten also unsere Apachen, die fünfzig Mann mehr zählten und besser bewaffnet waren.

Dann erschien Tangua, der Häuptling der Kiowas. Ich wollte schon bedauern, dass er zu weit entfernt war, da kam er näher und setzte sich zu einem der Unterhäuptlinge. Dieser Unterhäuptling lehnte an einem Baumstamm, der aus dichtem Gesträuch herauswuchs.

Und in diesem Gesträuch lag ich.

Ich senkte die Wimpern, damit mich meine Augen nicht verrieten.

Tangua sagte:

„Mein Bruder Bao[1] wird morgen fünf Krieger zusammenrufen und auf Kundschaft reiten. Tangua glaubt, dass die Apachen ahnungslos sind. Wir werden sie überraschen! Aber es könnten sich Einzelne von ihnen hier herumtreiben, dies sind ja ihre Jagdgründe. Darum müsst ihr uns voranreiten und jeden Apachen auslöschen, dem ihr begegnet. Tangua will nicht, dass sie gewarnt werden."

Bao schlug die Faust an seinen Oberkörper und prahlte.

„Gewarnt? Wie sollte das möglich sein? Die Hunde der Mescaleros werden vor Schreck heulen, wenn wir über sie kommen!"

---

[1] Fuchs

Ich verzog den Mund, als er das sagte. Tangua grinste und verließ den trotz seines Namens einfältigen Unterhäuptling.

Wir hatten genug erfahren, mussten mit unserem Aufbruch aber noch warten. Als die Feuer erloschen, glitten wir schlangenhaft leise aus unseren Verstecken und huschten zu unserem früheren Ruheplatz. Dort holten wir die Gewehre. Dieses Mal gab es keinen Schlaf, eilig strebten mein Vater und ich der Stelle zu, an der Klekih-petra auf uns wartete. Bei anbrechender Morgendämmerung stießen wir plötzlich auf die Spur eines Grizzly. Mir wurde angst um Klekih-petra, dem Kampf mit einem solchen Tier wäre er niemals gewachsen. Zu meiner Freude trafen wir ihn jedoch gesund und munter an. Er hatte überhaupt nichts von einem Bären bemerkt!

Jetzt aber erwachte in Intschu tschuna die Jagdleidenschaft. Es stellte sich die Frage, ob wir es uns zeitlich leisten konnten, dieser Leidenschaft nachzugeben. Ich meldete Bedenken an, mein Vater hielt dagegen, dass er aufgeben würde, falls er das Tier bis morgen Mittag nicht erlegt hätte. Sicher, auch mich reizte es, mit ihm gemeinsam den Grizzly zu jagen - doch gab es da noch diesen Bao und seine Leute! Intschu tschuna wollte davon nichts wissen, er hielt den „Fuchs" für dumm und leicht zu übertölpeln. Ich fügte mich - eigentlich ganz gern - und wir ritten los.

Die Fährte des Bären zog sich nach Norden hin. Er strebte ein Ziel an, vermutlich seine Behausung. Am Ende des Tages war die Spur sehr viel frischer geworden, aber in der Dunkelheit konnten wir ihr natürlich nicht folgen. So suchten wir einen Rastplatz, verzichteten auf ein Feuer und aßen die Reste unseres Mittagsbratens, eines unvorsichtigen Präriehasens. Mein Vater legte sich zur Ruhe. Ich streckte mich neben Klekih-petra aus, der die erste Wache übernommen hatte.

Die Nacht war klar und mild. Klekih-petra saß mit überkreuzten Beinen und blickte zu den Sternen hinauf. Ich hörte ihn leise sagen:

„Sind wirklich schon sieben Jahre vergangen, seit ich zu euch kam? Es kommt mir vor, als wäre es erst gestern gewesen. Ich denke an den Tag, als wir uns zum ersten Mal trafen. Du warst blutjung und doch schon ein Krieger. Und du wolltest gar nichts von mir wissen."

Ich lächelte zu ihm auf.

„Das hat sich geändert. Abgesehen von Nscho-tschi und Intschu tschuna steht Klekih-petra meinem Herzen am nächsten."

Er wandte mir das Gesicht zu.

„Ich achte den Häuptling - aber du und deine Schwester, ihr seid mir so lieb wie Sohn und Tochter. Schon damals, bei unserer ersten Begegnung, fühlte ich ganz ähnlich. Seltsam, dass ich heute wieder daran denken muss."

„Klekih-petra, warum wolltest du mit uns reiten?"

Wieder suchte sein Blick den Himmel.

„Ich weiß es nicht, Winnetou. Vielleicht, weil ich nicht schon wieder von dir getrennt sein wollte. Vielleicht auch, weil..... Mir ist, als müsse eine Entscheidung fallen. Oder......als ob ich bald am Ziel sein würde."

„Am Ziel? Was willst du damit sagen?"

Mit vor Erregung schneller schlagendem Herzen richtete ich mich halb auf. Denn seine Worte berührten etwas in mir, das ich nicht hätte benennen können.

„Nun, ich denke, dass mein Leben - wie das aller Menschen - einem bestimmten Ziel entgegenstrebt. Vielleicht erkennt man es im selben Augenblick, in dem man dieses Ziel erreicht hat, vielleicht auch nicht."

Er seufzte.

„Aber nun schlaf! Du brauchst deine Ruhe. Ich wecke dich, wenn die Zeit deiner Wache kommt."

Schlafen? Ich legte den Kopf auf meinen angewinkelten Arm, und meine Gedanken wanderten. Hatte mein weißer Lehrer eine Todesahnung ausgesprochen? Da war der Grizzly, da waren die Kiowas!

Der Tod konnte überall und zu jeder Zeit zuschlagen. Ich beschloss, Klekih-petra nicht aus den Augen zu lassen und fand auch aus diesem Grund keinen Schlaf, sodass er mich nicht zu wecken brauchte.

Während sich Klekih-petra niederlegte, setzte ich mich ein paar Schritte weit weg auf einen umgestürzten Baumstamm. Ich erwähnte eben, dass ich auch aus diesem Grund keinen Schlaf fand. Es gab aber noch einen anderen Grund, und darum waren mir Klekih-petras Worte so nahe gegangen. Denn schon den ganzen Tag über hatte ich eine nervöse Unruhe verspürt, die mir fremd war und deshalb zu schaffen machte. Der Grizzly oder die Kiowas konnten es nicht sein - vor ihnen fürchtete ich mich nicht. Und doch fühlte ich etwas auf mich zukommen, etwas, das stark genug war, mein Leben zu beeinflussen. Ob zum Guten oder zum Schlechten, das würde sich zeigen. Und Klekihpetras ungewöhnliche Empfindungen waren wie ein Spiegelbild meiner eigenen Gefühle. Wie der Schall eines Echos waren seine Worte auf die, die ich unausgesprochen ließ. Denn warum sollte ich ihn noch mehr verunsichern?

Mit dem Morgengrauen setzten wir unseren Ritt fort. Keiner von uns sprach, vermutlich hatte auch Intschu tschuna unsere leise geführte Unterhaltung mitangehört. Die Sonne stieg höher, und mit jeder Stunde wuchs meine Unruhe. Ich riss mich zusammen, konzentrierte mich ganz auf die Spur. Sie war jetzt so frisch, dass der Grizzly vor weniger als einer Stunde hier am Waldrand vorbeigekommen sein musste.

Plötzlich riss ich Iltschi zur Seite. Von Norden her verlief eine andere Spur, die älter war. Die Fährte des Grizzly kreuzte ihren Weg.

„Hufspuren!" rief ich mit unterdrückter Stimme. „Wagenräder."

Mein Vater runzelte die Stirn.

„Uff! Bleichgesichter! Bleichgesichter hier!"

Klekih-petra ritt näher und beugte sich aus dem Sattel.

„Ja. Aber diese Spur ist alt. Die Weißen sind schon längst fort."

Intschu tschuna schüttelte zweifelnd das Haupt.

„Klekih-petra mag das nicht mit solcher Sicherheit sagen. Die Bleichgesichter können ihr Lager hier in der Nähe aufgeschlagen haben. Wie lange sie bereits lagern, das wissen wir nicht."

„Das ist wahr", gab Klekih-petra zu.

Langsamer ritten wir jetzt weiter. Es dauerte nicht mehr lange, da hörten wir Geräusche, und aus dem Wäldchen heraus riefen menschliche Stimmen voller Entsetzen:

„Ein Bär! Ein Bär!"

Wir sprangen von den Pferden und sahen uns an.

Klekih-petra schlug vor:

„Lasst mich zu den Bleichgesichtern gehen und mit ihnen reden. Ich bin ein Weißer, sie tun mir nichts."

Ich widersprach besorgt.

„Das gefällt mir nicht. Wir wissen nicht....."

In diesem Augenblick hörten wir aus der Richtung des vermuteten Lagers Gewehrschüsse fallen. Intschu tschuna nickte bedeutungsvoll, und sein Gesicht verriet den Ärger darüber, dass der Grizzly nun eine

Beute der Bleichgesichter sein würde. Wieder drangen entsetzte Schreie zu uns herüber, dann peitschten Revolverschüsse auf.

„Ich gehe hin. Winnetou kann unbesorgt sein, denn die Weißen sind jetzt mit dem Grizzly beschäftigt."

Klekih-petra wandte sich bereits zum Gehen, aber Intschu tschuna hielt ihn zurück.

„Und wenn der Bär noch lebt?"

Gleichzeitig mit seinen Worten ertönte lautes Freudengeheul, welches ganz offensichtlich dem Tod des Bären galt.

„Gut", meinte der Häuptling grimmig.

„Klekih-petra mag gehen! Wir folgen ihm jedoch nach, denn diese Angelegenheit zu klären ist unsere Aufgabe."

Klekih-petra entfernte sich rasch, und ich wollte meinen Unmut darüber äußern, aber mein Vater hob die Hand.

„Lass ihn, mein Sohn! Unser Freund ist zwar auf Grund seiner körperlichen Behinderung kein Krieger, er ist aber dennoch ein Mann, und es steht uns nicht zu, ihn wie ein Kind zu bevormunden."

Ich schwieg, er hatte ja Recht! Wahrscheinlich reagierte ich nur so, weil mir unser Gespräch am Abend zuvor nicht aus dem Kopf ging.

Wer waren diese Bleichgesichter? Was trieben sie hier? War es klug sie zu stellen, ohne unsere Krieger? Intschu tschuna mochte wohl die gleichen Gedanken haben, denn er sagte unvermittelt:

„Unsere Krieger sind weit entfernt, und der Angriff auf die Kiowas duldet keinen Aufschub, wenn wir sie überraschen wollen. Doch verlangt es mich zu wissen, was hier vorgeht. Daher werden wir jetzt Klekih-petra folgen."

Wir banden die Pferde an die nächststehenden Bäume. Die kurze Strecke durch den Wald war schnell durchschritten, wobei uns die Stimmen der Bleichgesichter den Weg wiesen. Dann lag das Ende des Wäldchens vor uns, und durch die schlanken Stämme junger Eichen konnten wir einzelne Männer sehen. Klekih-petra rief uns zu, es sei alles in Ordnung mit ihm, was mich sehr erleichterte.

Mein Vater und ich verließen nun den schützenden Wald und gesellten uns zu unserem Freund, während unsere Blicke prüfend umherschweiften. Wir standen einigen weißen Männern gegenüber, die heftig erregt schienen, so als befänden sie sich in einer Auseinandersetzung. Nur wenige Schritte daneben lagen ein toter Büffel und der ebenfalls tote Grizzly im Gras, und es war nicht schwer zu erraten, dass der Streit um den Bären gegangen war. Doch bei unserem Eintreffen verstummten die Bleichgesichter. Klekih-petra stellte uns vor, den Häuptling mit dem ihm gebührenden Respekt, mich aber mit erkennbarem Stolz in der Stimme.

Während er sprach, glitten meine Augen von einem der weißen Männer zum anderen und blieben zuletzt auf dem jüngsten ruhen. Dieser fiel mir auf, denn er unterschied sich auf wohl tuende Art von ihnen. Er war etwa in meinem Alter, nicht viel jünger, aber ein wenig größer und von schlanker, jedoch kräftiger Statur. Im Gegensatz zu den anderen war er zwar einfach, aber sauber gekleidet, sogar rasiert. Er trug eine dunkle Hose, ein fransenbesetztes Jagdhemd mit einem Revolvergürtel und hohe Stiefel. Seine Haare, goldfarben wie die Sonne, fielen ihm wie übermütig in die Stirn, was ihm ein jungenhaftes Aussehen verlieh. Seine blauen Augen waren auf mich gerichtet, offen und ohne Falsch sah er mich an. Ich fühlte, wie sich tief in meinem Innern etwas regte – etwas, das mich stark hinzog zu ihm, wie die Antwort auf eine Frage. Sein Mund zuckte kurz in der Andeutung eines Lächelns, welches ich mit den Augen erwiderte. Und plötzlich war mir, als habe ich ihn schon immer gekannt, als habe ich ihn seit langer Zeit erwartet.

Ich riss mich los von diesen verwirrenden Gedanken und zwang mich, meine Aufmerksamkeit auf die anderen zu lenken, denn soeben antwortete einer von ihnen auf Klekih-petras Worte mit beißendem Spott. Was ich getan hätte, meinte er, seien doch nur Diebereien gewesen. Einige der Männer schienen daraufhin nervös zu werden, vermutlich befürchteten sie Tätlichkeiten unsererseits. Intschu tschuna beachtete sie jedoch nicht. Er schritt mit Klekih-petra hinüber zu dem Grizzly, und ich folgte ihrem Beispiel. Nach einer kurzen Untersuchung erklärte Klekih-petra, Messerstiche hätten das Tier getötet, nicht etwa Kugeln. Warum er das tat, verstand ich nicht sofort. Als aber derselbe Mann, der mich zuvor beleidigt hatte, wütend widersprach und ihn einen „buckligen Schulmeister" nannte, erinnerte ich mich des Eindrucks eines Streites, der uns gleich zu Anfang aufgefallen war. Entschlossen, Klekih-petra zu Hilfe zu kommen, kniete ich mich neben das riesige Tier, um selbst nach der Todesursache zu forschen. Ich fand zwei Einstiche, einen genau im Herzen und einen unmittelbar daneben, die ganz unzweifelhaft von einem Messer herrührten. Revolverkugeln saßen in den Augen des Grizzly und hatten ihn wohl geblendet.

Ich erhob mich wieder und fragte, wer das Tier mit dem Messer angegriffen hätte. Der junge Hellhaarige trat vor.

„Ich", antwortete er.

Merkwürdig, aber als er sich als den Bezwinger des Bären zu erkennen gab, freute ich mich innerlich genauso, als hätte ich ihn selbst getötet. Denn bisher hatte ich nur eine mir selbst unerklärliche Sympathie für ihn empfunden, jetzt aber wusste ich, dass er auch stark und mutig war!

Auf meine weiteren Fragen hin ergab sich dann Folgendes: Die Bleichgesichter hatten ihre Gewehre auf den Bären abgeschossen, ihn jedoch verfehlt und waren schreiend auf die umstehenden Bäume geflüchtet. Einen von ihnen hatte der Bär noch ergreifen und zerfleischen können. Das junge Bleichgesicht aber schoss mit dem Revolver in die Augen des Grizzly, drang dann mit dem Messer auf ihn ein und tötete ihn. Soweit war alles klar. Es wunderte mich nur, warum dieser Weiße von seinen Freunden „Greenhorn" genannt wurde. Dies war die Tat eines Helden, nicht eines Anfängers, und das sagte ich ihnen auch. Intschu tschuna stimmte mir sogleich zu, was die Bleichgesichter zu unwilligem Gemurmel veranlasste. Da hob Intschu tschuna energisch die Hand. Er betrachtete diese Sache als erledigt und forderte alle auf, zum Lager der Bleichgesichter zu gehen. Denn jetzt galt es festzustellen, warum diese Männer sich hier auf unserem Land aufhielten. Sie zögerten, sodass wir ihnen einfach vorangingen. Dabei tauschten wir bezeichnende Blicke aus. Es war uns nämlich aufgefallen, dass nur einige von ihnen als Westmänner gelten konnten, das heißt, was die Weißen so „Westmänner" nennen, vielleicht Scouts. Die anderen wirkten unerfahren, sie wurden offensichtlich bei ihrem Tun und Treiben von ihnen beschützt. Das galt wohl auch für den jungen Bärenbezwinger - obwohl er dieses Schutzes gewiss kaum bedurfte!

Vor uns erstreckte sich freies Gelände. Zwischen vereinzelt stehenden Wacholderbüschen erblickten wir jetzt Zelte, einen Planwagen und Karren, auch ein paar Pferde weideten abseits. Was uns aber sofort ins Auge fiel, das waren diese in den Boden gerammten Pfähle mit Zeichen und Zahlen markiert. Wir kannten diese Pfähle, sie bedeuteten nichts Gutes! Kaum hatte der Häuptling sie erblickt, als er sich auch schon erzürnt zu den Bleichgesichtern umdrehte und den jungen Mann direkt ansprach. Dieser ahnte bestimmt nicht, welche Anerkennung ihm damit gezollt wurde, schließlich pflegte der Häuptling gewöhnlich nur mit Gleichgestellten zu reden. Also hatte der Hellhaarige nicht nur mir gefallen!

„Was wird hier getrieben? Wollen die Bleichgesichter etwa das Land vermessen?"

„Ja", bestätigte der Angesprochene arglos.

Mein Vater fragte weiter, ob er mitvermessen habe und dafür bezahlt würde, was er ebenfalls bejahte. Brüsk wandte sich Intschu tschuna ab von ihm, ich aber teilte nicht nur seine Verachtung. Es war die Enttäuschung, die mich in diesem Augenblick traf! Hatte ich doch Zuneigung für den Hellhaarigen empfunden und ihn bewundert. Als ein aufrechter, ehrlicher Mensch war er mir erschienen - und noch war keine Stunde vergangen, da zeigte er sein wahres Gesicht! Ein Länderdieb, ich vernahm es aus seinem eigenen Mund! Konnte sich denn das Böse unter der Maske des Guten verbergen?

Ich beachtete ihn nicht mehr, sondern verfolgte das Gespräch meines Vaters mit einigen Männern, die erst jetzt zögerlich die Zelte verließen, Die Feiglinge hatten sich dort vor dem Bären versteckt. Wieder erhob sich der Streit um das Recht des Siegers auf seine Beute, die ihm von den anderen abgesprochen wurde, doch wir drei mischten uns nicht ein. Ich erfuhr aber den Namen des Mannes, der uns beleidigt und behauptet hatte, er habe das Tier getötet: Rattler. Der Streit spitzte sich diesmal derart zu, dass Rattlers Lügen immer dreister wurden. Er zog sogar den Revolver und bedrohte den Hellhaarigen damit. Doch dieser riss ihm die Waffe aus der Hand, ohrfeigte ihn und - als Rattler mit seinem Messer erneut auf ihn eindrang - schlug ihn einfach mit der Faust nieder.

„Das war wieder Shatterhand!" rief jemand begeistert.

Shatterhand? War das sein Name? Ich biss mir auf die Unterlippe, denn ich war wütend. Wütend darüber, dass dieser Name zu dem ersten Eindruck passte, den ich von ihm hatte, nicht aber zu dem Länderdieb, der er wirklich war!

Während Rattler noch ohne Besinnung lag, ging die Auseinandersetzung weiter, bis einer von ihnen aufgefordert wurde, künftig für Ruhe zu sorgen. Dieser Mann hieß Bancroft und war vermutlich der Anführer. Deshalb wandte sich Intschu tschuna nun an ihn. Doch gerade, als er ihn aufforderte, sich zur Beratung niederzusetzen, näherten sich drei Männer, die neu dazukamen. Und zwar drei „echte" Westmänner, wie ich auf den ersten Blick sah, erfahrene Trapper, trotz ihres ungewöhnlichen, ja belustigenden Äußeren. Zwei von ihnen waren lang und dürr, der Dritte klein mit einem wuscheligen Bart. Die drei gesellten sich zu dem jungen Shatterhand und tuschelten mit ihm, wobei besorgte Blicke zu uns herüber huschten. Dann gingen sie, um nach dem Bären zu sehen, und im Vorbeigehen sagte der Kleine einige Worte zu Rattler, der inzwischen erwacht war und vor Wut zu kochen schien.

Intschu tschuna, Klekih-petra und ich setzten uns ins Gras, dem Anführer des Vermessungstrupps gegenüber. Bancroft wollte aber noch auf die drei Scouts warten. Er erhoffte sich wohl von ihnen Unterstützung, denn als Dolmetscher brauchte er sie nicht. Die drei kamen nach kurzer Zeit zurück, und wieder gab es Streit zwischen ihnen und Rattler, der nicht auf die Beute verzichten wollte. Ich sah, dass mein Vater langsam die Geduld verlor. Ihm waren andere Dinge natürlich wichtiger. Und ich sah auch, wie Rattler sich entfernte. Einer seiner Kumpane reichte ihm einen Becher, woraufhin Rattler im Planwagen verschwand. Unwillkürlich presste ich die Lippen aufeinander, einen raschen Blick mit Klekih-petra wechselnd, auf dessen Stirn Falten erschienen. Er dachte dasselbe wie ich: Es galt, auf der Hut zu sein!

Bancroft fragte den Häuptling, was dieser von ihm wünsche, aber Intschu tschuna sagte, er spreche einen Befehl aus, wenn er von den Weißen verlange, dieses Land unverzüglich zu verlassen. Bancroft weigerte sich, und Intschu tschuna hielt den Bleichgesichtern ihr Unrecht und ihre Verbrechen vor. Niemand unterbrach ihn dabei. Ich beobachtete währenddessen unter gesenkten Wimpern die Umstehenden. Wie zwanghaft musste ich dabei wieder zu Shatterhand hinüber sehen. Er stand einen Schritt hinter unserem Kreis und lauschte aufmerksam und mit nachdenklichem Gesichtsausdruck. Konnte es sein, dass er diese Dinge zum ersten Mal aus dem Mund eines Indianers hörte? Fühlte er sich betroffen, vielleicht sogar schuldig? Wenn ja, dann würde er doch gewiss jetzt diese Bande von Räubern verlassen und auch dieses Land, auf dem er nichts zu suchen hatte!

Auf die Rede des Häuptlings der Apachen antwortete Bancroft mit Ausflüchten und Ausreden, aber Intschu tschuna blieb dabei: Die Weißen hätten noch heute das Land zu verlassen. Fairerweise gab er ihnen jedoch Bedenkzeit von der Dauer einer Stunde und war so ehrlich, ihnen offen mit dem Kriegsbeil zu drohen, falls sie nicht gehorchten. Dann erhob er sich und alle anderen ebenfalls.

Ich wollte meinem Vater in Richtung des Wäldchens folgen, bemerkte aber, dass Klekih-petra stehen blieb. Fragend sah ich ihn an. Er lächelte, leicht das graue Haupt schüttelnd, als wolle er sagen, ich brauche mir keine Sorgen um ihn zu machen. Zögernd verließ ich ihn, und erst, als wir den Wald hinter uns hatten und wieder bei den Pferden standen, brach es aus mir heraus:

„Vater, du hättest ihn nicht zurücklassen dürfen! Er allein mit dieser ganzen Bande! Dieser Rattler – er wird sich betrinken!"

„Ja, ja! Intschu tschuna weiß das! Aber unser Freund mag seine Gründe haben."

Er setzte sich, ich dagegen ging unruhig auf und ab.

„Was ist mit Winnetou? Ist er nicht einverstanden mit seinem Vater? Der Häuptling konnte das Handeln der Bleichgesichter nicht dulden. Er musste ihnen ein Ultimatum stellen."

Ich blieb stehen und sah auf ihn herab.

„Der Häuptling hat recht getan! Aber Winnetou fühlt ein Unheil auf uns zukommen, und er weiß nicht, worin dieses Unheil besteht. Ob sie uns angreifen werden?"

Intschu tschuna umklammerte die Silberbüchse.

„Wir werden damit rechnen und vorsichtig sein. Nur wenige von ihnen sind Westmänner, die anderen zählen nicht."

Dann, nach kurzem Schweigen:

„Dieser junge Weiße – wie war doch sein Name?"

„Shatterhand", antwortete ich, vielleicht ein bisschen zu schnell, denn Intschu tschuna warf mir einen erstaunten Blick zu.

„Ja, Shatterhand, er hat mich getäuscht. Ich hielt ihn für besser als er ist."

Ich senkte nur stumm den Kopf.

„Und dann diese drei Westmänner", fuhr mein Vater fort.

„Ich habe sie noch nie gesehen. Aber mir ist, als hätte ich schon von ihnen gehört. So, wie sie aussehen, der Kleine und die beiden Langen....... Jemand sprach von ihnen - jetzt erinnert sich Intschu tschuna! Und Winnetou wird sich auch erinnern. Old Firehand nannte sie seine Freunde."

„Oh ja", fiel ich ein.

„Er sagte, man dürfe sie nicht unterschätzen! Er nannte sie das ‚Kleeblatt', Hawkens, Stone und Parker! Mein Vater hat Recht, das müssen sie sein."

Der Häuptling nickte befriedigt. Ich fügte hinzu:

„Sie sehen nicht wie böse Menschen aus, und sie sind mit Firehand befreundet. Vielleicht....."

Aber der Häuptling fiel mir entgegen indianischer Höflichkeit ins Wort:

„Sie beschützen die, die Böses tun! Das ist mindestens genauso schlimm, ganz gleich, was Firehand von ihnen denkt! Ein aufrechter Mann leiht seine Hand nicht dem, der Unrecht begeht!"

Dagegen fand ich keinen Einwand, es stimmte Wort für Wort. Und damit waren auf einen Schlag auch alle verurteilt: das „Kleeblatt", weil es das Unrecht schützte und Shatterhand, der Unrecht beging!

Schweigend warteten wir den Rest der Zeit ab, bis mein Vater aufstand.

„Wir gehen jetzt, das Ultimatum ist abgelaufen. Winnetou mag die Pferde holen."

Wieder durchqueren wir den Wald. Intschu tschuna führte seinen Apfelschimmel, den er in letzter Zeit bevorzugte, ich Iltschi und Klekih-petras Braunen am Zügel. Nachdem wir das freie Gelände erreicht hatten, saßen wir auf und näherten uns dem Camp der Bleichgesichter. Von links her konnten wir Klekih-petra zusammen mit Shatterhand ebenfalls auf das Lager zukommen sehen. Ich beobachtete die beiden. Sie gingen nebeneinander her wie zwei Menschen, die sich gut verstehen, friedlich und einträchtig. Wir sprangen von den Pferden, während sich die Bleichgesichter versammelten.

Misstrauisch ließ ich meine Blicke schweifen. Da sah ich Rattler, der mit roten Augen unsicher am Planwagen lehnte, und wusste, dass ich diesen Kerl von ganzem Herzen verabscheute.

Nun ergriff Intschu tschuna das Wort, indem er nach dem Ergebnis der Beratung fragte. Bancroft wich aus, sie müssten erst einen Boten nach Santa Fè schicken, um von dort Anweisungen zu erhalten.

„Solange wartet der Häuptling nicht! Entscheidet euch sofort, was ihr tun wollt."

Als er das sagte, fühlte ich, wie die Ahnung kommenden Unheils einer Adlerschwinge gleich meine Haut streifte. Wir müssen diesen Ort verlassen, augenblicklich verlassen, dachte ich.

Ich wandte mich Klekih-petra zu, aber da stand Rattler vor mir, einen Becher mit Brandy in der Hand. Er hatte irgendetwas gesagt in der Art, der Junge solle den Anfang machen. Aber nur der letzte Satz drang in mein Bewusstsein:

„Hier hast du Feuerwasser, Winnetou!"

Angewidert trat ich einen Schritt zurück.

„Was, du willst keinen Drink von mir? Das ist eine verdammte Beleidigung! Hier - da hast du den Brandy ins Gesicht, verfluchte Rothaut! Du kannst ihn ablecken, wenn du ihn nicht trinken willst!"

Und mit diesen Worten schleuderte er mir den Becher ins Gesicht.

Sofort traf ihn meine Faust und riss ihn von den Füßen. Hätte ich ihn doch gleich erschossen! Dann wäre das Folgende nicht geschehen! Der Große Geist aber wollte es anders, und so kam Rattler wieder auf die Beine und taumelte zum Wagen.

Mit den fransenbesetzten Enden des Saltillotuches, das ich als Gürtel um die Hüften trug, trocknete ich mein Gesicht, angeekelt vom Gestank des billigen Fusels, nach Selbstbeherrschung ringend.

Intschu tschuna hatte auf den Vorfall nicht reagiert. Jetzt wandte er sich erneut an Bancroft, ihn zum letzten Mal auffordernd, sofort das Land zu verlassen.

„Wir dürfen nicht."

„Dann verlassen wir es - aber es ist kein Frieden zwischen uns!"

Aufs Höchste besorgt, versuchte nun der junge Shatterhand, die Situation noch zu retten, jedoch der Häuptling hörte nicht auf ihn und gab mir das Zeichen zum Aufbruch. Er ging voran zu den Pferden, ich folgte ihm und hinter mir schritt Klekih-petra.

Und dann geschah alles sehr schnell.

Rattler brüllte etwas in dem Sinn, ich solle ihm den Schlag bezahlen. Das Gespür für die Gefahr ließ mich herumwirbeln. Er hatte mit dem Gewehr auf mich angelegt und schoss, ohne zu zögern.

Da warf sich Klekih-petra im Aufblitzen des Mündungsfeuers zwischen ihn und mich. Sein Schrei:

„Weg, Winnetou, schnell weg!" ging unter im Knall des Schusses.

Klekih-petra wankte, griff mit der Hand nach seiner Brust und stürzte dann direkt vor mir auf die Erde nieder. Alles schrie auf.

Undeutlich und verschwommen nahm ich wahr, dass Shatterhand Rattler zu Boden schlug. Aber das interessierte mich nicht mehr. Ich kniete neben Klekih-petra, an seiner anderen Seite mein Vater, der die Wunde untersuchte. Sie war tödlich, wie sein Blick mir sagte.

Eine Stimme drang wie von weit her an mein Ohr:

„Nimm seinen Kopf in deinen Schoß. Wenn er die Augen aufschlägt und dich sieht, wird es leichter für ihn sein."

Ich tat, was Shatterhand mir gesagt hatte, ohne wirklich zu begreifen. Einzelne Strähnen meiner langen Haare fielen Klekih-petra ins Gesicht, und als ich sie fortstreifte, da lächelte der Sterbende mich an.

„Winnetou, mein Sohn Winnetou."

Ich konnte nicht antworten, aber meine Seele sprach zu der seinen.

Seine Augen irrten suchend umher, trafen auf Shatterhand, und er flüsterte Worte in einer Sprache, die ich nicht verstand. Auch Shatterhand kniete jetzt neben ihm. Intschu tschuna hatte, Klekih-petras unausgesprochenen Wunsch respektierend, dem Weißen seinen Platz überlassen. Nun ergriff dieser die Hand des Sterbenden und antwortete ihm in jener fremden Sprache. Seine Stimme zitterte leicht, als kämpfe er mit den Tränen. Einzelne, mühsam hervorgestoßene, abgerissene Worte noch - dann war Klekih-petra tot.

Mein Lehrer, mein Freund – tot.

Intschu tschuna berührte meine Schulter. Ich wusste, ich durfte mich jetzt nicht gehen lassen, wir waren von Feinden umringt. So stand ich auf, gewaltsam alles Geschehene verdrängend.

„Da liegt der Mörder! Ich habe ihn niedergeschlagen - er gehört euch", redete Shatterhand auf uns ein, aber mein Vater sagte nur ein Wort, ein einziges Wort, das seine ganze Anklage enthielt:

„Feuerwasser!"

„Ich gehe mit euch! Ich will euer Freund, euer Bruder sein!"

Beinahe flehend streckte uns das junge Bleichgesicht die Hände entgegen. Mein Vater jedoch, der sich schon abgewandt hatte, wirbelte herum und spuckte ihm ins Gesicht. Er nannte ihn einen räudigen Hund, einen Länderdieb für Geld und einen stinkenden Koyoten.

„Wage es, uns zu folgen, so zermalmt dich der Häuptling der Apachen!"

Der Weiße schwieg, hob den Arm, um sich übers Gesicht zu wischen und trat einen Schritt beiseite.

Gemeinsam setzten mein Vater und ich die Leiche Klekih-petras auf den Rücken des Braunen. Wir saßen auf, nahmen das Pferd in die Mitte, den geliebten Toten auf diese Weise rechts und links stützend, und verließen ohne ein weiteres Wort das Camp.

Scharlih, mein Bruder! Gab es je eine Freundschaft, die unglücklicher begann als die unsrige? Und gab es je eine, die schöner wurde? Sie hat Winnetous Leben bereichert, sie ist kostbarer als Gold und Diamanten! Klekih-petra hat sein Leben für mich geopfert, du würdest dasselbe tun. Und doch ist mir manchmal, als sei ich es, der den Schwur der Blutsbrüderschaft eines Tages einlösen muss. Wenn aber dieser Tag kommt, dann wird Winnetou dazu bereit sein. Denn dein Leben bedeutet mir mehr als das meinige. Wie könnte ich weiterleben - ohne dich!

Zu Beginn des Rittes überließ ich mich einfach der Führung meines Vaters, wie betäubt vom Tode Klekih-petras, der so unerwartet über uns gekommen war. Intschu tschuna bestimmte das Tempo und die Richtung. Ich begnügte mich damit, die Leiche unseres Freundes auf meiner Seite zu halten und zu stützen. Es ging bergauf in nördlicher Richtung, dann wieder durch eine lang gestreckte Ebene. Endlich fiel mir auf, dass der Häuptling einen großen Bogen geschlagen hatte und wieder nach Süden ritt. Er sprach nicht, denn der Transport auf diese Weise bedeutete eine gewaltige Anstrengung. Gewiss wollte er mir aber auch Zeit lassen, meine Gedanken zu sammeln. Das mochte auch für ihn selbst gelten, denn sein Verhältnis zu dem Ermordeten war das eines Freundes zu einem Freund gewesen. Darüber hinaus würde sein Tod den ganzen Stamm treffen - Klekih-petras Weisheit und seine Menschenliebe hatten allen geholfen und alle erfreut.

Und Nscho-tschi? Ich stellte mir ihr Erschrecken vor, wenn sie davon erfuhr. Gerade in letzter Zeit hatte sie ihn oft aufgesucht und lange, ernsthafte Gespräche mit ihm geführt. Oh, diese Bleichgesichter! Sie ermordeten einen Menschen, der wertvoller war als sie, aber in ihrer Verblendung würden sie das nie erkennen!

Es dunkelte bereits, wir waren stundenlang geritten. Intschu tschuna befahl Halt, denn wir konnten unmöglich so weiterreiten. Die Arme schmerzten uns beiden. Wir saßen ab und ließen vorsichtig die Leiche ins Gras gleiten. Hier wuchsen von Büschen umgebene Eichen - ein guter Platz für unser Vorhaben. Der Häuptling hatte es mir zwar nicht gesagt, aber ich wusste auch so, was er plante. Eine kurze Rast natürlich, allein schon der Pferde wegen. Aber es galt auch und vor allem, uns den Transport zu erleichtern. Intschu tschuna wollte ein Travois bauen, ein Zuggestell, das aus zwei langen, sich über dem Pferderücken kreuzenden Pfählen und mehreren querverbundenen Hölzern besteht. Darauf konnte der Tote befestigt werden.

„Das Travois hinterlässt eine ausgeprägte Spur", erklärte er.

„Doch braucht uns das nicht zu kümmern, denn die Bleichgesichter - falls sie darauf stoßen - wissen ja, wen sie vor sich haben. Und außerdem verfolgt der Häuptling noch eine andere Absicht damit."

„Winnetou ahnt es, wir werden uns trennen."

„Du sagst es. Mein Sohn ist klug, er wird einmal ein guter Häuptling. Vielleicht der beste, den die Apachen jemals hatten."

„Mein Vater möge nicht so hoch von mir denken. Aber ein Lob aus seinem Munde ehrt Winnetou. Ich werde also mit dem Toten nachfolgen, Intschu tschuna reitet voraus zu unseren Kriegern."

„So dachte ich es mir. Ich werde unseren Kriegstrupp teilen. Die größere Abteilung macht sich wie vorgesehen auf den Weg zu den Kiowas. Sie sollen langsam reiten, damit wir sie noch erreichen. Denn die kleinere Abteilung wird unter meiner Führung die Bleichgesichter überfallen und danach zu der größeren stoßen."

„Wer wird die größere Abteilung befehligen?"

„Winnetou. Wir werden ihm auf unserem Weg begegnen. Er übergibt den Toten unserem Geheimnismann, der ihn herrichten soll, damit die Leiche sich nicht zersetzt. Danach reitet Winnetou zu der größeren Abteilung."

„Nein", widersprach ich entschieden. Er hob irritiert die Augenbrauen.

„Nein", wiederholte ich ruhiger.

„Wir haben Nakaiyè und Til Lata dafür, zumal der Angriff auf die Kiowas ja doch erst erfolgen soll, wenn der Häuptling wieder zurück ist. Aber unser weißer Freund ist für Winnetou gestorben. Er hat Klekih-petras Haupt in seinem Schoß gehalten, als dieser starb. Und darum will Winnetou auch dabei sein, wenn die Mörder bestraft werden."

Der Häuptling überlegte kurz, dann nickte er.

„Intschu tschuna versteht seinen Sohn sehr gut. Es soll sein, wie er es wünscht. Möge der Große Geist es fügen, dass Rattler lebend in unsere Hände fällt."

Wir fertigten das Travois an, banden den toten Körper darauf und brachen erneut auf. Vorweg ritt ich auf meinem Rappen, das nachfolgende Pferd mit dem Zuggestell am Zügel führend. Der Häuptling machte den Abschluss. Seine Aufgabe bestand darin, an einer geeigneten Stelle aus dem Zug auszubrechen, sodass ein möglicher Spurenleser nicht sofort erkennen würde, ob hier zwei oder drei Pferde gelaufen waren.

Eine weitere Stunde verging. Der Mond stand am Himmel, und in seinem bleichen Licht wirkte die Landschaft seltsam unwirklich. Quer vor uns lag ein ausgetrocknetes Flussbett. Wenn es in dieser Gegend regnete, dann meistens auch gleich wolkenbruchartig, und Flüsse wie dieser konnten dann die Wassermengen kaum fassen. Sehr schnell versickerte das Wasser jedoch, nachdem es der Natur zu einem herrlichen Aufblühen verholfen hatte, und verschwand manchmal spurlos im Boden. Hier nun hatte es seit langem nicht mehr geregnet, das Flussbett führte keinen Tropfen Wasser mehr, aber überall verstreut lagen Steine und Geröll. Dies war der ideale Ort für unseren Plan.

Intschu tschuna stieß einen anfeuernden Laut aus und trieb seinen Apfelschimmel zum Sprung. Mit einem gewaltigen Satz schnellte das brave Tier seitwärts, und in gestrecktem Galopp entfernten sich Ross und Reiter. Ich war allein, allein mit den beiden Pferden und meinem toten Lehrer. Aber auch ich durfte mir keine Ruhe gönnen. Denn Tkhlish-Ko musste sich so bald wie möglich um den Toten kümmern.

Wie klar ist mir dieser nächtliche Ritt in Erinnerung geblieben! Die Stimmen des Nachtgetiers erfüllten die Umgebung. Koyoten heulten und kläfften vereinzelt, und der Wind flüsterte in den Blättern der Bäume. Sterne blitzten auf in ihrer zeitlosen Schönheit - aber meine Ohren hörten nur den Knall eines Schusses, und meine Augen sahen nur den stürzenden Freund! Seine letzten Worte galten......nein, sie galten nicht mir. Sie galten dem jungen Bleichgesicht an seiner Seite - Shatterhand! Worte in einer fremden Sprache, aber Shatterhand verstand diese Sprache. Was hatte Klekih-petra zu ihm gesagt? Ausgerechnet zu ihm, den er doch erst kurze Zeit vorher kennen gelernt hatte? Ich verstand das alles nicht, und fast wollte mich so etwas wie Eifersucht überkommen. Klekih-petra in inniger Vertrautheit mit diesem.....diesem Länderdieb!

Heftig schüttelte ich den Kopf, als könnte ich dadurch die dunklen Gedanken vertreiben. Aber ich nahm mir vor: Sollte das hellhaarige Bleichgesicht lebend in unsere Hände fallen, dann würde es mir Rede und Antwort stehen müssen!

Als dann der Morgen anbrach, legte ich eine kurze Rast ein. Die Pferde bedurften der Ruhe und wollten grasen. Ich selbst musste auf Nahrung verzichten, aber mir stand auch nicht der Sinn danach. Wie oft schon hatte ich dem Tod ins Angesicht gesehen - und doch schmerzte der Anblick Klekih-petras, als wäre mein Herz eine einzige, blutende Wunde.

Am nächsten Tag begegnete mir ein Voraustrupp unserer Krieger, den mir Intschu tschuna geschickt hatte. Tkhlish-Ko war dabei. Er warf einen prüfenden Blick auf den Toten, dann nickte er.

„Es ist gut. Bis zum Pueblo wäre es zu weit, aber ich kann seinen Körper auch hier so weit behandeln, dass er sich noch nicht zersetzt. Anschließend bringen wir ihn zum Dorf, um ihn endgültig für das Begräbnis herzurichten."

Ich presste die Lippen zusammen. Wie hart diese Worte klangen, wenn sie auch gut gemeint waren.

„Tu, was du für richtig hältst! Winnetou wird dir einen Krieger zu deiner Hilfe hier lassen."

Yato Ka sprang vom Pferd. Sein Gesicht verriet tiefes Mitgefühl. Er drückte leicht meinen Arm.

„Iss etwas und ruh dich aus, Winnetou! Das ist jetzt das Wichtigste. Der Häuptling wird bald mit unseren Kriegern hier sein, und dann geht es gegen die Weißen. Du brauchst alle deine Kräfte."

Ich folgte seinem Rat, denn gegessen und geschlafen hatte ich seit zwei Tagen und Nächten nicht mehr. Im Schatten einiger Bäume breitete Yato Ka eine Decke aus für mich, und dankbar legte ich mich nieder. Trotz aller Anspannung zwang ich meinen Geist zur Ruhe, aber das gelang auch nur, weil ich es gelernt hatte. Die anderen entfernten sich ein Stück, um mich nicht zu stören. Als man mich wenige Stunden später weckte, war es wie eine Erlösung. Denn in meinen Träumen hatte ich immer wieder Klekih-petra stürzen gesehen, aber auch Shatterhand, der anklagend mit dem Finger auf mich wies und sagte: „Warum willst du mich töten? Ich bin nicht dein Feind - ich habe dir nichts getan!"

Intschu tschuna mit einer Gruppe nach Rache dürstender Mescalerokrieger war inzwischen eingetroffen. Mit denen, die er vorausgeschickt hatte, zählten wir nun fünf mal zehn Männer, das reichte für den Überfall auf die Bleichgesichter aus. Wir würden die ganze Nacht hindurch reiten und nur noch einmal rasten. Auf diese Weise konnten wir die Feinde bei Anbruch der Dunkelheit überraschen.

Während dieser letzten Rast regnete es kurz und heftig. Trotzdem schickte der Häuptling Kundschafter aus. Die besten unserer Späher befanden sich bei der größeren Abteilung, denn selbstverständlich mussten wir bei den Kiowas vorsichtiger sein als bei den Weißen, von denen nur Hawkens, Stone und Parker ernst zu nehmen waren. Intschu tschuna hielt eine kurze Ansprache:

„Wir warten, bis sie eingeschlafen sind. Dann kommen wir über sie wie der Adler über den Hasen. Achtet aber darauf, dass möglichst viele am Leben bleiben, vor allem dieser Hund Rattler! Im Pueblo sollen sie den Tod am Marterpfahl erleiden!"

Yato Ka und ich lächelten einander zu. Kein Mitleid regte sich in unseren Herzen. Von denen, die ich liebte, war Klekih-petra nun schon der dritte Mensch, der durch Mörderhand fiel. Ich dachte bei Intschu tschunas Worten auch an Tim Finnetey: Eines Tages werde ich dich finden! Sollte auch mein ganzes Leben durch dich zerstört werden - ich werde dich töten!

Während wir auf unsere Kundschafter warteten, fragte mich Yato Ka, welche Qualen wir Rattler bereiten würden. Ich starrte vor mich hin.

„Er soll jede Marter erdulden, die wir kennen! Jeder unserer Krieger soll Hand an ihn legen dürfen."

Der Freund stieß einen leisen Pfiff aus. Seit langem schon war bei den Mescaleros niemand mehr am Marterpfahl gestorben, genauer gesagt, seit Klekih-petras Einfluss das verhindert hatte. Oh ja, ich wusste, dass das, was wir zu tun beabsichtigten, niemals seine Billigung gefunden hätte. Aber der Hass und der Wunsch nach Rache verdrängten die innere Stimme. Später dann in den folgenden Jahren, lernte ich durch dich, Scharlih, auf Grausamkeit zu verzichten, und es gab eine lange Zeit nur noch zwei Menschen, die ich dem Tod am Marterpfahl überantwortet hätte: Santer und Finnetey!

Unsere Kundschafter meldeten, dass die Feinde ihr Lager noch weiter verlegt hatten. Es befand sich nun am Rande eines kleinen Sees, auf dem es eine Halbinsel gab, die ein kurzer, schmaler Landstreifen mit dem Ufer verband. Nach dem Bericht der Späher schienen die Weißen keinen Argwohn zu hegen, dennoch wollte ich mich selbst überzeugen. Wir kamen überein, dass eine angemessene Zeit nach meinem Fortgehen Intschu tschuna mit der Schar folgen sollte.

Zu meiner Unterstützung und für den Fall, dass etwas misslingen könnte, nahm ich Yato Ka und Pesch-endatseh mit. Das Camp, so stellte sich heraus, bot genügend Deckung in seinem Umfeld. Rechts und links wuchsen sehr viele dichtbelaubte Sträucher. Der Nachmittag neigte sich bereits seinem Ende zu, aber es war noch hell genug zu erkennen, dass ihre Pferde genau zwischen dem Lager und dem Landstreifen zum See weideten. Dieser Umstand gefiel mir nicht, denn er machte das gänzliche Umzingeln des Feindes unmöglich. In anderer Hinsicht jedoch fühlte ich mich beruhigt - die weißen Männer zeigten keinerlei Misstrauen und schienen nicht mit einem Überfall zu rechnen. Shatterhand und der kleine Trapper Hawkens standen nicht weit von meinem Versteck entfernt und unterhielten sich friedlich. Verstehen konnte ich sie nicht, aber das war - wie ich glaubte - auch nicht notwendig. Schließlich gelangten wir drei ungesehen zu unserem Trupp zurück.

„Sie sind ahnungslos", meldete ich meinem Vater.

„Sie treffen Vorbereitungen für ein Lagerfeuer."
„Gut, so wollen wir warten, bis sie schlafen. Das Feuer brennt dann nicht mehr, sodass wir unbemerkt bleiben bis zum Schluss."
„Oder wir fallen sofort über sie her, jetzt gleich, bevor das Feuer richtig brennt", schlug ich vor.

Der Häuptling war dagegen, was mir wie eine unnötige Verzögerung vorkam. Kurz darauf erhellte der Schein ihres großen Lagerfeuers die sinkende Dämmerung, und unsere Krieger machten sich darüber lustig. Wir hätten die Bleichgesichter gar nicht zu beschleichen brauchen, meinten sie, sie verrieten ihren Aufenthaltsort ganz freiwillig, und wir hätten keine Probleme abzuschätzen, wann sie sich niederlegten. Das stimmte schon, aber ich erinnere mich, dass mich ihr Leichtsinn erstaunte. Sie mussten doch mit Feindseligkeiten rechnen, es sei denn, sie erwarteten uns erst viel später. Oder hielten sie uns etwa für Feiglinge, die den Mord an ihrem Gefährten tatenlos hinnahmen? Ganz gleich, was sie dachten - sie würden bald eines Besseren belehrt werden!

Der Feuerschein schwächte ab, und in der zunehmenden Dunkelheit huschte der ganze Trupp auf das Camp zu. Alle Männer verteilten sich in den bereits erwähnten Büschen oder versteckten sich hinter Bodenerhebungen und Felsgestein. Das geschah völlig lautlos und schnell. Den Weißen, die noch am verglimmenden Feuer saßen, war nichts aufgefallen. Ich schaute hinüber zu meinem Vater, denn der Wunsch loszuschlagen brannte mir auf den Fingernägeln. Aber Intschu tschuna gab keinen Befehl. Das verstimmte mich ein wenig, denn warum noch länger warten? Sie saßen so unwissend und harmlos da, und jeden Augenblick konnte irgendeine Unvorsichtigkeit unsere Anwesenheit verraten! Andererseits - sie trugen ihre Waffen bei sich, und der Häuptling wollte sicherlich unnötiges Blutvergießen in unseren Reihen vermeiden. Das war verständlich.

Meine Augen sogen sich derweil an Rattler fest.

Endlich! Sie trafen Anstalten, ihr gemütliches Beisammensein zu beenden. Nach und nach erhoben sie sich, wünschten einander eine gute Nacht und zogen sich vom noch glühenden Feuer in die Dunkelheit zurück. Stille trat ein, ab und zu schnaubte eines der weidenden Pferde.

Plötzlich sprang Intschu tschuna auf, einen schrillen Kriegsruf ausstoßend, der auch sogleich vom durchdringenden Geheul der Krieger begleitet wurde. Von allen Seiten strömten wir auf das Lager zu, die Kriegsbeile schwenkend. Und dann der Schock - es war niemand da! Niemand! Kein Bleichgesicht weit und breit!

In die allgemein einsetzende Verwirrung hinein donnerte Intschu tschuna den Befehl, das Feuer wieder anzuzünden. Das geschah sehr schnell, denn die Asche glühte noch, und trockene Zweige lagen daneben. Im Schein der auflodernden Flammen sahen wir uns ratlos an. Aber nur einen Herzschlag lang, dann erkannte ich die Gefahr, in der wir uns befanden. Es war kein Zufall, dass Glut und Brennholz vorhanden waren! So deutlich sichtbar gaben wir ein gutes Ziel ab. Ich schrie auf, sie sollten weg vom Feuer - aber es war schon zu spät!

Blitzschnell drehte ich mich um, ein einziger Sprung hätte mich aus dem gefährlichen Feuerschein gebracht - da stand ich unmittelbar dem jungen, hellhaarigen Bleichgesicht gegenüber! Einen kurzen Augenblick lang starrten wir uns an. Ich wollte das Messer aus dem Gürtel reißen, aber das konnte ich nicht mehr. Seine geballte Faust traf meine Schläfe - und dann wurde es dunkel um mich.

Ich weiß nicht, wie lange ich ohne Bewusstsein lag. Als ich wieder zu mir kam, stürzte eine Vielzahl von Eindrücken auf mich ein. Gleichzeitig mit meinem Erwachen wurde ich hochgerissen und spürte, dass ich gefesselt war. Man zerrte mich rückwärts zu einem Baum und riss mir die Fesseln ab, allerdings nur, um meine Arme rechts und links um den Stamm zu legen und die Handgelenke aufs Neue zu binden. Die, die das taten, waren keine Bleichgesichter - es waren Kiowas! Sie erlegten sich keinerlei Rücksichten auf. Die Riemen schnitten tief ins Fleisch, und das sollten sie auch. Ebenso machte man es mit den Fußgelenken. Ich stand nun aufgerichtet mit dem Rücken zum Baumstamm, zwei, drei Schritt entfernt von meinem Vater, den sie auf gleiche Weise gebunden hatten wie mich.

Zuerst hatte ich Schwierigkeiten, mich überhaupt zurechtzufinden. Das Ganze erschien so verworren wie ein Traum. Mehrere Feuer brannten hell, und überall trieben sich Kiowas herum. Die Weißen standen in einer Gruppe beisammen. Unsere Krieger aber, allesamt gefangen, standen an Bäumen gefesselt wie wir oder lagen auf der Erde. Ob es Tote gegeben hatte, konnte ich jetzt nicht erkennen.

Ich begriff gar nichts! Wo kamen die Kiowas so plötzlich her? Da war Tangua, ihr Häuptling. Er führte große Reden, wobei er wild gestikulierte, und stritt sich mit Shatterhand. Einzelne Worte fing ich auf.
„Der Gefangene gehört dem, der ihn besiegt hat!"
„Da wollt ihr wohl auch Intschu tschuna und Winnetou behalten?"
Es schien also, als hätten die Weißen uns beide überwältigt.

Ich wendete leicht den Kopf, um zu meinem Vater hinüber zu sehen. Er begegnete meinem Blick mit der Miene eines Mannes, der weiß, dass er von seinem Gegner keine Gnade zu erwarten hat, aber dennoch seinen Stolz nicht verliert. Es war eine ähnliche Situation wie damals bei den Chiricahuas. Die aber waren Apachen, und sie hatten uns eine Chance gegeben. Von Tangua konnten wir das nicht erwarten. Die einzige mögliche Rettung konnte nur von der anderen, größeren Gruppe unserer Krieger kommen. Wie aber sollten sie von unserer Lage erfahren? Nur dann, wenn einem von uns die Flucht gelang oder vielleicht ein Bote zu uns geschickt wurde. Beide Fälle erschienen jedoch ziemlich unwahrscheinlich. Nur wenn Tangua sich entschloss, uns zu seinem Dorf zu schaffen, um uns dort am Marterpfahl sterben zu lassen - nur dann gab es Hoffnung auf Rettung. Nicht aber, wenn er uns dieses Schicksal schon für morgen bestimmt hatte.

Inzwischen kehrte in das Durcheinander ein wenig Ordnung ein. Die Kiowas stellten Wachtposten ab und zogen sich vom Feuer zurück. Shatterhand und die drei Trapper saßen noch beisammen, jener weiße Hund Rattler und alle anderen Bleichgesichter bildeten eine zweite Gruppe, aus der gelegentliches Lachen erscholl. Sie waren froh, dass sie uns nicht mehr zu fürchten brauchten.

Die Zeit verging, und die Feuer brannten nieder. Tangua hatte einen Wächter allein nur für meinen Vater und mich abkommandiert. Er saß uns gegenüber, das Gewehr in der Armbeuge und kämpfte gegen die aufkommende Müdigkeit an. Wenn er einschliefe......aber nein! Die Fesseln waren viel zu straff angezogen. Ich vermochte kaum, die Finger zu bewegen.

Ringsum herrschte Stille. Nur einige der Bleichgesichter unterhielten sich noch leise. Da - aus einem dornigen Gestrüpp seitlich hinter dem Wachtposten kam ein raschelndes Geräusch. Ganz kurz nur, aber der Wächter äugte misstrauisch hinüber. Das Geräusch wiederholte sich. Jetzt stand der Kiowa auf, um vorsichtig nachzusehen.

Als er mir den Rücken zuwandte, fühlte ich plötzlich eine Hand an meinem Fußgelenk! Sie betastete die Fesseln, und gleich darauf fühlte ich die Berührung auch an meinen Händen. Jemand kniete hinter dem Baum, jemand, der mich befreien wollte! Ein Schnitt mit dem Messer, und meine Hände waren frei! Dasselbe geschah gleich danach mit den Fußfesseln.

Ich rührte mich nicht, beobachtete nur den Wächter, um ihn im Notfall sofort auszuschalten. Der aber prüfte noch mit Hilfe seines Gewehrlaufs, ob vielleicht eine Schlange in dem Gestrüpp steckte. Zu meiner Überraschung fühlte ich dann, wie der Unbekannte nach meinen Haaren griff, die mir weit über den Rücken herabfielen. Was hatte er vor? Ich verspürte einen Ruck daran, vernahm ein leicht fallendes Geräusch, und wieder trat Stille ein.

Der Wächter kehrte beruhigt an seinen Platz zurück, während ich meine Haltung noch unverändert beibehielt. Denn ich konnte ja nicht wissen, ob der heimliche Retter noch mit meinem Vater beschäftigt war. Dass er auch ihn befreien würde, stand für mich außer Frage. Außerdem musste ich ihm Zeit geben, sich unbemerkt wieder zu entfernen. Vermutlich würde er bei den Pferden auf uns warten.

Ein weiteres, bedenkliches Geräusch aus dem Dornenbusch veranlasste den Wächter, noch einmal nachzusehen. Mir war jetzt die Ursache dafür klar: Der Unbekannte lenkte mit kleinen Steinchen oder ähnlichem seine Aufmerksamkeit ab. Prompt fiel der Kiowa aufs Neue darauf herein. Ich wartete. Mein Vater rührte sich ebenfalls nicht. War auch er schon frei? Da der Kiowa inzwischen seinen Posten wieder bezogen hatte, blieb uns nichts anderes übrig, als zu hoffen, dass er irgendwann einschlief. Zu unserem Glück geschah das sehr bald. Mit einer Armbewegung gab ich meinem Vater zu verstehen, dass ich frei war, und er tat dasselbe. Jetzt zögerten wir nicht länger und verschwanden ohne einen Laut in der Dunkelheit. Es gelang uns sogar, ungesehen zu den Pferden zu kommen. Aber der unbekannte Retter war nicht dort, was mich sehr verwunderte. Vorsichtig und behutsam führten wir Iltschi und den Apfelschimmel aus der Gefahrenzone. Sie waren dazu erzogen, keinen Laut hören zu lassen, wenn wir ihnen die Hand auf die Nüstern legten.

Dann aber gab Intschu tschuna ein hohes Tempo vor, was jedoch meinem Rappen geradezu Spaß zu machen schien. Es sah aus, als spiele er mit dem Pferd des Häuptlings. Dieses gehörte zu den besten des Stammes, mein Iltschi allerdings stellte ihn klar in den Schatten. Einzig Hatatitla war ihm ebenbürtig. Meine beiden prächtigen Hengste! Ich nahm mir vor, nach unserer Rückkehr ins Pueblo mich ganz besonders um Hatatitla zu kümmern. Der Rappe konnte sich recht eifersüchtig gebärden. Dann tat er spröde und gekränkt. Bei dem Gedanken daran, wie er den schönen Kopf beleidigt abwenden würde, sodass ich mich einschmeicheln musste, lächelte ich unwillkürlich.

Zum Glück brauchten wir auf unserem verwegenen Ritt keine natürlichen Hindernisse zu fürchten, die uns aufgehalten hätten. Die Wegstrecke blieb größtenteils eben, eine weite Prärie, wie geschaffen für Pferdehufe. Zwar kannten wir nicht den genauen Aufenthaltsort unserer Leute, doch wussten wir ihn recht gut einzuschätzen. Wenn man in der Wildnis geboren ist und dort lebt, dann besitzt man ein natürliches Gespür für Himmelsrichtungen und Entfernungen. Intschu tschuna riskierte sogar eine Art Abkürzung, so sicher fühlte er sich trotz der Dunkelheit. Und tatsächlich trafen wir eher auf unsere Krieger, als wir eigentlich erwarten konnten.

Ich brauche wohl nicht zu erwähnen, welche Bestürzung unser Bericht auslöste. Die Krieger schrien nach Rache und wären am liebsten auf der Stelle losgeritten, zumal sie sich und ihre Pferde ja bisher geschont hatten. Der Häuptling aber bestand auf Erholung unserer eigenen beiden Pferde, denn ein neuer Gewaltritt lag vor uns.

Ich streckte mich ins Gras aus. Meine Gedanken verweilten noch bei unserem unbekannten Befreier. Warum zeigte er sich nicht?

Ich meinte, es könne sich nur um einen Apachen handeln und dieser müsse doch unbedingt zu unserem Trupp stoßen. Hatte ihn etwas aufgehalten? Hatte man ihn vielleicht sogar wieder gefangen? Von dieser Abteilung hier war er jedenfalls nicht. Weder Nakaiyè noch Til Lata hatten einen Boten geschickt. Mit diesen Grübeleien schlief ich ein.

Auf dem Weg zurück benötigte niemand eine besondere Mahnung zur Eile. Jeder unserer Männer strengte die Kräfte seines Pferdes auf das Äußerste an. Und daher erreichten wir schon am Nachmittag das gemeinsame Lager der Bleichgesichter und Kiowas.

Zwei unserer Späher überzeugten sich noch einmal davon, dass Rot und Weiß noch beisammen waren und unsere gefangenen Krieger noch lebten. Es schien alles so, wie es bei unserer Flucht gewesen war.

Intschu tschuna ließ die Krieger in lang gestreckten Reihen Aufstellung nehmen. Kurz und präzise bestimmte er die Aufgaben der Unteranführer. Heute zeigte er sich von seiner anderen Seite, womit er bewies, dass er nicht nur die Kriegstechnik des lautlosen Anschleichens beherrschte, sondern auch den Überraschungsangriff zu Pferd. Aller Augen waren auf ihn gerichtet, als er sich auf dem Pferderücken hochreckte, den Arm emporhaltend, um ihn dann abrupt sinken zu lassen. Zweihundert Apachenkrieger jagten los, aus dem Stand fast übergangslos in den gestreckten Galopp fallend, jedoch noch ohne Kriegsgeschrei. Dieses erscholl erst beim Anblick der lagernden Feinde, und mit wilder Entschlossenheit fielen wir über sie her. Ich führte meine Gruppe wie verabredet zuerst gegen jene Kiowas, die die Gefangenen bewachten, denn wir brauchten alle unverwundeten Krieger. Während die einen die Wächter niedermachten, befreiten die anderen unsere jubelnden Männer von ihren Fesseln. Zu meiner Freude war auch Yato Ka unverletzt dabei.

Schon tobten überall die heftigsten Einzelkämpfe. Im ersten Ansturm hatten sich die Kiowas vollkommen überrumpelt gezeigt. Sie fassten sich jedoch schnell und schlugen zurück. Als ich dann aber erkannte, dass die Feinde unterlegen sein würden, riss ich Iltschi herum und jagte hinüber zu den Bleichgesichtern.

Denn dort wusste ich Rattler - und auf ihn hatte ich es abgesehen!

Ja, da waren sie, wehrten sich verzweifelt gegen eine Übermacht. Der Anführer Bancroft und drei seiner Landvermesser lagen tot am Boden. Das „Kleeblatt" und Rattler konnte ich nirgendwo entdecken, und der Gedanke, jener Mörder könne geflohen sein, machte mich beinahe wahnsinnig vor Wut.

Seitlich vor mir wuchs recht hohes Eichengehölz, welches mir die Sicht versperrte. Ich glitt vom Pferd, das Gewehr in der Hand, und umlief das Hindernis. Das Bild, das sich mir dahinter bot, hatte ich nicht erwartet. Es erschreckte mich zutiefst. Da lag Tangua, der Häuptling der Kiowas. Ob tot oder nur ohnmächtig konnte ich nicht sehen, und das war es auch nicht, was mich so entsetzte. Aber direkt vor mir lag reglos mein Vater, das Gesicht mit Blut befleckt!

Über ihm kniete Shatterhand, mir den Rücken zuwendend.

Mörder, dachte ich, fasste das Gewehr beim Lauf und holte mit ganzer Kraft zum Schlage aus. In dem Augenblick aber, als der Kolben niederfuhr, drehte sich der Weiße um, und der Schlag, der seinem Kopf gegolten hatte, traf seine Schulter.

Sofort ließ ich das Gewehr fallen - noch einmal auszuholen blieb keine Zeit mehr - zog das Messer und stürzte mich auf Shatterhand, der infolge des Kolbenhiebs für einen Herzschlag lang wie gelähmt schien. Und doch schaffte er eine geringe Ausweichbewegung, die ihm wahrscheinlich das Leben rettete. Denn ich hatte mit aller Wildheit in Richtung des Herzens zugestoßen. Aber die Klinge traf auf etwas Hartes, Glattes. Sie rutschte ab, und die Gewalt des Stoßes trieb sie durch Hals und Kinn in den Mund hinein. Hastig riss ich sie wieder heraus, griff mit der linken Hand an Shatterhands verletzten Hals, aus dem das Blut lief, und holte noch einmal zum Stoß ins Herz aus. Ich weiß bis heute nicht, wie es ihm gelang, mich, obwohl er nur einen Arm bewegen konnte, aus dem Gleichgewicht zu reißen, sodass ich auf ihn stürzte.

Noch umklammerte ich seine Kehle. Er aber presste meine rechte Hand derart, dass ich das Messer fallen lassen musste, und im nächsten Augenblick drückte er meinen Arm am Ellbogen in einer Weise herauf, die mich zwang, seine Kehle loszulassen, weil er mir den Arm sonst gebrochen hätte. Diese Situation sogleich ausnutzend, stieß er sich mit beiden Beinen ab, wodurch ich zurück und auf die Erde geworfen wurde, und sprang auf. Auch ich wollte sofort wieder hoch - aber er lag schon auf meinem Rücken.

Er lag auf meinem Rücken - ich konnte es nicht fassen! Blitzschnell war das alles geschehen.

Hatte ich ihn unterschätzt? Nein, das glaube ich nicht! Ein Mann, der einen Grizzly nur mit dem Messer tötet, ist auf jeden Fall ein ernst zu nehmender Gegner. Aber dass dieser Mann trotz seiner schweren Stichwunde in Hals und Mund und einem Schlag mit dem Gewehrkolben auf seine Schulter kurz davor noch zu solcher Kraft und solchen Reaktionen fähig war - das hätte ich wohl kaum erwarten können!

Nun kniete er auf meinem Rücken und auch auf meinem linken Arm, sodass ich nicht hochzukommen vermochte. Ich wusste aber das Messer in meiner Nähe, wenngleich ich es nicht sehen konnte. Nervös tastete ich danach, während ich bereits seine rechte Hand an meiner Kehle spürte. Er drückte zu, und ich verdoppelte meine Bemühungen, das verlorene Messer zu finden. Fester noch und würgender presste er. Verzweifelt jetzt und in Todesangst bot ich alle meine Kraft auf ihn abzuschütteln - vergeblich! Sein Gewicht hielt mich nieder. Ich war dem Ersticken schon so nahe, dass ich rote Blitze vor meinen Augen aufzucken sah, und das Blut in meinen Schläfen rauschte - da plötzlich löste sich sein Griff!

In einer reflexartigen Bewegung hob ich den Kopf, um nach Atem zu ringen. Das gelang mir auch noch. Dann aber traf mich ein Faustschlag und gleich darauf ein zweiter - aus, vorbei!

Ich hatte meinen Meister gefunden!

Noch nie zuvor hatte ich einen Kampf gegen einen einzelnen Gegner verloren! Noch nie zuvor hatte mich ein anderer besiegt. Jetzt und hier - ein einziges Mal in meinem Leben - war es doch geschehen.

Auch will ich ehrlich sein und eingestehen, dass ich vermutlich zu stolz gewesen wäre, diesen Kampf, der mit meiner totalen Niederlage endete, so ausführlich zu schildern, wärest nicht du, mein Bruder, der Sieger gewesen!

Als ich mit rasenden Kopfschmerzen erwachte, dämmerte es bereits. Feuerschein erhellte die Umgebung und die vielen Krieger der Apachen, die das Bild beherrschten. Ich richtete mich auf, da kniete auch schon Til Lata mit einem Becher Wasser neben mir. Dankbar trank ich ihn leer.

„Was ist geschehen?" fragte ich, und betastete meinen schmerzenden Hals. Dann fiel mir mein Vater ein.

„Intschu tschuna - ist er......?"

„Er lebt", lächelte mein Freund. „Es geht ihm gut."

Erleichtert atmete ich auf. Til Lata erklärte stolz:

„Wir haben sie besiegt! Alle! Die Weißen sind fast alle tot, die Kiowas gefangen."

„Und Rattler?" Mein Herz schlug heftig bei dieser Frage.

„Lebt! Auch gefangen."

„Wie viele Tote haben wir?"

„Elf. Und drei mal zehn bei den Kiowas."

Ich dachte an den ersten, misslungenen Überfall.

„Sind das alle? Gab es nicht schon vorher Tote?"
Er nickte bedrückt.
„Ja, Winnetou. Fünf."
„Das ist viel." Ich erhob mich.
„Es waren harte Kämpfe", murmelte Til Lata.
Jetzt sah ich Intschu tschuna auf mich zukommen. Seine dunklen Augen glänzten.
„Winnetou, mein Sohn! Wie freute sich mein Herz, als ich erfuhr, dass du lebst."
„Ja, mein Vater! Auch ich glaubte dich tot."
Wir traten in den Schein des Feuers.
Intschu tschuna machte eine Gebärde des Schreckens.
„Und doch bist du verletzt! Ich sehe Blut."
„Wo denn?", wunderte ich mich.
„Hier hinten am Kopf. Es klebt in deinen Haaren."
Ich wehrte ab.
„Das ist nicht Winnetous Blut. Es ist das Blut von......von....."
Plötzlich fiel mir der Kampf ein.
„Was ist mit Shatterhand geschehen?"
„Komm mit", forderte mich der Häuptling auf.
„Er lebt - noch. Aber er wird bald sterben."
Wir gingen zu der Stelle, wo das junge Bleichgesicht bewusstlos und gefesselt lag. Daneben saßen seine drei Freunde Hawkens, Stone und Parker, auch gefesselt aber - von ein paar Schrammen abgesehen - unverletzt. Ich kniete neben dem Bewusstlosen nieder. Das Blut sickerte immer noch durch Mund und Hals. Alles war davon durchtränkt, selbst das Gras. Vorsichtig strich ich mit der Hand über die Wunde. Er wird sich verbluten, dachte ich. Aber merkwürdig, in diesem Moment verspürte ich keinen Hass. Der kleine Hawkens räusperte sich mehrmals.
„Bitte, Winnetou", flehte er mit heiserer Stimme.
„Versuche, ihm zu helfen. Er darf nicht sterben."
„Das Bleichgesicht Sam Hawkens möge schweigen", herrschte ihn Intschu tschuna an. „Oder sollen wir ihn knebeln?"
Ich winkte einen Krieger heran.
„Bring mir Baststreifen oder sauberes Tuch und Wasser! Beeile dich!"

Unser Medizinmann war zwar nicht hier, aber wir führten immer Salben und heilende Kräuter mit uns, und ich besorgte mir die wirksamsten davon. Behutsam wusch ich die Wunde aus, legte die im Wasser geweichten Kräuter darauf und verband sorgfältig den Hals. Mein Vater hatte sich kopfschüttelnd wieder entfernt. Daher wagte es Hawkens erneut, mich anzusprechen.

„Danke! Das war anständig von dir. Aber es muss sich doch jemand auch weiterhin um ihn kümmern. Kannst du mich nicht losbinden?"

Seine Kühnheit verschlug mir fast die Sprache. Ich sah ihn prüfend an, dann wieder den Verletzten. Sam Hawkens drängte:

„Er ist gefesselt - und das in seinem Zustand! Das ist doch unnötig, wenn ich mich nicht irre. Wie sollte er entfliehen?"

„Was mein Vater angeordnet hat, kann ich nicht ändern", sagte ich kurz.

„Aber du sollst eine freie Hand haben, um ihm helfen zu können."

Alle drei strahlten mich an, als hätte ich ihnen ein großes Geschenk gemacht. Ich befreite also seine linke Hand, die rechte band ich ihm am Gürtel fest. Dann verließ ich sie, denn ich wollte Rattler sehen.

Geknebelt, gefesselt und bewacht lag er auf der Erde. Sein Anblick reizte mich derart, dass ich an mich halten musste, ihm nicht mit dem Fuß ins Gesicht zu treten. Lediglich das Gefühl des Ekels hinderte mich daran, sowie die Tatsache, dass es unehrenhaft ist, dies mit einem Wehrlosen zu tun. Ich befahl den Wächtern, ihn in Form eines Ringes zu binden. Er stöhnte vor Schmerzen, als sie seine Hand- und Fußgelenke zusammenschnürten. Mit versteinertem Gesicht wandte ich mich ab.

Am anderen Morgen begaben sich mehrere Apachen auf die Jagd, denn unsere Vorräte waren inzwischen verbraucht. Sie kehrten erfolgreich zurück, und die nächsten Stunden vergingen mit Braten und Essen. Auch die Kiowas bekamen ihren Teil, jedoch knapp bemessen. Ebenso das „Kleeblatt" und Rattler, die ja bei guter Gesundheit für den Tod am Marterpfahl bleiben mussten. Bei der Gelegenheit erneuerte ich auch die Heilkräuter und den Verband um Shatterhands Hals. Anschließend setzten sich Häuptlinge und Unterhäuptlinge zu einer Beratung zusammen, bei der einstimmig beschlossen wurde, die Gefangenen zum Pueblo zu schaffen. Unsere daheimgebliebenen Leute sollten an ihrer Bestrafung teilnehmen dürfen. Nur das Schicksal der

Kiowas sorgte noch für Uneinigkeit. Es gab da einige unklare Punkte. Zum Beispiel behauptete Tangua mit aller Entschiedenheit, er habe Intschu tschunas Leben gerettet, weil Shatterhand ihn töten und skalpieren wollte, nachdem er ihn niedergeschlagen hatte.

„Er besiegte auch mich", knurrte der Kiowa.

„Aber hätte ich ihn nicht aufgehalten, so wäre der Häuptling der Apachen jetzt tot und ohne Skalp. Denn Winnetou kam erst später dazu."

Ich dachte nach, soweit ich mich überhaupt noch erinnern konnte. Ja, es stimmte! Dieser Weiße kniete über meinem Vater, so als wollte er ihm die Kopfhaut nehmen. Obwohl ich inzwischen wusste, dass das Blut auf dem Gesicht meines Vaters von einer Stichverletzung Shatterhands herrührte, die ihm Tangua an der Hand beigebracht hatte. Trotzdem erschien mir die Aussage des Häuptlings der Kiowas zweifelhaft. Er, ein Feind meines Vaters, wollte ihn vor Tod und Skalpieren bewahrt haben? Wenn das stimmte, dachte ich geringschätzig, dann höchstens, um ihm selbst dieses Schicksal zu bereiten. Merkwürdigerweise aber schenkten mein Vater und die anderen Tanguas Worten Glauben. Oder lag es an mir? Lag es daran, dass ich es nicht wahrhaben wollte? Dass Shatterhand der Böse und Tangua der Gute war? Beide waren sie meine Feinde - mit einem Unterschied: Tangua verachtete ich!

Gegen Abend suchte ich noch einmal die Bleichgesichter auf. Shatterhand lag bewusstlos wie zuvor, aber Sam Hawkens lachte mich aus seinen kleinen Äuglein heraus an.

„Old Shatterhand ist eben zu sich gekommen! Er war ganz klar im Kopf und hat sogar ein paar Worte gesagt! Stimmt's, Dick, Will?"

„Yes", nickten die beiden.

Ich beugte mich über das Gesicht des Verletzten und betrachtete es eine Zeit lang gedankenverloren. Ich sah ihn wieder vor mir, wie er meinen Blick erwiderte, wie er mich anlächelte. Und flüchtig empfand ich noch einmal dieses fremde Gefühl, das mich so sehr verwirrt hatte. Jetzt aber wehrte ich mich dagegen und war zornig auf mich selbst. Was war los mit mir? Mein Vater und die anderen würden sich nicht mit ihm belasten wollen auf unserem Weg, denn er lag im Wundfieber.

Es war besser, Shatterhand zu vergessen!

Die drei Trapper mochten mir diese Gedanken wohl ansehen, ihre Blicke hingen geradezu ängstlich an mir. Ich strich mit der Hand über Shatterhands Stirn, zuckte die Achseln und erhob mich. Hawkens folgte jeder meiner Bewegungen. Dann platzte es aus ihm heraus:
„Er hat dich gemocht! Er sprach nur gut von dir. Ja, er wollte dich und deinen Vater sogar befreien, als ihr.....“
„Schweig!" unterbrach ich ihn, jetzt wirklich verärgert.

Ich hasste diese Unterwürfigkeit bei Gefangenen, die ihnen nichts einbrachte außer Verachtung, welche aber aus Angst vor dem Tod in Kauf genommen wurde. Übrigens wunderte ich mich nicht über die Bezeichnung „old" vor Shatterhands Namen. Dies war eine Gewohnheit der Bleichgesichter und hing nicht mit dem Alter zusammen.

Am Morgen sollte aufgebrochen werden. Bei der großen Zahl der Gefangenen hatten unsere Krieger alle Hände voll zu tun, während Intschu tschuna das Ganze überwachte. Ich sprach ihn vorsichtig an.

„Vater, was geschieht mit dem verwundeten Old Shatterhand?"
„Old?" lachte er spöttisch.
„Das wird er wohl nicht mehr werden! Was soll schon mit ihm geschehen? Will Winnetou ihn etwa mitnehmen?"
„Warum nicht?"
„Weil er den Ritt verzögern würde! Wir müssten eine Trage für ihn bauen und die dazu benötigten Pferde kämen nur langsam voran."
„Aber auch andere sind verletzt", hielt ich trotzig dagegen.
„Wir müssen ohnehin Rücksicht nehmen."
Intschu tschuna sah mich argwöhnisch an.
„Winnetou ist sich doch bewusst, dass - gesetzt den Fall, wir nehmen ihn mit - er am Marterpfahl sterben wird, falls er überlebt?"
„Natürlich! Winnetou weiß das, und es ist auch sein Wunsch. Denn es ist gerecht. Aber er soll nicht hier sterben."
„Gut", seufzte der Häuptling.
„Dann sorge dafür, dass er eine Trage bekommt. Aber keine Vergünstigungen für ihn - Intschu tschuna verbietet es!"
Ich nickte und verließ ihn. Überflüssig zu erwähnen, wie dankbar sich Hawkens, Stone und Parker gebärdeten!

Tagelang zog unsere große Schar in Richtung Südwesten, aufgehalten naturgemäß durch die Verwundeten und auch durch die Verzögerungstaktik der Kiowas, die von der Aussicht, als Gefangene in unser

Dorf zu gelangen, alles andere als begeistert waren. Sie hofften immer, irgendwann auf Angehörige ihres Volkes zu treffen, von denen dann wohl Befreiung winkte. Aber das geschah nicht, unsere Späher hielten die Augen offen. Die Prärie hatte inzwischen ihr Aussehen verändert und einen eher steppenartigen Charakter bekommen. Erst, als wir uns dem Rio Pecos näherten und dem Flusslauf über weite Strecken folgten, erfreuten wir uns wieder an saftigem, grünem Gras und blühenden Blumen. Einzelne unserer Krieger eilten schon voraus, um das Dorf der Mescaleros von unserem Kommen zu unterrichten. Die Stimmung besserte sich spürbar, obwohl uns schmerzlich bewusst war, dass der Tod von insgesamt sechzehn Apachen große Trauer auslösen würde. Dennoch - wir näherten uns unseren Familien, und das bedeutet einem heimkehrenden Krieger sehr viel. Dann erblickten wir vor uns den gewaltigen Bau des Pueblo, umgeben von mehreren Hundert Tipis, in denen die Familien der gewöhnlichen Krieger wohnten.

Ich versage mir die Schilderung der Begrüßung durch die Dorfbewohner. Es würde zu weit führen, das Durcheinander, die Freudenrufe und die klagenden Laute der Trauer zu beschreiben. Wir, die Häuptlinge und Unterhäuptlinge, hatten so viel zu ordnen und zu raten, dass wir vorerst nicht zur Ruhe kamen. Um Rattler kümmerte sich Intschu tschuna selbst, ich dagegen wies den drei Bleichgesichtern und dem im Wundfieber liegenden Old Shatterhand ein eigenes Zelt zu, vor das ich zwei Wachen postierte. Auch bat ich unseren Geheimnismann, nach dem Kranken zu sehen. Er aber sträubte sich. Er und Iyah hätten mit anderen Verwundeten genug zu tun. Bevor er sich um einen Feind sorgte, müssten zuerst die eigenen Leute gepflegt werden. Verstimmt wandte ich mich an meinen Vater. Der aber stellte sich vor Tkhlish-Ko und gab ihm Recht, was mich noch wütender machte. Immerhin versprach mir Intschu tschuna, dem Medizinmann zu gebieten, wenigstens kurz nach Shatterhand zu sehen, falls sofortige Hilfe nötig sei.

So beschloss ich, müde und durstig, unsere Wohnung im Pueblo aufzusuchen.

Da stand überraschend Nscho-tschi vor mir - ein strahlendes Lächeln in den schwarzen Augen. Sie war bezaubernd wie immer im Schmuck ihrer langen, starken Zöpfe und in einem weißen Lederkleid, das bestickt und mit Fransen besetzt war.

„Nscho-tschi", lächelte ich, „meine schöne Schwester."
„Winnetou, mein Bruder! Es war so langweilig ohne dich! Auch Hatatitla ist böse - er sieht mich schon gar nicht mehr an."
„Ich besuche ihn so bald wie möglich. Aber komm, lass uns ins Pueblo gehen", antwortete ich, weil eine echte, herzliche Begrüßung hier nicht stattfinden durfte. Die Sitte verbot das. Ich stieg die Leitern zu den Stockwerken hinauf, und Nscho-tschi folgte mir.

Kaum hatten wir den Wohnraum betreten, da fiel sie mir auch schon stürmisch um den Hals. Glücklich schloss ich sie in meine Arme - wie schön, dass es sie gab! Eine Zeit lang standen wir engumschlungen wie ein Liebespaar, dann aber holte uns die Gegenwart wieder ein. Nscho-tschi wandte sich um und reichte mir eine Schale mit erfrischendem Wasser. Ich trank, während ich ihr Mienenspiel beobachtete.

„Ihr habt die Weißen bestraft und den Mörder lebend hierhergebracht?"

Das war eher eine Feststellung als eine Frage, darum schwieg ich. Sie fuhr gedankenvoll fort:

„Weißt du, was mein erster Gedanke war, als ich von dem Mord erfuhr? Ich war froh, wahnsinnig froh darüber, dass die Kugel nicht dich getroffen hat!"

Jetzt schossen ihr glitzernde Tränen in die Augen.

„Ich liebte den Ermordeten, das weiß Winnetou! Er war nicht nur ein Lehrer, er war ein zweiter Vater. Wie dankbar bin ich ihm für alles, was er für uns getan hat! Und diese Dankbarkeit, mein Bruder, überwältigte mich in dem Augenblick, da ich hörte, dass er sich schützend vor dich geworfen hat. Er hat mir das Wertvollste erhalten, was ich habe - das vergesse ich ihm nie!"

Nun war es endgültig mit ihrer Fassung vorbei. Sie weinte und schlug die Hände vors Gesicht wie ein kleines Mädchen. Auch ich wurde von meinen Gefühlen übermannt. Wir sanken auf die Felle, die den Steinboden bedeckten. Kniend umarmten wir uns ein zweites Mal. Mit den Fingerspitzen tupfte ich ihr die Tränen von den dichten Wimpern.

„Es ist vorbei - es war der Wille des Großen Geistes! Weine nicht mehr."

Sie nickte stumm. Um ihr Gelegenheit zu geben, ihre Beherrschung wieder zu finden, erzählte ich ihr von Old Shatterhand.
„Da ist ein junger Weißer, sie nennen ihn Shatterhand. In unserer Sprache heißt das Selwikhi Lata. Er hat den Grizzly mit dem Messer getötet - ein starker Mann! Aber er gehört eben auch zu diesen Landräubern."
„Habt ihr ihn gefangen?"
„Ja. Er liegt in einem der Tipis. Seine drei Gefährten kümmern sich um ihn, denn er ist schwer verletzt."
„Sollen diese Weißen auch an den Marterpfahl?"
„Howgh", nickte ich. Es musste wohl etwas in meiner Stimme gewesen sein, das sie veranlasste, den Kopf zu heben und mich direkt anzusehen.
„Tut er dir Leid? Nscho-tschi hat kein Mitleid mit ihm und den anderen."
Erregt stand ich auf. So, wie sie mich ansah, hatte mich auch mein Vater angesehen.
„Warum sagst du das? Er tut mir nicht Leid, gewiss nicht! Er wollte Vater und mich töten."
Ich wusste selbst nicht, warum mich ihre Frage so irritierte.
„Aber das ist ihm nicht gelungen", triumphierte sie stolz, während auch sie sich erhob.
„Hat Winnetou mit ihm gekämpft?"
„Ja."
Ich hoffte, sie würde sich damit begnügen, aber das tat sie nicht.
„So wird dieser Weiße sich seines Namens schämen."
Ich seufzte.
„Du irrst, Nscho-tschi."
„Was will Winnetou damit sagen?"
„Dass er mich besiegt hat!"
Jetzt war es heraus.
„Besiegt?"
Sie starrte mich an, dann lächelte sie ungläubig.
„Aber.....aber er ist verletzt und du nicht."
„Trotzdem hat er mich besiegt."
„Winnetou scherzt mit seiner Schwester! Nscho-tschi glaubt ihm nicht."

„Weil du es nicht glauben willst! Aber es ist die Wahrheit."
„Noch nie hat ein anderer Winnetou im Zweikampf besiegt!"
„Nun ist es eben doch geschehen. Auch Winnetou gefällt das nicht, und darum wollen wir jetzt nicht mehr darüber reden."
In diesem Moment betrat Intschu tschuna erschöpft den Raum, und Nscho-tschi eilte, uns beide zu bewirten. Das tat sie schweigend. Aber nach Frauenart konnte sie sich doch nicht enthalten mir zuzuflüstern:
„Er stirbt ja am Pfahl. Dann gibt es keinen lebenden Menschen mehr, der von sich behaupten kann......"
Ich sah sie streng an, und sie huschte aus dem Raum.

Ach ja - und dann war da noch Hatatitla! Nach dem Essen verließ ich das Pueblo, um nach meinen beiden Lieblingstieren zu sehen und auch die anderen zu begrüßen. Sie weideten allesamt friedlich, von zuverlässigen Knaben bewacht. Ich ging zwischen ihnen hindurch, streichelte hier ein sanftes Maul, das sich mir entgegenstreckte, und strich dort durch eine lange Mähne. Alle musste ich begrüßen, keiner durfte zu kurz kommen.
Hatatitla stand jedoch abseits und tat, als sähe er mich nicht.
„Komm, komm", lockte ich.
Aber er prustete nur und naschte betont gleichgültig an irgendwelchen Grashalmen. Langsam ging ich auf ihn zu, Koseworte murmelnd. Keine Reaktion! Da zog ich energisch seinen gesenkten Kopf hoch und sah ihm in die großen Augen.
„Dummkopf! Winnetou liebt dich doch!"
Ich drückte meine Stirn gegen die seine. So verharrten wir einige Augenblicke lang, dann hatte ich gewonnen. Er warf wiehernd den Kopf hoch, machte ein paar vergnügte Sprünge, kam zurück und zerrte an meinen Haaren. Lachend befreite ich mich von dieser wilden Liebkosung. Ihm eine Hand auf den Hals legend, trat ich einen Schritt zurück und stieß mich ab. Schwungvoll landete ich auf seinem Rücken. Sofort fiel er in Galopp und trug mich fort von der Herde, hinaus aus dem Dorf. Spät erst beruhigte er sich wieder und friedlich kehrten wir beide heim.
Am nächsten Tag suchte ich die Bleichgesichter auf. Sie durften das Zelt nicht verlassen, außer um - unter Bewachung natürlich - ihre körperlichen Bedürfnisse zu befriedigen. Sie litten jedoch keine Not

und wurden auch nicht misshandelt. Dass mein Vater und ich ihren Freund Old Firehand kannten, hatten wir ihnen nicht gesagt. Denn wozu? Sie hätten nur versucht, diese Bekanntschaft zu ihrem Vorteil auszunutzen.

Ich kam gerade dazu, als einige Mescaleros im Auftrag des Häuptlings ihnen alles abverlangten, was sie so bei sich trugen. Die drei protestierten, doch das nutzte ihnen nichts. Ich sah schweigend zu, bis die Krieger auch Old Shatterhands Besitz an sich nehmen wollten. Da griff ich ein.

„Halt, das genügt! Lasst ihm seine Sachen."

„Aber unser Häuptling........."

„Winnetou bringt das in Ordnung! Geht jetzt."

Die Mescaleros gingen. Sam Hawkens, Dick Stone und Will Parker wirkten bedrückt. Ich schrieb das dem Verlust ihrer persönlichen Habe zu, fragte daher nicht weiter, sondern beugte mich hinunter zu dem Kranken und befühlte seine Stirn. Erschrocken zuckte ich zurück, denn diese war nicht etwa fieberheiß, wie ich erwartet hatte, sondern kalt! Rasch kniete ich gänzlich nieder und legte meine Hand auf sein Herz. Nichts, ich fühlte nichts! Ich ergriff seinen Arm, um ihn zu bewegen - es gelang mir nicht, er war starr. Auch den Puls konnte ich nicht ertasten, weder in der Halsbeuge noch am Handgelenk.

Verwirrt stand ich auf. Shatterhand schien tot zu sein.

Hawkens las es in meinen Augen.

„Er ist nicht tot", murmelte er. „Nein, das glaube ich nicht."

„Aber es sieht doch ganz danach aus", sagte ich zögernd.

„Nein! Nein! Er hat im Fieber gelegen! Es gibt so etwas wie - Starrkrampf! Ja, Starrkrampf. Das kommt manchmal in solchen Fällen vor."

Stone und Parker pflichteten ihm bei. Scheintot? Mir schwindelte ein wenig bei dieser Vorstellung.

„Ich werde den Medizinmann holen."

Hastig verließ ich das Zelt.

Kurze Zeit darauf befand ich mich in Gesellschaft Tkhlish-Kos und Intschu tschunas wieder bei den Bleichgesichtern. Der Mann der Medizin hatte Old Shatterhand sorgfältig untersucht. Jetzt richtete er sich auf.

„Tot! Hat den Transport nicht überstanden."

„Intschu tschuna hat damit gerechnet. Wir hätten ihn gleich zurücklassen sollen."

„Er ist nicht tot, ihr irrt euch gewiss!", schrie Sam Hawkens.

„Es ist der Wundstarrkrampf! Ich habe das schon früher mal gesehen."

Der Häuptling wandte sich ärgerlich dem Zeltausgang zu.

„Er ist tot und wird begraben."

Mit diesen Worten winkte er dem Medizinmann, was bedeutete, er solle Männer bestimmen, die den Toten herausschafften, Die beiden traten ins Freie. Ich wollte ihnen nach, aber Hawkens hatte sich derart in seine Ängste gesteigert, dass er aufsprang und mir den Weg versperrte.

„Winnetou", flehte er mitsamt seinen Freunden.

„Lass es nicht zu! Du darfst es einfach nicht zulassen! Der Mann lebt, ich bin mir sicher."

Ich wollte an ihm vorbei, da ergriff er mutig meinen Arm.

„Gib ihm eine Chance - er hat für das Leben deiner Krieger gekämpft!"

Zornig riss ich mich los.

„Das Leben meiner Krieger? Was sagt Sam Hawkens da? Wann soll das geschehen sein, und mit wem soll er gekämpft haben? Wie kommt es, dass Winnetou nichts davon weiß?"

„Wer würde es dir erzählen außer uns? Die Kiowas bestimmt nicht, und deine Krieger haben es nicht gesehen. Mit Blitzmesser hat er gekämpft, auf Leben und Tod. Das geschah kurz vor eurem Angriff."

„Blitzmesser? Winnetou hat von diesem Krieger gehört. Ist er tot?"

„Ja", nickte Sam Hawkens stolz. „Old Shatterhand hat ihn besiegt."

Ungläubig starrte ich auf den leblos Daliegenden.

Wenn Hawkens die Wahrheit sprach........

„Geh beiseite! Winnetou will es versuchen und den Häuptling bereden, dass er noch wartet. Aber er kann euch nichts versprechen. Intschu tschuna ist der oberste Häuptling der Apachen - nicht Winnetou!"

Der kleine Trapper wich aus, und ich eilte meinem Vater und dem Medizinmann nach. Sie standen beisammen und unterhielten sich. Als ich näher kam, unterbrachen sie ihr Gespräch. Fragend blickten sie mich an. Ich suchte nach Worten.

„Vater! Winnetou hält es für möglich, dass das Bleichgesicht Hawkens Recht hat. Von einem solchen Fall wurde mir einmal berichtet. Sollten wir nicht doch noch warten? Solange vielleicht, bis der Körper zu verwesen beginnt? Dann erst gibt es keinen Zweifel mehr."

Da fuhr Tkhlish-Ko empört auf.

„Hält der Sohn des Häuptlings mich für unfähig zu erkennen, ob ein Mensch tot ist oder nicht?"

„Jeder kann sich irren", antwortete ich hartnäckig.

„Du sagst es! Und in diesem Fall irrt Winnetou."

Intschu tschuna runzelte die Stirn. Er gab mir oft nach und hätte wohl auch hier nicht lange gezögert. Aber es gefiel ihm nicht, Tkhlish-Ko auf seinem ureigensten Gebiet zu widersprechen.

Beschwichtigend redete er auf Feuerschlange ein.

„Das Abwarten kann uns nicht schaden. Wir haben dabei nichts zu verlieren und riskieren auch nichts."

Ich atmete auf. Von Blitzmesser wollte ich hier nicht reden. Das hätte ich erst dann getan, wenn mein Vater gegen Old Shatterhand entschieden hätte. Feuerschlange schimpfte:

„Dein Sohn kümmert sich viel zu sehr um die weißen Hunde! Dem Großen Geist sei Dank, dass sie bald an den Pfahl kommen! Dann ist das endlich vorbei."

Intschu tschuna seufzte.

„Mein Bruder mag sich nicht so erzürnen. Wir wollen warten, bis sich der Körper des Bleichgesichts zersetzt. Ich habe gesprochen!"

Wütend stapfte der Medizinmann davon.

.Mein Vater aber sah mich beschwörend an.

„Bring mich nie wieder in eine solche Lage! Die weißen Länderdiebe sind unsere Feinde! Winnetous Nachsicht ist hier fehl am Platz."

Ich biss mir auf die Lippen. Einen Tadel hatte ich schon lange nicht mehr von meinem Vater gehört, und er tat mir weh.

Die folgenden Tage wurden vorrangig beherrscht von den schier endlosen Verhandlungen mit den Kiowas. Intschu tschuna und die Unterhäuptlinge und Ältesten der Mescaleros hatten sich entschlossen, Wiedergutmachung in Form von Pferden, gegerbten Fellen, Decken und Waffen aller Art zu verlangen. Für jeden Toten und jeden Verwundeten wollten die Familien der Opfer eine möglichst hohe

Entschädigung. Tangua zog alle Gespräche mit Jammern und Klagen in die Länge. Die Bleichgesichter wären die wirklich Schuldigen, sie hätten die Kiowas dazu überredet, uns eine Falle zu stellen. Intschu tschuna hielt ihm den Pferdediebstahl vor, worauf Tangua erwiderte, sie besäßen halt keine großen Herden mehr. Das sei ja auch der Grund, warum sie nicht so viel an uns abgeben könnten. Im Übrigen wären auch daran Bleichgesichter schuld, die sie zu dem Diebstahl angestiftet hätten. Sie wollten den Kiowas die Apachenpferde abkaufen. Spöttisch bemerkte ich:

„Tangua ist wirklich zu bedauern! Er selbst ist so gut und nur von bösen Menschen umgeben."

Argwöhnisch sah er mich an. Dann sagte er mit milder Stimme:

„Tangua spricht die Wahrheit! Wenn die Apachen uns freilassen, wird Frieden sein zwischen uns und den Mescaleros. Tangua hat nicht vergessen, dass Winnetou seinem Sohn Pida gegen eine Horde Navajos half."

Einige der Ältesten steckten bei dem Wort „Frieden" leise raunend die Köpfe zusammen. Da fragte ich Tangua:

„Was ist geschehen mit dem Krieger Blitzmesser? Was war der Sinn des Kampfes mit Old Shatterhand?"

Tangua setzte eine erstaunte Miene auf.

„Ein Kampf mit Old Shatterhand? Einen solchen Kampf hat es nie gegeben! Wer behauptet das?"

„Die weißen Trapper Hawkens, Stone und Parker."

Die Ältesten brachen ihr Gespräch ab. Ihre ganze Aufmerksamkeit war jetzt auf Tangua und mich gerichtet. Ich erklärte ihnen:

„Diese Weißen bestehen darauf, dass Old Shatterhand mit Blitzmesser um das Leben unserer gefangenen Krieger gekämpft habe. Die Kiowas wollten sie töten. Aber Shatterhand besiegte Blitzmesser."

„Das ist eine unverschämte Lüge!" brüllte Tangua.

„Das Gegenteil ist wahr! Die weißen Hunde gierten nach dem Leben eurer Krieger! Blitzmesser aber starb beim letzten Überfall."

Ich zweifelte an seinen Worten, er aber bekräftigte sie mit einem Eid.

„Der Häuptling der Kiowas schwört beim Großen Geist, dass er die Wahrheit sagt!"

Zustimmung erheischend sah er sich im Kreise um. Mein Vater streifte mich mit einem kurzen Blick, dann hob er die Hand.

„Es ist gut! Wir glauben Tangua, was Blitzmesser betrifft."

„Howgh! Howgh!" bestätigten die anderen.

„Ist Winnetou nun zufrieden?", fragte Intschu tschuna nachdrücklich.

Alle schauten mich an. Was sollte ich tun? Tangua hatte geschworen, also musste ich ihm glauben. Aber diese Worte kamen nicht über meine Lippen. Ich senkte nur den Kopf, und die Verhandlungen gingen weiter. Mir fiel es schwer, mich zu konzentrieren, denn meine Gedanken verweilten noch bei dem angeblichen Kampf mit Blitzmesser. Es galt, mich damit abzufinden, dass alle Versuche, im Charakter des jungen Weißen etwas Gutes zu finden, zum Scheitern verurteilt, ja reines Wunschdenken waren. In dieser Stunde nahm ich mir vor, mich nicht weiter zu bemühen und in ihm nur noch den Länderdieb zu sehen, der den Tod verdient hatte. Da er vermutlich ohnehin bereits tot war, spielte auch das keine große Rolle mehr.

Wie zu erwarten, brach die Verhandlung ergebnislos ab. Meines Vaters Laune stand nicht zum Besten, er wollte die Kiowas aus dem Dorf haben. Sie bedeuteten eine Belastung für uns, denn schließlich mussten unsere Männer ständig auf sie Acht geben. Dazu kam, dass die Verpflegung immer mehr zu einem Problem wurde, so viele Menschen brauchten Nahrung. Kurz und bündig machte der Häuptling daher den Kiowas klar, mit jedem Tag, den sie hier länger verbrachten, würde das Lösegeld erhöht. Sie murrten darüber - änderten ihr Verhalten indes nicht.

Abends in unserer Wohnung äußerte Intschu tschuna seinen Zorn über die Kiowas.

Ich musste lächeln.

„Noch vor sieben Sommern hätte der Häuptling härter durchgegriffen. Da hätte er vielleicht jeden Tag einen von ihnen erschießen lassen."

Er sah mich überrascht an.

„Ja, das könnte sein."

„Und warum tut er das heute nicht mehr?"

Natürlich kannte ich den Grund! Es war einzig auf Klekih-petra zurückzuführen. Mein Vater antwortete langsam:

„Es hat sich vieles verändert. Intschu tschuna verlangt es nicht mehr nach dem Blut seiner roten Brüder. Er denkt, die wahren Feinde sind die Bleichgesichter. Pferdediebstähle oder auch Frauenraub - das gab es schon immer. Die Bleichgesichter aber wollen das Land! Und Gold und Silber, das dieses Land birgt. Dies ist für das Volk der Apachen sehr viel gefährlicher."

Er machte eine Pause. Dann fuhr er tief bewegt fort: „Mein Sohn wird es einmal sehr schwer haben. Denn es sieht nicht danach aus, als könnten wir diese Landräuber für immer vertreiben. Der Kampf um unser Recht wird immer härter, und vielleicht wird es später nur noch ums bloße Überleben gehen! Intschu tschuna wünschte so sehr, er könne eines Tages in der Gewissheit sterben, dass die Apachen auch weiterhin ein freies Volk bleiben. Er ahnt aber, dass es nicht so sein wird."

Ich schwieg, denn darauf gab es keine Antwort.

Dann suchte ich das Zelt auf, in dem Klekih-petras Körper in einem luftdicht verschlossenen, ausgehöhlten Baumstamm ruhte. Bisher hatte ich es vermieden, noch einmal nach dem gefangenen Rattler zu sehen - zu groß war mein Hass. Aber hier bei Klekih-petra zu sitzen und Erinnerungen nachzusinnen, das brachte mir Erleichterung und innere Ausgeglichenheit. Manchmal schien es mir, als hörte ich seine Stimme wie damals zu mir sprechen, als mich der Tod Ribannas verzweifeln ließ:

„Winnetou! Der Tod ist nur eine Illusion! Wir gehen hindurch, wie man durch eine Tür geht, und stehen vor einem neuen Leben. Ein Leben, das seit unserer Geburt auf uns gewartet hat! Sieh doch, ein Kind, das geboren wird, will nicht hinaus in die Kälte. Es ist zufrieden im Leib seiner Mutter. Und vor der Geburt ist es dasselbe Kind wie danach - es ist nur durch eine Tür geschritten! So ist es auch, wenn wir sterben."

Ich hatte mir vorgenommen, mich nicht weiter um Shatterhand zu kümmern. Daher wusste ich nicht, ob er lebte oder wirklich tot war. Denn ich betrat das Zelt der Weißen viele Tage nicht mehr. Auch Intschu tschuna sprach nicht von ihnen.

Eines Tages hatte ich zum ersten Mal nach seinem Tod den Mut, Klekih-petras Wohnung im Pueblo aufzusuchen. Lange stand ich am Eingang, unbeweglich und ehrfürchtig, als beträte ich unerlaubt ein Heiligtum. Endlich ging ich hinein, betrachtete das Kreuz an der Wand, berührte all die Dinge, die ihm einst gehörten - besonders liebevoll seine Bücher, mit deren Hilfe er mich das Lesen gelehrt hatte. Wie viel Freude hatte mir das bereitet! Ich griff eines heraus, strich sanft darüber und fühlte den Wunsch, es zu lesen. Ich dachte, wenn ich es las, würde sich die Seele des geliebten Lehrers mit der meinen verbinden. Das Buch trug in großen, goldfarbenen Buchstaben den Aufdruck „Hiawatha", und der es geschrieben hatte, hieß Longfellow. Mit Wehmut erinnerte ich mich an Klekih-petras leuchtende Augen, als er dieses Geschenk aus den Händen der alten Frau, des einzigen Menschen, der sich ehrlichen Herzens bei ihm bedankt hatte, erhielt. Und auch an den Klang ihrer Stimme, als sie zu mir sagte: „Ich werde für dich beten."

Ich nahm also das Buch und verließ das Pueblo, denn ich wollte einen ruhigen Platz am Ufer des Pecos suchen, um dort in Ruhe zu lesen. Da kam mit eiligen Schritten ein Krieger auf mich zu. Es war einer der Wachtposten, die ich vor das Zelt der Bleichgesichter beordert hatte.

Ich blieb stehen.

„Hast du mir etwas zu melden?"

„Ja, Winnetou!"

„So sprich!"

„Dieser Mann Sam Hawkens schickt mich zu dir. Ich soll dir ausrichten, Old Shatterhand sei aus seiner Bewusstlosigkeit erwacht."

„Ich komme!"

Die Zeltplane am Eingang hatte man beiseite geschoben. Helles Tageslicht flutete ins Innere, als ich es betrat. Das „Kleeblatt" empfing mich mit glücklichen Gesichtern. Ich beugte mich über den Kranken, dessen Augen auch jetzt geschlossen waren, und befühlte seinen Puls. Er schlug gleichmäßig. Auf meine Frage, ob er sich nicht geirrt habe, beteuerte Hawkens, sie alle drei hätten gesehen, wie Shatterhand mit Nicken und Kopfschütteln reagiert habe. Dann müsse ein Wunder geschehen sein, antwortete ich. Aber es ändere nichts daran, dass er ins

Leben zurückgekehrt sei, um zu sterben. Sam schüttelte bedrückt den Kopf.

„Aber er ist der beste Freund der Apachen."

Das war eine Frechheit von ihm! Dennoch blieb ich ruhig, hielt ihm nur vor, was der „beste Freund" getan hatte:

„Er hat Winnetou zweimal niedergeschlagen!"

„Weil er musste."

Kalt sah ich ihn an.

„Selwikhi Lata hat nicht gemusst."

Da behauptete der Kleine kühn, das sei notwendig gewesen, weil ich mich gewehrt hätte und von den Kiowas getötet worden wäre. Beim zweiten Mal aber habe Shatterhand sich gegen mich verteidigen müssen. Im Übrigen wären sie bereit gewesen, sich freiwillig zu ergeben. Wir hätten aber nicht auf ihre Versicherungen gehört.

Mir war selbstverständlich klar, dass er alles nur erfand, um sich und seine Freunde zu retten. Das bewies ich ihm mit der einfachen Tatsache, dass sie uns leicht vor der Falle hätten warnen können, wären sie den Apachen wirklich so freundlich gesonnen. Ja, sagte er mit einem pfiffigen Grinsen. Aber dann hätten wir trotzdem den Tod Klekih-petras gerächt, und sie hätten ihre Arbeit nicht beenden können. Diese Worte erzürnten mich nur noch mehr.

„Old Shatterhand ist leider wieder ohnmächtig", stellte Hawkens bedauernd fest.

„Wäre er bei Bewusstsein, und könnte er sprechen, so würde er bezeugen, dass ich die Wahrheit gesprochen habe."

Wahrheit! Wie viele Wahrheiten gab es denn noch?

Ich erinnerte ihn an die vielen Lügen der weißen Männer, von denen nur einer ehrlich gewesen war: Klekih-petra! Ja, ich gab sogar zu, dass ich mich in Old Shatterhand beinahe geirrt hätte. Meine Bewunderung für ihn - wie schnell war sie der bitteren Erkenntnis seines wahren Charakters gewichen!

Resigniert zuckte ich die Schultern.

„Warum hat der Große Geist einen Mann wie ihn geschaffen und ihm ein so falsches Herz gegeben?"

Ein lauter Ausruf Hawkens' veranlasste mich, mich umzudrehen. Ich trat wieder an Old Shatterhands Seite, der jetzt die Augen geöffnet

hatte. Auf meine Frage, ob er reden könne oder vielleicht Schmerzen empfinde, schüttelte er nur den Kopf.
„Sei aufrichtig mit mir", hielt ich ihm vor.
„Wenn man vom Tod erwacht, kann man keine Unwahrheit sagen."
Dann fragte ich langsam und jedes Wort betonend:
„Habt ihr vier Männer uns wirklich retten wollen?"
Zweimaliges Nicken war die Antwort. Ein heftiger Zorn überkam mich, ein Zorn, der mit Verachtung gemischt war.
„Lüge!" schrie ich ihn an.
„Lüge! Lüge! Selbst jetzt noch, am wieder geöffneten Grab - Lüge!"
Meine Erregung ist mir heute nur zu verständlich. Denn zu keinem Zeitpunkt war mir Old Shatterhand gleichgültig, selbst damals nicht! Aber ich war mir dessen noch nicht bewusst. Ich begriff nicht, warum ich ausgerechnet von ihm Aufrichtigkeit forderte, die ich von anderen Bleichgesichtern gar nicht erst erwartete. Und daher ließ mich meine Beherrschung vorübergehend im Stich. Wäre er jetzt ehrlich gewesen - so dachte ich - ein Funken Anstand und Reue hätten mich bewegt, bei meinem Vater um sein Leben zu bitten! Obwohl ich wusste, was ich mir dafür alles hätte anhören müssen, ich hätte es getan! Aber war er das wert? War ein Dieb und Lügner so viel Rücksicht wert?

Mit unbewegtem Gesicht erklärte ich, er werde sterben müssen! Sterben, nachdem wir ihn gesund gepflegt hätten. Denn:

„......als kranker, schwacher Mann zu sterben, das ist keine Strafe."

Old Shatterhands Augen schlossen sich wieder, er war zu erschöpft, um etwas zu erwidern. Sam Hawkens aber gab nicht auf. Er wiederholte die Lüge, Shatterhand habe mit Blitzmesser gekämpft, um die Apachen vor dem Martertod zu retten, und das sei nun der Lohn! Als ich ihm entgegenschleuderte, Tangua habe beim Großen Geist geschworen, gerieten er, Stone und Parker völlig außer sich.

Ich wollte gehen, besann mich aber und wandte mich noch einmal um. Ich wusste ja, dass ich zum letzten Mal vor ihrem Tod mit den weißen Männern reden würde, und darum sagte ich ihnen, was das Herz mir eingab: Dass Klekih-petra uns die Gesinnung des Friedens und der Milde gelehrt habe, dass wir darum keinen der Kiowas getötet hätten! Dass ich es bei meinem Vater erreichen könne, nur Rattler, als den wahren Mörder, am Marterpfahl enden zu lassen, falls Aufrichtigkeit und Reue bei ihnen erkennbar wären! Das sei aber nicht der Fall, und darum:

„......sollt ihr Rattlers Schicksal teilen!"

Sie wären keinerlei Nachsicht wert, sagte ich, und würden nun strenger gehalten. Im Pueblo würden sie verbleiben, getrennt von dem Kranken, der ihrer Hilfe nicht länger bedürfe.

Sie erschraken sichtlich. Eine solche Härte hatten sie mir wohl nicht zugetraut. Sam Hawkens - in Erinnerung daran, dass ich bisher immer nachgegeben hatte - bestürmte mich starrsinnig mit Bitten und Flehen, ihn nicht von Shatterhand zu trennen. Da drohte ich, sie alle von meinen Kriegern holen zu lassen, wenn sie mir nicht freiwillig folgten. Das half! Sie fügten sich.

„Wann werden wir Old Shatterhand wieder sehen?"

„Am Tage eures und seines Todes!"

„Eher nicht?"

„Nein!"

Sie baten mich, Abschied nehmen zu dürfen. Stumm stand ich dabei, als alle drei nacheinander Shatterhands Stirn küssten. Wie gut, dass sie mir meine Gedanken nicht ansahen! Denn Zorn und Verachtung beherrschten meinen Geist - mein Herz aber sagte mir: Ein Mensch, der so geliebt wurde, konnte nicht ganz schlecht sein!

Wahrheit! Was war die Wahrheit?

Intschu tschuna zeigte sich einverstanden mit dem Wechsel der Gefangenen ins Pueblo, denn Shatterhand würde es bald besser gehen, und eine Flucht von hier war so gut wie unmöglich. Die Gefangenen wurden in verschiedenen Stockwerken untergebracht, die über unserer Wohnung lagen. Sie hatten keinen Kontakt zueinander, und vor den Eingängen standen Wächter.

Da Old Shatterhand noch dringend der Pflege bedurfte, betraute Intschu tschuna Gosnih mit dieser Aufgabe, jene ältere Frau, die seit dem Tod meiner Mutter unseren Haushalt führte. Mir aber genügte das nicht. Ich wandte mich an meine Schwester und bat sie, sich ebenfalls um den Kranken zu kümmern. Wieder einmal kam hier meine innere Zerrissenheit zum Ausdruck, unter der ich selber am meisten litt. Meine Gefühle für Old Shatterhand suchte ich zu verdrängen - und konnte es nicht! Und der Widerspruch, der darin lag, dass meine eigene Schwester den Mann pflegen sollte, den ich zu hassen glaubte, dieser Widerspruch fiel mir gar nicht auf. Andererseits suchte ich niemals das Gespräch mit ihm und fragte Nscho-tschi auch nicht nach seinem Befinden.

Intschu tschuna gefiel das nicht. Er meinte, dem weißen Mann werde zu viel Ehre angetan, wenn die Tochter des Häuptlings ihn pflege. Und zufällig hörte ich, wie er die Wächter zu besonderer Aufmerksamkeit anhielt, wenn Nscho-tschi mit Old Shatterhand allein war. Nun, von seinem Standpunkt aus gesehen mochte er Recht haben. Auch tat Nscho-tschi zwar, was ich von ihr erbeten hatte, jedoch zunächst ohne große Begeisterung. In den folgenden Tagen allerdings zeigte sie sich merkwürdig nachdenklich. Ich sagte ihr, sie brauche diese Arbeit nicht zu tun, wenn sie nicht wolle, aber da wehrte sie ab.

„Nscho-tschi will es! Der weiße Mann ist erwacht und hat mit mir gesprochen. Er bat mich, seinen drei Freunden zu sagen, dass es ihm jetzt besser gehe. Erlaubt Winnetou das?"

Ich zuckte die Schultern.

„Wenn du es tun willst - ja. Aber damit ist es genug! Winnetou möchte vermeiden, dass sie untereinander Botschaften austauschen. Auch sollte seine Schwester pflegen - keine Botengänge machen."

Endlich kamen die Verhandlungen mit den Kiowas zu ihrem Ende. Es wurde aber auch hohe Zeit, denn unsere Geduld war erschöpft, was Tangua wohl bemerkte. Er schickte einige seiner Krieger aus, damit sie Art und Höhe des Lösegeldes ihrem Stamm übermittelten. Erst dann, wenn sie zurückkehrten und alles Verlangte mitbrachten, würden wir sie ziehen lassen. An diesem Tag, so lautete Intschu tschunas Entscheidung, sollten auch die Bleichgesichter am Marterpfahl sterben und anschließend Klekih-petras Körper bestattet werden.

Eines Tages erschien Nscho-tschi mit einer weiteren Bitte. Old Shatterhand habe geäußert, er sei das Sitzen zu ebener Erde nicht gewohnt, ob er wohl einen Stein zu diesem Zweck erhalten könne. Ich fand nichts Schlimmes an dieser Bitte und ließ ihm gleich mehrere Felsblöcke verschiedener Größe bringen. Keinesfalls kam ich auf die Idee, dass das mit dem Sitzen nur vorgetäuscht war. Tatsächlich übte er seine Kräfte, indem er die Felsen hochstemmte.

Als ich am Abend dieses Tages meine kleine Pferdeherde besuchte, bemerkte ich Nscho-tschi, die mit dem Rücken an einen Baum gelehnt saß und den rotflammenden Sonnenuntergang bewunderte. Langsam näherte ich mich ihr, setzte mich neben sie ins Gras und versenkte mich ebenfalls in das herrliche Schauspiel der Natur. Alles war in dieses rotgoldene Licht getaucht. Ein wundervoller Friede lag darin und eine herzergreifende Schönheit - ein Abschiedsgruß.

Nscho-tschi wandte mir lächelnd ihr Gesicht zu.

„Ich erinnere mich der Zeit, als wir noch Kinder waren. Da fürchtete ich oft, die Sonne käme am anderen Tag vielleicht nicht wieder. Unsere Mutter erzählte dann, wenn der Mond seine nächtliche Reise beende, würde er die Sonne wecken, die sich nur zum Schlafen niederlege."

„Er wird sie auch morgen wieder wecken", antwortete ich liebevoll.

Sie nickte, in Gedanken versunken. Ihre Hand spielte mit einer Kette, die, wie ich jetzt erkannte, aus Bärenzähnen und Bärenklauen bestand. Mir fiel ein, dass Sam Hawkens mich vor einiger Zeit um die Erlaubnis gebeten hatte, eine solche Kette für Old Shatterhand anfertigen zu dürfen. Es handelte sich dabei um die Zähne und Klauen jenes Grizzly, den der Weiße damals erlegt hatte. Ich nahm ihr die Kette aus der Hand und betrachtete sie.

„Eine gelungene Arbeit, wenngleich sich ihr Besitzer nicht lange daran erfreuen kann."

Sie schwieg, senkte nur den Kopf.

„Was bekümmert Nscho-tschi? Winnetou sieht ihr doch an, dass sie etwas bedrückt."

„Es ist, weil........," sie brach ab und wendete das Gesicht zur Seite.

Ich wartete. Als aber nichts mehr kam, fasste ich ihr behutsam unters Kinn und drehte ihr Gesicht zu mir. Das Tageslicht war beinahe geschwunden, doch sah ich deutlich das verräterische Glitzern in ihren schwarzen Augen. Erschreckt ließ ich sie los.

„Nscho-tschi! Was ist denn? Sag es mir!"

Sie holte tief Atem, vermied es jedoch mich anzusehen.

„Die Bleichgesichter! Shatterhand, Hawkens, Stone und Parker! Nscho-tschi findet es nicht recht, dass sie am Marterpfahl sterben sollen. Sie haben unrecht getan - gewiss. Aber es sind keine schlechten Menschen."

„Und das berührt dich so sehr, dass du.......weinst?"
Verständnislos starrte ich sie an. Und plötzlich durchzuckte mich ein Gedanke, ein ganz und gar unerwarteter Verdacht.
„Es ist nur dieser Eine, nicht wahr? Es ist Old Shatterhand!"
Ihr Schweigen sagte mir mehr als Worte.
Ich fühlte, wie ich nervös wurde und sprang auf.
„Bedeutet er dir etwas - als Mann?"
Da stand auch sie auf. Ihre Augen suchten in den meinen, als fürchte sie sich vor dem, was sie darin finden würde. Leise sagte sie.
„Nscho-tschi wird niemals ihre Erziehung vergessen."
„Danach habe ich nicht gefragt!"
Ihre Worte hatten mir einen Stich ins Herz gegeben. Daran hatte sie gedacht? So weit war es also schon!
„Darf ich ihm nun die Kette bringen?"
„Nicht heute Abend! Morgen früh magst du das tun."
Rasch drehte sie sich um und verschwand in der Dämmerung. Ich lehnte mich an den Baum, als suchte ich Halt und Stütze bei ihm vor dem Aufruhr in meinem Innern. Denn was Nscho-tschi durch ihr Schweigen eingestanden hatte, war doch nichts anderes als das, was ich selbst fühlte, aber nicht wahr haben wollte! Old Shatterhand ist mein Feind, redete ich mir ein. Ich will ihn nicht lieben – ich will es einfach nicht!

Nur wenige Tage danach trafen die von Tangua ausgeschickten Krieger in unserem Dorf ein. Sie trieben eine ansehnliche Herde ausgesuchter schöner Pferde vor sich her. Packtiere und Travois, beladen mit allen geforderten Gegenständen, die wir als Lösegeld verlangt hatten, führten sie mit sich.

Intschu tschuna beauftragte mich festzustellen, ob die Gefangenen, vornehmlich Old Shatterhand, in körperlich guter Verfassung waren. Traf das zu, dann sollte der kommende Tag ihr letzter werden.

Ich ging zu Nscho-tschi, um sie zu befragen. Seit jenem Abend waren wir uns zum ersten Mal in unseren Leben möglichst aus dem Weg gegangen, vermutlich beide aus demselben Grund: Wir wollten jede Verstimmung zwischen uns vermeiden, die vielleicht durch ein neues Gespräch über die Bleichgesichter entstanden wäre.

„Meine Schwester mag mir sagen, ob Shatterhand wieder gesund ist."

Natürlich wusste sie, warum ich das erfahren wollte. Mit leicht zusammengepressten Lippen nickte sie nur stumm. Ich wandte mich zum Gehen, da hielt sie meinen Arm fest.

„Winnetou scheut sich, ihn selbst zu fragen, nicht wahr? Oh, ich ahne, warum! Du hast Angst davor, dass er dich von seiner Unschuld überzeugt! Du verlangst seinen Tod - weil er dich besiegt hat!"

„Nein!", antwortete ich heftig.

„Diese Gedanken waren einst die deinen! Winnetou kann mit der Niederlage leben, das weißt du! Aber dieser Mann ist ein Landräuber und war mit den Kiowas im Bund gegen uns. Dieser Mann wollte unseren Vater und mich töten - hast du das vergessen?"

Sie schluckte einige Male.

„Gut! Am Tod der Weißen ist wohl nichts zu ändern. Aber müssen sie denn gemartert werden? Will Winnetou sich nicht mit einem schnellen, schmerzlosen Tod begnügen? Du liebst Old Shatterhand, ich weiß es gewiss – aber du belügst dich selbst! Wenn du schon die Stimme deines Herzens verleugnest, dann denke wenigstens an das, was unser weißer Vater uns einst lehrte!"

Dieser letzte Satz traf mich zutiefst. Der Vorwurf, der daraus sprach, klang geradeso, als wäre ich ein Verräter an seinen Lehren und daher auch an ihm selbst. Nscho-tschi ließ resigniert die Hand sinken.

„Ich bitte nicht für Rattler - sein elendes Leben mag am Pfahl enden! Aber Hawkens, Stone und Parker - und Shatterhand!

Ich gab ihr keine Antwort. Da flüsterte sie:

„Ist denn das Herz meines Bruders zu Stein geworden?"

Langsam schüttelte ich den Kopf.

„Meine Schwester irrt sich sehr! Aber Winnetous Stimme ist nur eine in der Ratsversammlung - nur eine einzige."

Dann verließ ich sie.

Die erwähnte Ratsversammlung fand am anderen Morgen statt. Zuvor hatte der Häuptling meine Schwester zu den Gefangenen geschickt, damit sie sich auf ihr Ende vorbereiten konnten. Nun berieten die Versammlungsteilnehmer über die Art und Weise der Martern, die die weißen Männer erleiden sollten.

Da meldete ich mich zu Wort, indem ich zu bedenken gab, dass die Verbrechen Shatterhands und der drei Westmänner nur in ihrem versuchten Länderraub bestanden. Mörder wären sie ja tatsächlich nicht. Und Tangua hatte mich selbst mit seinem Schwur niemals ganz überzeugt. Ich hielt ihn schlicht und einfach für einen Lügner. Was diesen letzten Punkt betraf, stieß ich auch keineswegs auf Widerspruch. Aber alle bezeichneten den Länderdiebstahl als schlimm genug für den Martertod. Und nicht nur Tangua log, sondern auch die Bleichgesichter - auch da waren sich alle einig. Was die drei Trapper betraf, sie hätten die Räuber und Mörder beschützt, müssten also deren Schicksal teilen. Am Ende blieb mir nur noch zu tun übrig, was Nscho-tschi bei mir getan hatte, nämlich die Erinnerung an Klekih-petras Ermahnungen zur Menschlichkeit.

Ein edler Krieger besudelt sich nicht mit dem Schmutz der Folter........

Das waren einmal meine eigenen Worte gewesen.

Sie hörten mir schweigend zu. Eine längere Pause trat ein, dann sagte Intschu tschuna:

„Mein Sohn hat Gründe gefunden, die uns nicht ganz unberührt lassen. Auch möchte der Häuptling der Apachen kein ungerechtes Urteil fällen. So hört denn Intschu tschunas Entscheidung: Rattler stirbt am Pfahl, auch die drei Westmänner. Bei ihnen wollen wir jedoch die Qualen verkürzen. Old Shatterhand dagegen darf um sein Leben kämpfen. Der Große Geist soll bestimmen, ob er es verdient zu überleben oder nicht."

Schnell, damit die anderen keinen Einwand bringen konnten, sagte ich:

„Wird mein Vater erlauben, dass Winnetou sein Gegner ist?"

„Nein! Sein Gegner wird der Häuptling selber sein, denn er steht im Rang höher als Winnetou!"

Das gefiel mir nicht. Ich wollte nur zu gern meine damalige Niederlage in einen Sieg verwandeln - es mindestens versuchen. Denn ich kannte ja die Stärke des Gegners. Und eben darum hatte ich große Bedenken Intschu tschunas wegen. Der Häuptling war zwar einer der besten Kämpfer, die ich kannte, aber......

„Mein Vater mag bedenken, dass das Bleichgesicht mehr als zwanzig Sommer weniger zählt als er selbst! Die Chancen stehen nicht gleich."

Er lächelte hintergründig.

„Es kommt auf die Art des Kampfes an. Er wird um sein Leben schwimmen müssen - im Rio Pecos! Und nur der Häuptling wird bewaffnet sein."

„Uff! Uff!" Begeisterung kam auf.

Alle waren stolz auf ihren Häuptling, der persönlich dem Feind entgegentreten wollte. Ich fühlte mich einigermaßen beruhigt. Mein Vater war ein ausgezeichneter Schwimmer, das wusste ich. Im Wasser würde er wahrscheinlich dem Weißen überlegen sein, noch dazu bewaffnet. Darin sah ich keine Ungerechtigkeit, denn, wie schon gesagt, mein Vater war viel älter als sein Gegner. Bevor sich dann die Versammlung auflöste, befahl mir der Häuptling, Old Shatterhand zu holen. Die anderen sollte Entschar Ko herbei bringen.

In Begleitung von fünf Kriegern betrat ich den Raum, in dem sich der Gefangene aufhielt. Von Nscho-tschi war nichts zu sehen. Old Shatterhand lag in geradezu herausfordernder Haltung auf seinem Bett, die Arme im Nacken verschränkt. Ich ließ nachdenklich meinen Blick auf ihm ruhen, denn ich sah ihn nach vielen Tagen zum ersten Mal wieder, und in seinem Aussehen glich er nicht mehr dem hilflosen Kranken, sondern viel eher dem Bärenbezwinger, als den ich ihn kennen gelernt hatte. Abgesehen von dem inzwischen gewachsenen Bart. Natürlich hatte er kein Messer zum Rasieren erhalten, schließlich hätte er es ja auch als Waffe benutzen können.

Ich fragte ihn, ob er wieder gesund sei.

„Noch nicht ganz", war die vorsichtige Antwort.

Sprechen und Laufen aber konnte er, sodass ich ihn weiter fragte, ob er das Schwimmen gelernt habe.

„Ein wenig."

„Das ist gut, denn du wirst schwimmen müssen. Weißt du noch, wann du mich wieder sehen solltest?"

„An meinem Todestag."

Dieser Tag sei da, erklärte ich und forderte ihn auf, sich zu erheben. Meine Krieger sollten ihn binden. Er gehorchte ohne große Eile, ich aber ließ ihn nicht aus den Augen. Meine Männer fesselten seine

Hände und banden Riemen um seine Fußgelenke, die einen kleinen Spielraum gestatteten. Auf diese Weise konnte er wohl gehen und auch die Leitern heruntersteigen, auf keinen Fall jedoch schnell laufen. Wir stiegen die Stockwerke des Pueblo hinab, während unten das Volk der Mescaleros und auch die Kiowas zusammenströmten.

Nicht weit entfernt vom Ufer des Pecos hatte man vier Pfähle errichtet. Hawkens, Stone und Parker waren bereits an dreien davon befestigt. Old Shatterhand wurde nun an den letzten gebunden und auch sogleich von seinen Gefährten begrüßt.

Ich wandte meine Aufmerksamkeit dem Planwagen der Bleichgesichter zu, den wir damals erbeutet hatten. Denn ich wusste, verborgen vom Stoff der schweren Plane, stand darin der Sarg meines Lehrers Klekih-petra, aber auch sein Mörder befand sich dort. Ich schwang mich auf das Trittbrett und hob die Plane hoch. Ja, Rattler lag gefesselt und geknebelt und zusätzlich auf dem Sarg befestigt, wehrlos ausgestreckt.

Er erkannte mich, den, den er damals wirklich hatte töten wollen. Mit aufgerissenen Augen starrte er mich an, ruhig und eiskalt gab ich den Blick zurück. Ich sah, dass er verstand, was ich ihm sagen wollte:

Der Tag der Rache ist endlich gekommen!

Es dauerte einige Zeit, bis die Ordner aus den vielen Zuschauern mehrere Reihen gebildet hatten, die halbkreisförmig hintereinander standen und zwar dergestalt, dass ganz innen die Knaben, dann die Mädchen und Frauen, dahinter die heranwachsenden Jünglinge und schließlich die Krieger ihre Plätze fanden. Erwartungsvolle Ruhe trat ein.

Intschu tschuna begab sich, gefolgt von Tangua und mir, in das Innere des Halbkreises, den Pfählen mit den Gefangenen gegenüber. Er wandte sich dem Volke zu und erhob seine wohlklingende Stimme. Eindrucksvoll sprach er von den Verbrechen der weißen Rasse, von Klekih-petra und seiner Lehre und ging dann auf die Schlechtigkeit der Gefangenen ein, immer wieder von lauten Zurufen unterstützt.

Während ich zuhörte, suchten meine Augen in den Reihen der jungen Frauen Nscho-tschi. Ich wollte ihr mit Blicken signalisieren, dass sie Old Shatterhands wegen, was seinen Tod am Marterpfahl betraf, unbesorgt sein könne. Ob sie mich verstand, weiß ich nicht. Sie senkte aber wie zustimmend den Kopf. Dennoch, wenn sie ihn liebte – wie

furchtbar mussten dann die kommenden Stunden für sie sein! Furchtbar für sie und furchtbar auch für mich.....
Inzwischen kündigte Intschu tschuna ein Verhör der Bleichgesichter an. Das überraschte mich, denn es war ungewöhnlich Gefangenen gegenüber, die zur schrecklichsten aller Strafen verurteilt waren.
Sogleich fuhr Tangua auf.
„Der Häuptling der Apachen sollte sich nicht herablassen mit diesem Ungeziefer Rede und Gegenrede auszutauschen! Spricht denn der Falke mit der Maus? Der Grizzly mit dem Präriehuhn? Intschu tschuna und Winnetou sollten sterben, so beschlossen es diese Koyoten. Es verlangte sie nach eurem Land und eurem Leben! Gebt ihnen keine Gelegenheit mehr, ihre Lügen zu verbreiten! Die Lehren Klekih-petras treffen auf sie nicht zu. Das weiß ich, obgleich ich ihn nicht gekannt habe."

Das Gesicht meines Vaters verhärtete sich, und auch ich spürte eine neue Regung von Hass. Nach wie vor verachtete ich den Häuptling der Kiowas, aber seine Worte konnten nicht als gänzlich unwahr zurückgewiesen werden.

Erregt flüsterte ich Intschu tschuna zu:
„Mach ein Ende, Vater. Das alles ist schwer zu ertragen. Je eher die Gefangenen tot sind und die Kiowas unser Dorf verlassen, umso besser."

Er nickte zustimmend.

Dann ging er die wenigen Schritte hinüber zu den Bleichgesichtern, und das Verhör begann. Noch unter dem Einfluss der Rede Tanguas wählte Intschu tschuna seine Fragen so, dass die Antwort nur aus „Ja" oder „Nein" bestehen konnte. Damit würden sich die Weißen selbst ihr Urteil sprechen. Sam Hawkens war es, der antwortete, und er hatte es nicht leicht. Intschu tschuna trieb ihn in die Enge, und er verteidigte sich, indem er sagte, sie hätten den Schutz der Kiowas benötigt, weil sie wussten, dass wir zurückkommen und uns rächen würden. Ja, er gestand sogar ein, selbst die Falle ersonnen zu haben. Nun sprach Intschu tschuna von unseren Toten und von den Schmerzen der Verwundeten, worauf Hawkens Gerechtigkeit auch für die Weißen verlangte. Mein Vater forderte Tangua auf, nun seinerseits dazu Stellung zu nehmen. Und dieser erklärte laut, was wir bereits von ihm gehört hatten. Dass die Bleichgesichter es waren, die den Tod der Apachen verlangt hatten. Da schrie Old Shatterhand, der bisher geschwiegen hatte, auf:

„Das ist eine so große, unverschämte Lüge, dass ich dich zu Boden schlagen würde, hätte ich auch nur eine Hand frei!"

„Hund, stinkender!" brüllte Tangua.

„Soll ich es sein, der dich schlägt?"

Er drohte ihm mit der Faust, aber Shatterhand zeigte keine Furcht.

„Schlag doch zu, wenn du dich nicht schämst, dich an einem Wehrlosen zu vergreifen! Ist das eine Gerechtigkeit, wenn man nicht sagen darf, was man will?"

Und er brauche diese Art von Gerechtigkeit nicht, dann schon lieber gleich mit den Martern beginnen. Viele der Zuschauer äußerten laut Anerkennung, weil sie seinen Mut bewunderten. Ich dachte, aus seiner Sicht mochte er Recht haben. Andererseits war ihm gewiss mehr Gerechtigkeit widerfahren, als er verdient hatte. Dann sagte er etwas, das mich aufhorchen ließ und auch ein bisschen beschämte:

„Als ich Intschu tschuna und Winnetou zum ersten Mal sah, sagte mir mein Herz, dass sie Männer seien, die ich lieben und achten könne!"

Bei diesen Worten wandte er mir das Gesicht zu, als spräche er nur zu mir, und fuhr fort:

„Ich habe mich geirrt! Sie sind nicht besser als alle anderen, denn sie hören auf die Stimme eines Lügners und unterdrücken die Wahrheit!"

Daraufhin schien Tangua völlig den Verstand zu verlieren, denn er nahm das Gewehr beim Lauf und kreischte:

„Du Hund! Du nennst Tangua einen Lügner? Er zerschmettert dir alle Knochen!"

Er wollte mit dem Kolben zuschlagen, da griff ich blitzschnell ein und verhinderte es. Ganz gleich, wer von den beiden der Lügner war, in meiner Gegenwart jedenfalls würde kein Wehrloser geschlagen werden. Ich sprach auf Tangua ein, er möge ruhig bleiben und forderte meinen Vater nachdrücklich auf, den Weißen sagen zu lassen, was er sagen wollte. Intschu tschuna hatte sich dieses Verhör wohl anders vorgestellt, aber er kam meinem Wunsch nach und sprach davon, dass Shatterhand mich zweimal niedergeschlagen und auch ihn selbst mit der Faust betäubt habe. Er sei dazu gezwungen gewesen, antwortete dieser. Doch sei kein Apache von ihnen verwundet oder gar getötet worden. Und als er Intschu tschuna betäubte, sei Tangua gekommen, um diesen zu skalpieren. Auch ihn habe er besiegt.

„Ich habe dir also nicht nur das Leben, sondern auch den Skalp erhalten", schloss er aufgebracht. Tangua mischte sich aufs Neue ein.

„Dieser verfluchte Koyote lügt, als hätte er hundert Zungen!"

„Ist es wirklich Lüge?", fragte ich ihn.

„Ja, mein Bruder Winnetou zweifelt hoffentlich nicht an der Wahrheit meiner Worte."

Ich forderte Shatterhand auf weiterzusprechen. Die anderen Häuptlinge und Ältesten waren etwas verärgert darüber, das sah ich ihnen an. Das alles lief nicht so ab, wie sie es geplant hatten, und daran trug ich die Schuld. Aber das war mir jetzt gleichgültig - ich wollte endlich die Wahrheit erfahren!

Old Shatterhand redete also weiter. Er schilderte, wie ich ihm zuerst mit dem Kolbenschlag die Schulter gelähmt hatte, dann mit dem Messer durch Mund und Zunge stach und dass er darum nicht sprechen und nichts erklären konnte.

„Sonst hätte ich ihm gesagt, dass ich ihn lieb habe und sein Freund und Bruder sein möchte. Ich war verletzt und am Arm gelähmt - dennoch habe ich ihn überwältigt! Grad so wie Intschu tschuna, lag er bewusstlos vor mir. Beide hätte ich töten können. Habe ich es getan?"

Meines Vaters Erwiderung, er hätte es getan, wäre nicht ein Krieger dazugekommen, der ihn mit dem Kolben niederschlug, bekam ich nur noch undeutlich mit. Ich dachte an unseren Kampf. Die Erinnerung daran hatte ich bisher immer vermieden. Old Shatterhand hielt meine Kehle umklammert und presste sie so zusammen, dass ich glaubte zu ersticken. Und dann, ganz plötzlich, hatte er seinen tödlichen Griff gelockert! Nicht etwa deshalb, weil da schon jener Krieger dazugekommen war. Denn anschließend hatte mich seine Faust ja noch zweimal getroffen!

Zum ersten Mal standen mir diese Bilder klar vor Augen, und ich wusste jetzt, er sagte die Wahrheit! Das erschütterte mich so sehr, dass ich nur mit großer Mühe dem weiteren Verlauf des Gesprächs folgen konnte.

Immer wieder ging es mir durch den Kopf:
Er wollte mich nicht töten! Er wollte mich nicht töten!

Der Gefangene behauptete gerade, die drei Trapper hätten sich freiwillig ergeben, aber der Häuptling meinte, sie hätten lediglich die Sinnlosigkeit einer Flucht erkannt. Weiter: Beim ersten Überfall hätten er, Old Shatterhand, und seine Freunde sich deshalb sofort auf ihn und mich gestürzt, weil sie verhindern wollten, dass die Kiowas uns als ihre Beute betrachteten. Wieder brüllte Tangua, das sei Lüge.

„Nicht Tangua, sondern er war es, der dir den Skalp nehmen wollte!"

Zähneknirschend fügte er hinzu, in Shatterhands Faust wohne der böse Geist, denn niemand könne ihr widerstehen.

„Ja, niemand kann ihr widerstehen! Aber wenn ich wieder mit dir kämpfe, dann nicht mit der Faust, sondern mit der Waffe! Und dann kommst du nicht mit einer bloßen Betäubung davon!"

Ich suchte den Blick meines Vaters, um diesem Auftritt ein Ende zu bereiten, er aber hörte fasziniert zu. Tangua verspottete Shatterhand, weil er dazu nun keine Gelegenheit mehr hätte, und ich dachte, wie schade das wäre. Das junge Bleichgesicht jedoch erwiderte mutig, er werde frei sein und dann Rechenschaft fordern.

„Die kannst du haben! Tangua gibt sie dir!"

Und er trumpfte auf, er würde gerne mit Old Shatterhand kämpfen.

Jetzt fing Intschu tschuna doch meine beschwörenden Blicke auf und ging mit den Worten dazwischen, die Bleichgesichter hätten nur Behauptungen, aber keine Beweise gebracht. Er fragte, ob sie noch etwas sagen wollten. Nein, antwortete Shatterhand, das wolle er vielleicht später tun.

„Ich bin nicht der Mann, dessen Worte man missachten darf!"

Dieses Verhör hatte alles durcheinander gebracht. Deshalb winkte Intschu tschuna nun den Ratsmitgliedern, und wir setzten uns noch einmal inmitten des Halbkreises zusammen. Tangua setzte sich einfach dazu, obwohl seine Gegenwart nicht erwünscht war. Man wies ihn jedoch nicht ab, und so redete er eindringlich auf die Versammlung ein und brachte seine Argumente vor, die wir alle inzwischen auswendig kannten.

Was mich betraf, so ließ ich mir nichts mehr vormachen. Seit ich mich wieder vollständig erinnern konnte, wusste ich, dass Old Shatterhand meinen Tod nicht gewollt hatte. Und wenn den meinen nicht, warum sollte er dann den Tod Intschu tschunas gewollt haben? Zumindest dieser Punkt der Anklage traf also nicht zu, und das sagte ich jetzt auch den anderen. Sie reagierten mit großer Verwunderung, besonders mein Vater schien geradezu bestürzt. Die Tatsache indes, dass Shatterhand ein Länderdieb war, blieb dennoch bestehen. so endete die Versammlung wie die vorhergehende mit dem Unterschied, dass Old Shatterhand mit seinem Kampf auf Leben und Tod auch das Schicksal der drei Westmänner bestimmen sollte. Nur wenn er starb, sollten auch sie sterben.

Ringsum wurde es totenstill, als der Häuptling nun zu den Gefangenen sprach und ihnen die Entscheidung mitteilte. Er endete: „Intschu tschuna wird mit seiner Ehre auch die seines Sohnes retten, indem er Old Shatterhand tötet."

Dann ging er auf die Einzelheiten des Zweikampfes ein. Am jenseitigen Ufer des Rio Pecos wuchs auf einem breiten, kahlen Sandstreifen eine einzelne Zeder. Der Weiße müsse versuchen, zu diesem Baum zu gelangen. Schaffte er das, dann wären er und seine Freunde frei. Schaffte er es nicht, dann würden sie nicht gemartert, sondern erschossen. Er aber, Intschu tschuna, würde Shatterhand mit dem Tomahawk folgen und töten, bevor er die Zeder erreichte.

Ich sah Tangua an. Stirnrunzelnd stand er da, weil ihm eine solche Wendung der Dinge nicht behagte. Wenn ich ehrlich sein soll, muss ich gestehen, dass auch ich trotz allem nicht zufrieden war. Viel lieber hätte ich mich dem Weißen gestellt. Und ungeachtet meiner Gefühle für ihn, ja vielleicht sogar gerade deswegen, hätte ich ihn nicht geschont!

Was aber jetzt geschah, bevor die beiden Gegner ins Wasser gingen, das verstand ich erst viel später. Bisher hatte ich Old Shatterhand immer - auch in meinen dunkelsten Stunden - für einen tapferen, kühnen Mann gehalten. Jetzt aber erlebte ich einen zaghaften, überaus vorsichtigen, geradezu ängstlichen Mann, mit einem Wort: einen Feigling!

Als Erstes wandte er ein, er getraue sich nicht, über einen so breiten Fluss zu schwimmen. Dann erkundigte er sich mit großer Nervosität, wann und wie Intschu tschuna ihn anzugreifen gedenke und ob auch er den Häuptling töten dürfe. Dieser antwortete voller Verachtung, das werde er wohl müssen, denn nur in dem Fall käme er an die Zeder. Hawkens, Stone und Parker hatten das mitbekommen. Sie zeigten sich ziemlich entsetzt, schließlich hing auch ihr Leben von Shatterhand ab.

Mittlerweile waren wir ans Ufer gelangt. Beide Gegner entkleideten sich bis auf die Hose. Wieder jammerte der Weiße, er wolle erst eine Probe machen, wie tief das Wasser sei. Man brachte eine Lanze, und er stieß sie ins Wasser. Von allen Seiten wurde ärgerliches Murren und Zischen laut, diese Feigheit hatte wohl keiner dem bisher so mutig auftretenden Bleichgesicht zugetraut. Und selbst Sam Hawkens rief von seinem Pfahl her, er könne das nicht mitansehen, und man solle doch lieber mit den Martern beginnen.

Ich war ein paar Schritte zurückgetreten. Das Blut pochte in meinen Schläfen, so sehr schämte ich mich, diesem Feigling unterlegen gewesen zu sein. Es war wie eine zweite, noch schlimmere Niederlage. Und ich war froh, jetzt nicht meines Vaters Stelle einzunehmen, dem dieser Zweikampf keinerlei Ruhm brachte. Tangua schrie:

„Gebt diesen Frosch frei! Schenkt ihm das Leben! An einen solchen Feigling sollte kein Krieger seine Hand legen!"

Da wurde es auch Intschu tschuna zu viel.

„Hinein, sonst haue ich dir den Tomahawk ins Genick!"

Shatterhand wollte langsam ins Wasser gleiten, aber der Häuptling trat ihm gereizt in den Rücken. Da warf er die Arme hoch, schrie laut auf, als ob er Angst vor dem Ertrinken habe, und versank im Fluss.

Intschu tschuna folgte sogleich.

Ich wandte mich angewidert um. Nscho-tschi hatte die Gruppe der Frauen verlassen und stand in meiner Nähe. Ihre Enttäuschung glich der meinen, das sah und das fühlte ich. Als besonders schlimm aber empfand ich es, dass Tangua jetzt triumphierte. Er, den ich verachtete, führte nun das große Wort. Alle sollten erkennen, wie Recht er gehabt hatte! Denn es wären doch immer die größten Feiglinge, die das Blut tapferer Männer fließen sehen wollten! Ich glaubte, es nicht länger ertragen zu können, als er mich direkt ansprach:

„Sieht mein Bruder Winnetou jetzt ein, dass all sein Mitgefühl verschwendet war? Dieser räudige Hund ist es doch nicht wert, dass der Häuptling der Apachen sich mit ihm abgibt und Winnetou seine Stimme für ihn erhob! Tangua hat es gleich gesagt!"

Ich gab ihm keine Antwort, stattdessen schaute ich hinaus auf den Fluss. Mein Vater schwamm suchend umher, die Krieger am Ufer stachen mit Lanzen das Wasser nach dem ertrunkenen Old Shatterhand ab. Til Lata kam herbei und wollte mir teilnehmend die Rechte auf die Schulter legen, aber verbissen wehrte ich ihn ab. Jeder hier wusste, dass ich mich für den Weißen eingesetzt hatte und nun.......

Vom Fluss her erscholl eine Stimme:

„Sam Hawkens! Wir haben gewonnen!"

Ich starrte hinüber. Dort drüben schwamm Old Shatterhand auf dem Rücken, und Intschu tschuna, der ihn jetzt auch bemerkte, strebte eilig auf ihn zu. Dieser unerwartete Anblick veranlasste mich, näher ans Ufer zu treten. Unsere Krieger erhoben ein durchdringendes Geschrei, doch Sam Hawkens übertönte sie alle.

„Fort! Fort, Sir! Macht endlich, dass Ihr an die Zeder kommt!"

Denn Shatterhand hatte zwar den Sandstreifen erreicht, nicht aber die Zeder. Auch der Häuptling stieg ans Ufer. Indem er das Kriegsbeil schwang, eilte er auf Shatterhand zu, der sich erst im letzten Augenblick zur Flucht wandte. Plötzlich blieb der Weiße stehen, im selben Moment warf Intschu tschuna den Tomahawk. Ich sah, wie das Beil vorüberflog, und dann, wie Shatterhand es in der Hand hielt. Der Zorn übermannte mich, ich winkte einigen nahe stehenden Apachen. Sie eilten bereitwillig herbei, und dann konnten wir alle sehen, wie Shatterhand mit dem Tomahawk meinen Vater erschlug!

Da gab es kein Halten mehr! Ich riss mir das Hemd vom Körper, streifte die Mokassins ab und sprang ins Wasser, die Männer mir nach. Noch andere folgten unaufgefordert. Dass es so etwas wie eine Abmachung gab, interessierte mich nicht mehr. Dass ich Old Shatterhand mehr als nur Zuneigung entgegengebracht hatte, verdrängte ich gewaltsam. Wie verblendet schwamm ich, eines nur vor Augen: Dieses Bleichgesicht, dieser Lügner und Landräuber, dieser erbärmliche Feigling hatte meinen Vater erschlagen! Alles, was vorher vereinbart worden war, ging mich nichts mehr an.

Jetzt hieß es - er oder ich!

„Zurück mit euch! Der Häuptling lebt, ich habe ihn nur betäubt! Wenn ihr aber kommt, muss ich ihn erschlagen! Nur Winnetou soll herüber!"

Er wollte mich! Gut - dann sollte er mich haben!

Ich trug mein Messer bei mir, er hatte einen Tomahawk.

Die Mescaleros, die mit mir schwammen, kümmerten sich nicht um Old Shatterhands Worte. Ich aber dachte an Intschu tschuna, der - vielleicht wirklich nur ohnmächtig - in seiner Gewalt war.

Laut und mit heftigen Handbewegungen rief ich meinen Leuten zu, sie sollten umkehren. Nur zögernd, sehr ungern gehorchten sie, kurz darauf erreichte ich das Ufer. Meine langen Haare zurückstreifend, die schwer waren vom Wasser, stieg ich ans Land. Old Shatterhand stand mir gegenüber, den Tomahawk in der Hand.

„Es war gut, dass du deine Krieger zurückschicktest, sie hätten deinen Vater in Gefahr gebracht."

Ich warf einen flüchtigen Blick hinüber zu der Zeder, wohin er den Häuptling inzwischen getragen hatte, der Vereinbarung gemäß.

„Du hast ihn nicht erschlagen?"

„Nein."

Und er fügte hinzu, der Häuptling habe sich nicht ergeben wollen, da musste er ihn betäuben. Ich sah ihn ungläubig und mit großen Augen an.

„Du konntest ihn doch töten! Er war in deinen Händen."

Das junge Bleichgesicht schüttelte den Kopf. Er töte nicht gern einen Feind, erst recht keinen Mann, der der Vater Winnetous sei.

Und dann streckte er mir den Tomahawk entgegen!

„Hier hast du seine Waffe! Entscheide, ob ich gesiegt habe!"

Sprachlos stand ich da - noch nie hatte ich etwas Vergleichbares erlebt! Diese Geste, mit der er ein starkes Selbstbewusstsein bewies, aber ebenso auch ein Vertrauen zu mir, das doch von seinem Standpunkt her betrachtet in keiner Weise gerechtfertigt sein konnte - diese Geste überwältigte mich. In der kurzen Zeit seit unserem ersten Zusammentreffen, hatte er die gegensätzlichsten Gefühle in mir bewegt: Zuneigung, Hass, Verachtung und Enttäuschung, und jetzt - Bewunderung!

Langsam schüttelte ich den Kopf.

„Was für ein Mann ist Old Shatterhand! Wer kann ihn begreifen?"

Ein ganz feines Lächeln spielte um seine Mundwinkel.

„Du wirst mich verstehen lernen."

Ich starrte auf den Tomahawk in meiner Hand, dann wieder auf ihn. Erregung erfasste mich, und ich stammelte:

„Du gibst mir dieses Beil, ohne zu wissen, ob ich dir Wort halten werde? Du könntest dich damit wehren. Weißt du, dass du dich damit in meine Hände lieferst?"

„Pshaw! Ich fürchte mich nicht! Ich habe meine Arme und Fäuste und Winnetou ist kein Lügner, sondern ein edler Krieger, der sein Wort nie brechen wird."

Scharlih, mein Bruder! Du hattest eine hohe Meinung von mir, und ich habe mein Wort ja auch wirklich nie gebrochen. Jetzt aber weißt du, dass ich kurz vorher noch willens war, es zu tun! Zürne mir nicht, weil ich aufrichtig bin, ich bitte dich. Aber der Gedanke, meinen Vater auch noch verloren zu haben – und das durch die Hand eines Feiglings und Lügners, wie ich glaubte – raubte mir fast den Verstand!

Spontan hielt ich Old Shatterhand die Rechte hin. Ich erklärte ihn und die anderen drei Bleichgesichter für frei. Und mit strahlenden Augen ergriff er meine Hand und drückte sie. Ich dachte an meine unterschiedlichen, verwirrenden Gefühle ihm gegenüber und seufzte.

„Du hast Vertrauen zu mir – könnte ich es doch auch zu dir haben!"

„Du wirst mir so vertrauen, wie ich dir."

Dann gingen wir zu Intschu tschuna, knieten bei ihm nieder und Shatterhand befreite ihn von dem Gürtel, mit dem er ihn gebunden hatte. Ich untersuchte kurz den Ohnmächtigen. Ja, er lebte! Aber es würde noch eine Zeit vergehen, bis er wieder zu sich kam, ganz zu schweigen von den Schmerzen. Denn die flache Seite eines Tomahawks vor die Schläfe zu bekommen, ist schließlich keine Kleinigkeit. Ich beschloss, ihm Krieger zu schicken, die sich um ihn kümmern würden. Dann sah ich auf zu Old Shatterhand. Und zum ersten Mal lächelte ich ihn an.

„Mein Bruder Old Shatterhand mag mit mir kommen."

Wir schwammen nebeneinander zurück zum anderen Ufer. Natürlich bemerkte ich, dass er nicht der schlechte Schwimmer war, als den er sich ausgegeben hatte. Eigentlich hätte mir das schon früher auffallen müssen, ich aber war wie blind gewesen in meiner Verachtung für ihn.

Eine große Menschenmenge erwartete uns. Man bildete eine Gasse, und während wir hindurch schritten, rief ich laut, Shatterhand habe gesiegt. Daher wären er und seine Gefährten jetzt frei. Es gab Ausrufe des Erstaunens, aber keine Proteste.

Als Erstes schickte ich zwei Männer hinüber zu Intschu tschuna. Danach zog ich mein Lederhemd und die Mokassins wieder an, ergriff Old Shatterhands Hand und ging mit ihm zu Hawkens, Stone und Parker, die noch immer an den Pfählen standen. Wie glänzten Shatterhands Augen, als sie ihn mit ihrem Jubel empfingen! Dies hier war seine Stunde, sein großer Triumph. Daher zog ich mein Messer, gab es ihm und sagte:

„Schneide sie los! Du hast es verdient, das selbst zu tun."

Es war wirklich eine Freude mitanzusehen, wie er die Fesseln durchschnitt und die drei ihn umarmten. Sie herzten und küssten ihn derart stürmisch, dass alle Mescaleros ringsum vergnügt mitlachten und sie noch zusätzlich anfeuerten. Sam schluchzte beinahe, als er fragte, wie das nur zugegangen wäre im Wasser.

„Ihr hattet solche Angst, und so dachten wir alle, Ihr wäret ertrunken."

„Habe ich nicht gesagt: Wenn ich ertrinke, sind wir gerettet?"

„Das hat Old Shatterhand gesagt? Also war alles nur Verstellung?"

Wie erleichtert fühlte ich mich! Etwas Ähnliches hatte ich ja schon geahnt, aber wie froh war ich nun, als ich sein „Ja" hörte. Nach und nach löste sich ein großer Druck von meiner Seele, und ich spürte erst jetzt so recht, was alles auf mir gelastet hatte. Es war, als habe er weniger seine Gefährten, als vielmehr mich vom Marterpfahl befreit!

Ich sagte aufatmend:

„Mein Bruder ist nicht nur stark, sondern auch listig. Wer sein Feind ist, muss sich sehr in Acht nehmen."

Wieder umspielte dieses feine Lächeln seinen Mund.

„Und solch ein Feind ist Winnetou gewesen."

Er hatte Recht, ich verstand mich jetzt selbst nicht mehr.

„Winnetou war es, ist es aber nicht länger."

Er fragte, ob ich denn nun ihm glaube oder den Lügen Tanguas. Dabei schaute er mir direkt in die Augen. Ich dachte an unsere erste Begegnung und reichte ihm erneut die Hand.

„Deine Augen sind gut, in deinen Zügen ist keine Unehrlichkeit. Winnetou glaubt dir."

Ja, damals hatte ich ihn richtig beurteilt!

Wie konnte es nur dazu kommen, dass sich dieser erste Eindruck so sehr verwischte und wir uns gegenseitig fast getötet hätten?

Während ich diesen Gedanken nachhing, war Old Shatterhand damit beschäftigt, sich wieder vollständig anzukleiden. Er kam zurück zu mir, ein kleines, metallenes Kästchen in der Hand. Das hielt er so, dass ich die lang gezogene Schramme darauf sehen konnte. Es schien fast, als habe er meine Gedanken erraten, denn ich wusste sogleich, was es mit diesem Kästchen auf sich hatte! Ich erinnerte mich an das Glatte und Harte, woran mein Messer abgeglitten war, damals bei unserem Kampf. Und ich senkte die Augen, um anzudeuten, dass ich ihn verstand:

Dieses kleine Ding hatte ihm das Leben gerettet!

Als ich wieder aufsah, gewahrte ich Nscho-tschi in unserer Nähe. Sie beobachtete uns, wagte aber nicht zu kommen. Gerade wollte ich sie heranwinken, da wurde meine Aufmerksamkeit abgelenkt. Old Shatterhand hatte das Kästchen geöffnet und etwas daraus entnommen. Er sagte, sich auf meine letzten Worte beziehend:

„Mein Bruder Winnetou hat das Richtige getroffen. Ich werde es ihm beweisen. Kennt er das, was ich ihm jetzt zeige?"

Die Blicke vieler Menschen waren auf uns gerichtet, als er eine zusammengerollte schwarze Haarlocke auseinander zog und mir entgegenhielt. Unwillkürlich wollte ich sie ergreifen, trat dann aber einen Schritt zurück - erschrocken und vollkommen fassungslos! Denn wieder überfiel mich die Erinnerung: Der Unbekannte griff nach meinen Haaren, und ich fühlte einen Ruck daran.

Ich starrte ihn ungläubig an, das Sprechen fiel mir schwer:

„Das ist Haar von meinem Kopf! Wer hat es dir gegeben?"

Old Shatterhand antwortete, Intschu tschuna habe in seiner Rede vorhin von einem unsichtbaren Retter gesprochen, den uns der Große Geist gesandt habe. Gewiss musste dieser Retter unsichtbar bleiben, denn die Kiowas durften ihn nicht sehen. Jetzt aber brauche er sich nicht mehr zu verstecken.

„Nun wirst du es wohl glauben, dass ich nie dein Feind, sondern immer dein Freund gewesen bin."

Die Haarlocke lag auf seiner Hand wie eine kleine schwarze Schlange.

„Du - du - du hast uns losgeschnitten? Dir haben wir die Freiheit und das Leben zu verdanken?" schrie ich auf, als mir mit einem Schlag die ganze Tragweite des Geschehens zum Bewusstsein kam.

Er lächelte mich an, und seine Finger schlossen sich um jene schwarze Schlange, beschützend oder auch besitzergreifend - je nachdem man es betrachtet. Bei diesem Anblick, so kurz er auch war, kam mir unser Medizinmann in den Sinn, der stets behauptete, man dürfe niemals etwas Persönliches von sich selbst hergeben. Denn dies verleihe einem anderen Menschen möglicherweise Macht über die eigene Seele.

Später stellte sich heraus, dass er nicht ganz Unrecht mit seiner Behauptung hatte, das gebe ich zu. Old Shatterhand hat immer Macht über mich gehabt, wenn ich das auch nicht unbedingt auf die Haarlocke zurückführen will. Diese Macht aber beschützte und behütete mich - und sie wies mir den Weg hin zum Frieden.

Old Shatterhands Hand umklammernd, zog ich ihn hinüber zu Nscho-tschi, die uns mit sehnsüchtigen Blicken geradezu verschlang. Nur wenige Worte genügten, ihr alles zu erklären, und ich forderte sie auf, sich bei ihm zu bedanken. Sie aber senkte den Kopf und bat ihn um Verzeihung Warum das? Weil auch sie ihn falsch beurteilt hatte? Er fragte:

„Will meine Schwester jetzt an mich glauben?"
„Nscho-tschi glaubt an ihren weißen Bruder."

Liebte sie ihn wirklich? Oder war es ein Gefühl enger Vertrautheit, entstanden und gewachsen während der Zeit, in der sie ihn pflegte? Vielleicht Freundschaft? Gibt es das überhaupt zwischen Mann und Frau - ohne jede geschlechterbedingte Anziehungskraft? Heute, da ich dies schreibe, liegen zehn Jahre dazwischen, sodass ich einen gewissen Abstand dazu habe. Heute glaube ich, sie hat ihn von Anfang an geliebt, wenn es ihr auch erst später so recht bewusst wurde. Und er? Anfangs sicher nicht. Ihre Schönheit, ihre Anmut, der Reiz, den sie als junge Frau ausstrahlte - welchen Mann hätte das alles kalt gelassen? Was er für sie empfand, ging bestimmt über bloße Sympathie hinaus. Gewiss war es keine Liebe, aber doch mehr als nur Freundschaft. Ich bin mir sicher, dass es sich so verhielt, auch wenn in späte-

ren Jahren Old Shatterhand andeutungsweise von Liebe sprach. Aber ich glaube, erst als sie starb, da wusste er, was er für sie empfunden hatte.
Und das kam der Liebe schon sehr nahe.

Inzwischen hatte Shatterhand Tangua entdeckt, der, zornig über die gesamte Entwicklung, nach Intschu tschuna Ausschau hielt. Er hoffte wohl noch durch ihn auf eine Wendung der Dinge, aber Old Shatterhand sprach ihn kühn an, indem er ihn fragte, ob er ein Lügner sei oder die Wahrheit liebe.

„Willst du Tangua beleidigen?" fuhr dieser auf.

Old Shatterhand mahnte ihn an ihre Auseinandersetzung, wo Tangua gesagt hatte, er würde gerne mit ihm kämpfen. Tangua dachte lange nach, konnte sich aber seltsamerweise nicht mehr erinnern. Das Bleichgesicht müsse ihn falsch verstanden haben. Old Shatterhand forderte mich auf, seine Worte zu bezeugen, und ich tat es. Nun entspann sich ein kurzer, aber heftiger Streit, der damit endete, dass Tangua mit Old Shatterhand nichts mehr zu schaffen haben wollte.

„Aber vorhin, als ich festgebunden war, da machtest du dir mit mir zu schaffen, Feigling!"

Der Kiowahäuptling verlor die Beherrschung. Mit gezogenem Messer wollte er sich auf den Weißen stürzen, aber ich ließ es wiederum nicht zu. Auch ich hielt ihm Feigheit vor, wenn er nicht zu dem stehe, was er vorher so lautstark beteuert habe und fragte ihn verärgert, was er zu tun gedenke.

„Tangua wird es sich überlegen!"

Voller Verachtung schüttelte ich den Kopf. Was gab es da zu überlegen?

„Entweder du gehst auf den Kampf ein, oder man wird dich als Feigling betrachten."

Das schien die Entscheidung zu bringen. Er schrie mich an:

„Wer das sagt, dem stößt Tangua das Messer in die Brust!"

„Winnetou sagt es, wenn du dein Wort nicht hältst!"

Auf den Streit mit Old Shatterhand folgte jetzt eine Auseinandersetzung mit mir. Tangua betrachtete es nämlich als sein Recht, die Waffen und alle Einzelheiten des Zweikampfes allein zu bestimmen mit dem Argument, er sei ein Häuptling. Ich ärgerte mich darüber, denn

Old Shatterhand war für mich auf Grund seiner Stärke und Klugheit nicht weniger ein Häuptling. Aber der Weiße wehrte stolz ab.

„Tangua mag wählen. Mit welcher Waffe ich ihn besiege, ist mir gleichgültig."

„Du wirst nicht siegen! Denkst du, Tangua wählt den Faustkampf, wobei du jeden niederschlägst, oder das Messer, womit du Blitzmesser erstochen hast, oder den Tomahawk, der Intschu tschuna zum Verderben wurde?"

Tangua entschied sich für das Gewehr. Shatterhand lächelte mich an.

„Hat mein Bruder Winnetou gehört, was Tangua da gestanden hat?"

„Was?", fragte ich, obgleich es mir nicht entgangen war. Es sollten aber alle Apachen hören.

„Dass ich mit Blitzmesser gekämpft und ihn erstochen habe."

Ich nickte, ebenfalls lächelnd. Denn nun verstand ich alles, und die Wahrheit lag klar und deutlich vor meinen Augen. Ich hatte nach ihr gesucht und sie gefunden - spät, aber nicht zu spät!

Der Häuptling der Kiowas tat, als sehne er sich nach dem Blut seines Feindes. Er schrie nach seinem Gewehr, sagte, er wolle nicht länger warten, während er doch noch soeben alles versucht hatte, den Kampf zu vermeiden. Auch Old Shatterhand erhielt sein Gewehr, einen schweren Bärentöter, zurück. Er untersuchte die Waffe und fand sie in Ordnung.

Dann ging es um die Entfernung und wer zuerst schießen durfte. Natürlich entschied das Tangua zu seinen Gunsten. Ich fand das nicht richtig, daher erklärte ich mit Nachdruck, ich würde jeden erschießen, der sein Gewehr abfeuerte, ohne an der Reihe zu sein. Old Shatterhand meinte trocken, sein erster Schuss würde sowieso genügen.

Er würde Tangua das rechte Knie zerschmettern!

Der Kiowa verspottete ihn, ich aber sah das anders. Bisher hatte mein weißer Freund mit allem Recht behalten. Zwar hatte er sich selbst ein schwieriges Ziel gesetzt, das ein gutes Gewehr, eine ruhige Hand und ein scharfes Auge verlangte, doch hätte ich mir diesen Schuss auch zugetraut. In späteren Jahren war ich noch oft Zeuge, wenn Old Shatterhand auf Leben und Tod kämpfen musste, und es kam vor, dass ich wirkliche Angst um ihn verspürte. Dieses Mal aber zweifelte ich nicht im Geringsten an seinem Sieg. Tangua war durch-

aus kein schlechter Krieger - niemals hätte er sich sonst als Häuptling durchsetzen können - aber er neigte zu Übertreibung und Angeberei. Es war mir nicht bange um Shatterhand!
Dagegen sah ich mich nach Til Lata um und nickte ihm und auch Entschar Ko bedeutungsvoll zu. Es galt, die Krieger der Kiowas gut im Auge zu behalten!
Die Entfernung wurde abgeschritten, die Gegner standen sich mit ihren Gewehren gegenüber. Gespannt verfolgten alle Anwesenden das Geschehen. Der Häuptling der Kiowas hatte den ersten Schuss.
Ich gab das Zeichen:
„Tangua mag beginnen! Eins - zwei - drei!"
Eigentlich hatte ich erwartet, dass er sofort schießen würde, das tat er jedoch nicht. Er zielte im Gegenteil sehr genau, was mich inständig hoffen ließ, Old Shatterhand möge die Nerven behalten. Denn wenn er sie verlor und seinerseits schoss, dann würde ich ihn........aber nein, er blieb gelassen! Bei Tangua aber führte die innere Anspannung dazu, dass seine Kugel danebenging, wenn auch nur knapp.
Nun wollte ich Shatterhand zum Schuss auffordern, da wies er mich auf die veränderte Körperhaltung des Häuptlings hin. Der Kiowa kehrte ihm nämlich jetzt die Seite zu, was allerdings gestattet war. Mein weißer Freund hatte aber einen ganz bestimmten Grund für seine Bemerkung. Er beabsichtigte ja, Tangua ins rechte Knie zu schießen. Bei dieser Haltung aber, das war klar, würde die Kugel durch beide Knie gehen. Tangua glaubte nicht an Shatterhands Treffsicherheit, und das sollte ihm zum Verhängnis werden.
Ich zählte wieder bis drei, und Old Shatterhand drückte ab. Einen lauten Schmerzensschrei ausstoßend, brach Tangua auf die Erde nieder. Wir eilten hin zu ihm und fanden, dass die Vorhersage eingetroffen war - beide Knie waren zerschmettert!
„Tangua wird nie wieder ausreiten können, um sein Auge auf die Pferde anderer Stämme zu werfen", stellte ich ohne Bedauern fest.
Von diesem Tage an blieb Tangua gelähmt.
Er wusste, dass er sich als Krieger beherrschen musste, wusste auch, dass sein eigenes Verhalten das Unglück noch vergrößert hatte. Er knischte mit den Zähnen und knurrte, er könne nun nicht reiten, müsse daher bei den Mescaleros bleiben.
Welch eine Zumutung - beinahe hätte ich gelacht!

„Ein Kiowa gehört nicht in unser Pueblo!"
Und mit einer unterstreichenden Handbewegung entschied ich:
„Die Kiowas wollten uns heute verlassen. Sie mögen das ja tun, denn jeden von ihnen, den wir morgen noch in der Nähe unserer Weideplätze treffen, werden wir so behandeln, wie sie Old Shatterhand behandeln wollten! Winnetou hat gesprochen!"

Dann nahm ich die Hand meines weißen Freundes und ging mit ihm auf das Flussufer zu, wo soeben mein Vater in Begleitung der beiden Mescaleros aus dem Wasser stieg. Old Shatterhand wollte mich zunächst mit ihm allein lassen, zumal seine drei Gefährten freudestrahlend auf ihn zukamen. Sie umringten ihn in dem Bedürfnis, den Zweikampf mit Tangua zu besprechen. Auch von der Haarlocke hörte ich sie reden, die so unvermutet aufgetaucht war.

Mein Vater wirkte noch sehr mitgenommen, wollte aber trotzdem die letzten Ereignisse erfahren. Ich erzählte ihm alles, angefangen von Shatterhands beeindruckender Haltung, als er mir den Tomahawk reichte, über die Erkenntnis, dass er es war, der uns damals befreit hatte, bis hin zum Schusswechsel mit Tangua. Stumm und ohne mich zu unterbrechen, hörte er mir zu. Lediglich, als ich von der Haarlocke als dem Beweis unserer Rettung sprach, entfuhr ihm ein staunendes „Uff", und kopfschüttelnd, weil er das alles noch verarbeiten musste, drückte er meinen Arm. Ich vergewisserte mich, dass uns die Bleichgesichter nicht hören konnten und sagte leise:

„Da ist noch etwas, mein Vater. Es geht um Rattler. Winnetou möchte vermeiden, dass Old Shatterhand von seiner Marterung erfährt. Er könnte uns Schwierigkeiten machen."

„Aber Rattler ist nicht sein Freund - im Gegenteil."

„Er würde dennoch versuchen, es zu verhindern. Es ist besser, er weiß es nicht. Noch sind die Bleichgesichter abgelenkt durch alles, was geschehen ist. Winnetou bittet dich, führe sie ins Pueblo und weise ihnen Wohnungen zu. Nscho-tschi soll sich um sie kümmern. Ich werde hier das Nötige tun."

Er nickte, und wir gingen zu Old Shatterhand und den drei Trappern. Lange ruhte der Blick des Häuptlings auf dem jungen Weißen. Dann räusperte er sich und bestätigte noch einmal, dass sie frei wären. Zu Shatterhand sagte er:

„Du bist ein tapferer und listiger Krieger. Du wirst noch manchen Feind besiegen. Der handelt klug, der dich zu seinem Freund macht. Willst du das Kalumet des Friedens und der Freundschaft mit uns rauchen?"

„Ja! Ich möchte euer Freund und Bruder sein."

„So kommt jetzt mit mir und Nscho-tschi hinauf ins Pueblo. Der Häuptling der Apachen will seinem Überwinder eine Wohnung anweisen, die seiner würdig ist."

Er gab mir den Auftrag, hier für Ordnung zu sorgen, wie verabredet nur zum Schein, damit Old Shatterhand eine Erklärung für mein Zurückbleiben hatte. Ich sah ihnen nach, als sie davongingen. Hoffentlich blieben sie im Pueblo!

Kaum waren sie weg, als ich den Befehl gab, den Planwagen mit dem Sarg Klekih-petras und seinem Mörder zu holen. Dumpfer Trommelschlag setzte ein, und die Ordner richteten wiederum das Gewimmel der Zuschauer in einem Halbkreis aus, der diesmal von einem Felshügel begrenzt wurde. Übrigens hatten die meisten Kiowas - Tangua mitführend - das Dorf bereits verlassen. Ein paar ihrer Krieger blieben noch, vom bevorstehenden Schauspiel der Marterung angezogen. Ich hinderte sie nicht daran, wichtig war nur, dass sie zur verabredeten Zeit verschwanden, alles Übrige ging mich nichts an.

Dann trugen unsere Männer den Sarg aus dem Wagen, und nun konnten alle den darauf gebundenen Rattler sehen. Das Grab, das beide aufnehmen sollte, wurde zu Füßen des erwähnten Felshügels ausgehoben, und Steine zum Verschließen der Öffnung bereitgelegt. Danach richteten die Männer auf meine Anordnung hin den Sarg an dem Felshügel auf und sicherten ihn mit Stricken. So kam Rattler auf seine Füße zu stehen. Er konnte sich jedoch nicht rühren, nicht den Kopf bewegen und infolge des Knebels auch nicht sprechen. Dafür sprachen seine schreckgeweiteten Augen eine umso deutlichere Sprache.

Jetzt erschien auch Intschu tschuna wieder, der sich zu Nakaiyè und Deelicho gesellte. Nichts auf der Welt hätte ihn daran hindern können, Rattlers Tod zu versäumen. Da er kein Wort zu mir sagte, nahm ich an, wir könnten der Bleichgesichter wegen beruhigt sein. Aber da tauchte Nscho-tschi auf. Sie wirkte sehr aufgeregt, als sie näher kam.

„Winnetou, mein Bruder! Old Shatterhand weiß nun, dass Rattler gemartert werden soll. Er wird gleich kommen - ich glaube, er will etwas dagegen unternehmen."

Ich seufzte.

„Winnetou hat es geahnt. Das könnte unangenehm werden."

„Da kommt er schon!"

Hastig, als habe sie etwas Verbotenes getan, drehte sie sich um und eilte hinüber zu ihrer Freundin Dahtiyè, die bei den Frauen stand. Innerlich auf Verteidigung eingestellt, ging ich Old Shatterhand und seinen Gefährten entgegen. Auf meine Frage, ob ihnen ihre Wohnungen nicht gefielen, antwortete Shatterhand, sie gefielen durchaus, aber er hätte erfahren, dass Rattler jetzt sterben sollte. Wo dieser sei, wollte er wissen, und welche Todesart er erleiden solle. Ich wies mit einer Kopfbewegung in Richtung des Felshügels und sagte dann ruhig:

„Den Martertod."

„Ist das unausweichlich beschlossen?"

„Ja."

Ich hatte ihn richtig beurteilt - er bat mich um Milde.

„Meine Religion gebietet mir, für ihn zu bitten."

„Deine Religion? Sie ist doch auch die seinige?"

Und ich erklärte, wenn Rattler nicht danach gehandelt hätte, dann wären ihre Lehren auch nicht auf ihn anzuwenden. Er erwiderte, er müsse seine Pflicht tun, ohne nach der Gesinnung eines Menschen zu fragen.

„Ich bitte dich, diesen Mann eines schnellen Todes sterben zu lassen."

Ich senkte die Wimpern. Diese Bitte musste ich ihm abschlagen! Jeden anderen Wunsch hätte ich ihm gern erfüllt, stand ich doch in seiner Schuld. Aber Rattler, dieser Mörder? Niemals!

Es war leicht, sich auf die Ratsversammlung zu berufen, und ich wählte diesen Weg, weil ich mich scheute, von mir selbst zu sprechen.

„Was beschlossen ist, muss ausgeführt werden."

Warum hatte ich nicht den Mut zu gestehen, dass es auch mein Wille war? Dass ich selbst das Entsetzen in Rattlers Augen sehen wollte? Sehen, wie er sich vor Schmerzen krümmte!

Ein edler Krieger besudelt sich nicht mit dem Schmutz der Folter.....

Old Shatterhand fragte mich, ob es denn wirklich kein Mittel dagegen gäbe. Wieder wich ich seinen Blicken aus. Spürte er den inneren Kampf, den ich mit mir austrug? Sollte ich ihm das einzige Mittel verraten, das Rattlers Folterung verhindern konnte? Ausgerechnet ich?

„Doch, es gibt eins! Aber Winnetou bittet dich, es lieber nicht zu versuchen. Denn es würde dir bei unseren Kriegern sehr schaden."

Er fragte, warum. Dabei zwangen mich seine Augen ihn anzusehen, und mir war klar: Er wusste, was ich meinte. Er hatte Intschu tschuna und mir das Leben gerettet. Er konnte verlangen, dass wir dafür eine Gegenleistung erbrachten. Das Leben meines Vaters und mein Leben im Austausch gegen einen schnellen Tod für Rattler! Wenn er sich also auf unsere Dankbarkeit berufen würde, so erklärte ich widerstrebend, dann würden wir den Stammesrat noch einmal zusammenrufen und so für ihn sprechen, dass sie seinen Wunsch anerkennen mussten.

„Dann aber wäre alles, was du getan hast, wertlos. Ist Rattler ein solches Opfer wert?"

„Bestimmt nicht!"

Er hatte mit Entschiedenheit gesprochen, doch seine Haltung und sein Gesichtsausdruck verrieten Bestürzung. Ich ahnte seinen inneren Zwiespalt, hatte ich doch Klekih-petras Lehren nicht vergessen. Auch mein Vater würde Old Shatterhand Klekih-petras wegen verstehen. Aber die anderen, unsere Krieger? Verlangte er Dankbarkeit, so würden sie sicher tun, was er forderte - aber danach wäre er für sie verachtenswert, und sie würden sich abwenden von ihm. Das alles sagte ich ihm und auch, dass ich es ehrlich mit ihm meinte. Er nickte grübelnd, hin- und hergerissen zwischen der Pflicht, für den Mörder zu bitten auf der einen Seite und dem Stolz und der Freundschaft zu uns auf der anderen Seite. Schließlich beruhigte ich ihn, indem ich versprach, mit Intschu tschuna zu reden.

Mein Vater erwartete mich bereits, er hatte uns beobachtet.

„Rattler?", fragte er kurz.

„Ja. Old Shatterhand bittet um einen schnellen Tod für ihn."

Er verzog das Gesicht. Schnell sprach ich weiter.

„Winnetou hat es geahnt! Seine Religion gebietet ihm das - es war auch der Glaube unseres weißen Lehrers! Vater, wir sind ihm verpflichtet! Können wir ihm nicht entgegenkommen?"

Auf seiner Stirn erschienen Falten.

„Hat er von uns Dankbarkeit verlangt?"
„Nein, das hat er nicht! Winnetou denkt aber, Old Shatterhand spricht mit der Zunge des Ermordeten."
Und vorsichtig ging ich noch einen Schritt weiter, meine eigenen Wünsche dabei gewaltsam unterdrückend.
„Wir ehren unseren Toten durch ein würdiges Begräbnis. Ist es nicht aber eine größere Ehre für ihn, wenn wir tun, was dieser gewollt hätte?"
Der Häuptling schwieg, dann nickte er langsam.
„Wenn mein Sohn das sagt, der selbst den Martertod Rattlers verlangt hat, dann will auch Intschu tschuna sich nicht verschließen."
Die Gruppe der Bleichgesichter sah uns mit erkennbarer Anspannung entgegen. Dem „Kleeblatt" schien nicht so sehr Rattlers Schicksal am Herzen zu liegen, als vielmehr Unstimmigkeiten zwischen uns und ihnen. Sie befürchteten offenbar, ihr Freund Shatterhand könne sie mit unbedachten Worten oder Handlungen in eine neue Gefahr bringen - und das, nachdem sie sich erst kurze Zeit sicher fühlten. Die drei lagen nicht ganz falsch mit ihren Sorgen. Tatsächlich bangte auch mir ein wenig. Ich hatte zwar viel Einfluss auf die anderen Häuptlinge, aber keine absolute Macht. Und jedes Gespräch zwischen Menschen ist immer eine Art Abenteuer - es kann gut oder schlecht enden!
Intschu tschuna wandte sich an Old Shatterhand. Ruhig sagte er, er selbst könne den Wunsch unseres weißen Freundes begreifen, von unseren Kriegern allerdings wohl niemand. Verachtung wäre die Folge. Und als Shatterhand noch einmal auf Klekih-petra hinwies, rief der Häuptling abwehrend aus:
„Was für Menschen seid doch ihr Christen! Entweder seid ihr schlecht, dann ist eure Schlechtigkeit so groß, dass man sie nicht verstehen kann! Oder ihr seid gut, dann ist eure Güte ebenso unbegreiflich!"
Damit hatte er genau das ausgedrückt, was auch ich empfand. Unter den roten Männern gibt es diese abgrundtiefen Gegensätze nicht.
Jetzt sah er mich an. In seinen Augen stand die Frage, ob mir die Freundschaft zu Old Shatterhand wichtig sei, so wichtig, dass wir es wagen sollten, unseren Kriegern zu trotzen.
Ja, gab ich ihm - auch nur mit den Augen - zurück.

Daraufhin sagte er entschlossen, es sei wichtig herauszufinden, ob noch eine Spur des Guten in Rattler wohne. Da jener Mörder auch der Feind Shatterhands gewesen sei, so solle er diesen um Verzeihung bitten. Täte er das, dann dürfe er eines schnellen Todes sterben. Auf ein Zeichen des Häuptlings hin, möge Old Shatterhand diese Verzeihung von Rattler fordern. Es war der einzige Ausweg aus der schwierigen Situation, den er da anbot, und ich fühlte mich erleichtert.

Ob er das alles Rattler sagen dürfe, fragte der Weiße, und Intschu tschuna erlaubte es. Er hätte wirklich kaum großzügiger handeln können, angesichts der Tatsache, dass auch er Rattlers Marterung wünschte.

Mit einer Handbewegung deutete er dann ein Ende des Gesprächs an. Ich warf Old Shatterhand noch einen aufmunternden Blick zu, dann folgte ich Intschu tschuna zu der Gruppe der Ratsmitglieder. Es war natürlich meine Absicht, ihn zu unterstützen. Sein Stolz ließ das jedoch nicht zu. Nun, ich konnte diesen Stolz nachvollziehen. In der bevorstehenden Auseinandersetzung hatte sein Wort als Häuptling der Apachen zu gelten. Wenn er dazu der Hilfe seines Sohnes bedurfte, dann würde er an Achtung verlieren. Daher begab ich mich zum Ort des Geschehens, das heißt in den Kreis der vielen Menschen, um dort für alle Fragen und Probleme zur Verfügung zu stehen.

Gelassen und mit Würde näherte sich dann der gesamte Stammesrat. An ihrer Haltung und einem kurzen Blick meines Vaters erkannte ich, dass er seine Entscheidung durchgesetzt hatte, und atmete auf.

Intschu tschuna stellte sich an die eine Seite des Sarges, ich nahm meinen Platz an der anderen Seite ein. Sobald vollständige Ruhe herrschte, begann der Häuptling mit der Schilderung, welch ein guter Mensch der Ermordete gewesen sei und wie er durch die ruchlose Tat dieses weißen Mannes ums Leben gekommen war. Er verkündete das Urteil über Rattler und dass er mit dem von ihm Gemordeten gemeinsam begraben werden sollte. Während er sprach, sah ich hinüber zu den Bleichgesichtern. Old Shatterhand hatte den Kopf leicht zu Sam Hawkens geneigt, der leise flüsterte. Vermutlich übersetzte er die Worte Intschu tschunas.

Jetzt gab der Häuptling das verabredete Zeichen, mein weißer Freund trat vor den Sarg. Da er in meiner unmittelbaren Nähe stand, konnte ich in seinem Gesicht Schrecken und Mitleid erkennen. Im

Stillen flehte ich ihn an, nichts zu sagen, was unsere Leute gegen ihn aufbrachte, denn die Stimmung war sehr gefühlsbetont und hätte jeden Augenblick gegen ihn umschlagen können.

Intschu tschuna entfernte den Knebel, sodass Rattler nun sprechen konnte, und forderte Old Shatterhand auf, mit ihm zu reden. Aber sofort schnauzte Rattler ihn an, er solle verschwinden, ja er versuchte sogar, ihn anzuspucken. Shatterhand ließ sich nicht beirren. Er hielt Rattler vor, wie es um ihn stünde, wie unerträglich ihm selbst der Gedanke an einen so schrecklichen Tod sei. Rattler fluchte entsetzlich, worauf sich die Miene meines Vaters verdüsterte. Shatterhand ignorierte die Flüche. Kaltblütig sagte er, die einzige Möglichkeit, den Martern zu entgehen und eines schnellen Todes zu sterben sei, ihn um Verzeihung zu bitten. Nicht, dass er diese Verzeihung brauche - der Häuptling habe es so gewollt. Aber alle Vorhaltungen nutzten nichts, Rattler gebärdete sich wie verrückt. Lieber beiße er sich die Zunge ab, und Shatterhand solle zum Teufel gehen. Bis mein Vater diesen zu seinen Freunden zurückschickte. Ich hörte, wie er ihn auf die grässlichen Flüche des Verurteilten ansprach:

„Ihr nennt uns Heiden - aber würde ein roter Mann solche Worte sagen?"

Dann begann es. Zuerst sollten die jüngsten unserer Krieger ihre Treffsicherheit im Werfen eines Messers beweisen, wobei diese Messer den Körper Rattlers nicht verletzten, sondern nur einrahmten. Mit jedem Messer, das auf ihn zuflog, steigerten sich seine Ängste. Er fing an zu schreien, als die Klingen sich rechts und links neben seinem Kopf in das Holz des Sarges bohrten. Niemand beachtete diese Schreie. Die jungen Männer zogen ihre Messer wieder heraus und reihten sich in den Kreis der Zuschauer ein.

Nach ihnen kamen ältere und bewährte Krieger an die Reihe. Auch sie warfen ihre Messer, jedoch aus doppelter Entfernung. Und diesmal bestimmte Intschu tschuna das jeweilige Ziel: Arme und Beine des Gefangenen! Die Messer trafen, durchdrangen die Muskeln und blieben im Holz stecken. Die Schreie des Opfers häuften sich im gleichen Maß, wie der Unmut der Menge zunahm. Welch ein Feigling! Ich hatte Intschu tschuna gebeten, der Letzte zu sein, der am Ende aller Martern das elende Leben dieses weißen Hundes auslöschte. Als aber sein Gebrüll und Gekreische unerträglich wurden, kam ich von diesem

Vorsatz wieder ab. Nein, ich würde mich nicht beschmutzen mit solch einer Kreatur! Das Morden fiel ihm leicht, aber der Strafe war er auch nicht im Ansatz gewachsen! Und jetzt schrie er nach Old Shatterhand! Intschu tschuna winkte ihn heran. Aber kaum war er an den Sarg getreten, da verlangte Rattler, er solle ihm die Messer herausziehen. Er wolle nicht sterben, heulte er, er sei betrunken gewesen. Wieder, jetzt aber drängend, ermahnte ihn Shatterhand, er solle ihn um Verzeihung bitten - ohne Erfolg. Rattler brach in eine Flut von Klagen und Verwünschungen aus, dass es nicht mitanzuhören war. Old Shatterhand ging, und auch ich trat einen Schritt zur Seite. Es ekelte mich in Rattlers Nähe. Denselben Ekel empfanden wohl auch die Zuschauer, die mit Murren und Zischen ihre Verachtung ausdrückten. Intschu tschuna rief:

„Welcher von den tapferen Kriegern der Apachen will sich noch mit diesem Feigling befassen?"

Natürlich meldete sich niemand, denn es brachte keinen Ruhm. Ein Feigling wie Rattler setzte auch den herab, der Hand an ihn legte. Intschu tschuna erklärte es für unmöglich, dass dieser räudige Hund der Ehre teilhaftig sei, mit Klekih-petra begraben zu werden. Er ließ zwei Knaben kommen, Söhne namhafter Krieger, die beim Überfall auf die Kiowas gefallen waren. Sie befreiten Rattler von Messern und Stricken und banden ihm nur noch die Hände auf dem Rücken zusammen. Dass er das von Knaben tun ließ und nicht etwa von Männern, war ein deutliches Zeichen der Verachtung Intschu tschunas. Aber Rattler schien es nicht zu berühren, falls es ihm überhaupt auffiel. Shatterhand und die drei Westmänner jedoch blickten vor sich hin, als ob sie sich ihrer weißen Haut schämten. Die Knaben führten Rattler zum Fluss hinunter, wo sie ihn kurzerhand ins Wasser stießen. Er mochte glauben, sich durch Schwimmen retten zu können, er hatte ja die Beine frei. Auf dem Rücken liegend, versuchte er es. Die beiden Knaben - stolz darauf, im Mittelpunkt der Aufmerksamkeit zu stehen - erhielten Gewehre, zielten genau und drückten ab. Sie trafen Rattler in den Kopf, und er versank sofort. Um seine Leiche würde sich niemand kümmern.

Intschu tschuna und Old Shatterhand standen im Gespräch beieinander. Ich trat hinzu und fing noch die letzten Sätze Shatterhands auf. Er sprach von seiner Unterhaltung mit Klekih-petra.

„Wir erkannten bald, dass seine Heimat auch die meine war und redeten in unserer Muttersprache. Er hatte viel erlebt und viel erduldet und erzählte mir davon. Er sagte auch, wie lieb er euch habe und dass es sein Wunsch sei, einmal für Winnetou sterben zu dürfen. Wenige Minuten später hat ihm der Große Geist diesen Wunsch erfüllt."

Erschüttert fragte ich, warum er für mich sterben wollte, und Shatterhand antwortete, aus Liebe zu mir und auch aus einem weiteren Grund.

„Sein Tod sollte eine Sühne sein."

Ich dachte an meine Eifersucht damals, weil Klekih-petras letzte Worte in einer fremden Sprache an Old Shatterhand gerichtet waren. Zögernd fragte ich, ob er da vielleicht auch von mir gesprochen habe.

„Ja", nickte Shatterhand.

„Er bat mich, dir treu zu bleiben."

„Mir treu zu bleiben? Aber - du kanntest mich doch gar nicht!"

Er lächelte mich an. Oh doch, er habe mich ja gesehen und Klekih-petra habe von mir erzählt.

„Was antwortetest du ihm?"

„Ich versprach, ihm diesen Wunsch zu erfüllen."

Das traf mich tief! Das hatte ich nicht erwartet, und es schockierte mich, weil ich mich schämte. Ja, es ist wahr: In meinem ganzen Leben habe ich mich nicht so geschämt, wie zu diesem Zeitpunkt! Ich hatte ihm nach dem Leben getrachtet und musste nun erfahren, dass er mir treu sein wollte!

Die Antwort fiel mir nicht leicht, und die Worte kamen stockend: „Ich - stehe in tiefer Schuld bei dir! Sei - mein Freund!"

„Ich bin es längst."

Und wie von selbst kam es über meine Lippen:

„Mein Bruder!"

„Von Herzen gern."

Eine große Freude überwältigte mich. Klekih-petra war gegangen, aber noch im Scheiden hatte er für mich gesorgt, mich nicht vergessen. Er hatte mir ein anderes Bleichgesicht gesandt, ebenso edel wie er selbst! Zudem ein Krieger, der meinem eigenen Alter entsprach. Ihn - ihn wollte ich an mich binden durch die geheimnisvolle Macht des Blutes!

Brüder durch das Blut - Blutsbrüder! Stärkere Bande gibt es nicht.

„Mein Blut soll dein Blut, und dein Blut soll mein Blut sein! Ich werde das deinige, und du wirst das meinige trinken! Mein Vater, der große Häuptling der Apachen, wird es mir erlauben."
Old Shatterhand hatte bei meinen Worten lebhaft genickt. Jetzt wandten sich unsere Blicke gleichzeitig dem Häuptling zu, und dieser ergriff unsere Hände. Ehrliche Freude leuchtete kurz in seinen dunklen Augen auf, als er sagte:
„Intschu tschuna erlaubt es gern. Ihr werdet nicht nur Brüder, sondern wie ein einziger Mann mit zwei Körpern sein. Howgh!"

Es galt nun zunächst, den toten Klekih-petra geziemend zu bestatten. Klagelieder und Trommelschläge setzten ein. Sie untermalten den Tanz des Geheimnismanns, das Ritual, das die Seele des Verstorbenen weg von den bösen und hin zu den guten Mächten geleiten sollte. Ich sah meine Schwester mit den anderen Frauen weinen. Das gesamte Volk, von dem bestimmt nicht ein Einziger den Platz verlassen hatte, trauerte um den „Weißen Vater der Apachen". Uns aber, Nscho-tschi und mir, hatte er immer am nächsten gestanden, und wir vermissten ihn sehr. Wie gern hätte ich sie tröstend in meine Arme genommen - aber das durfte ich nicht. Sie erriet jedoch meine Gedanken, denn sie wandte mir ihr Gesicht zu, und unsere Seelen sprachen zueinander. Sie sprachen von dem weißen Lehrer, und sie sprachen von der Mutter. Von unserer Ohnmacht angesichts des Todes - aber auch von unserer tiefen Verbundenheit!
Liebe, kleine Schwester!
Old Shatterhand und die drei Westmänner hatten ein Kreuz angefertigt. Das gefiel mir, denn der Tote pflegte ja auch in seiner Wohnung vor einem Kreuz zu beten. Es sollte oben aus dem Steinhügel ragen, sagten sie mir. Während der Bau des Grabmals seinem Ende zuging, der Sarg aber noch davor stand, schickte der Häuptling Nscho-tschi mit einer leise geflüsterten Anordnung fort. Ich sah, wie ihre Augen groß und glänzend wurden. Sie lief, so schnell sie konnte, zum Pueblo.
Kurz darauf versammelten wir uns alle um den Sarg. Die Gesänge der Trauer waren verstummt, der Medizinmann und Iyah hatten sich zurückgezogen. Nscho-tschi kam mit zwei Tonschalen und stellte diese auf den Sarg. Zwei rasche, glückliche Blicke zu Old Shatterhand

und zu mir - dann huschte sie wieder zurück zu den Frauen. Die Schalen enthielten klares Wasser.

Intschu tschuna erhob seine Stimme, gespannte Ruhe trat ein. Er redete vom Leben des Menschen, das wie der Tag ende. Dass aber jenseits dieses Lebens ein anderes auf uns warte, so wie ein Tag auf den vorhergehenden folge. Er erwähnte Old Shatterhand als den Nachfolger des Verstorbenen, rühmte seine Taten und sein edles Verhalten. Er solle nun in den Stamm aufgenommen werden. Daher müsse er eigentlich mit jedem Krieger der Mescaleros das Kalumet rauchen. Aber das sei nicht nötig. Denn er werde das Blut Winnetous und dieser das seinige trinken.

„Dann ist Old Shatterhand Blut von unserem Blut und Fleisch von unserem Fleisch. Sind die Krieger damit einverstanden?"

Waren zuvor nur einzelne Rufe der Bestätigung laut geworden, so riefen jetzt viele Stimmen begeistert ihre Zustimmung.

„So mögen nun Old Shatterhand und Winnetou an den Sarg treten, um ihr Blut ins Wasser der Brüderschaft fließen zu lassen."

Wir folgten der Aufforderung.

Zu beiden Seiten des Sarges standen wir, und eine atemlose Stille breitete sich aus. Mein Vater kam zuerst zu mir, schob den Ärmel meines Lederhemdes hinauf und brachte mir mit seinem Messer einen kleinen Schnitt in den Unterarm bei. Ich hielt den Arm über die Schale, damit das Blut hineintropfen konnte. Dann ging Intschu tschuna zu Old Shatterhand und schnitt auch ihm in gleicher Weise in den linken Arm. Das Blut seines Herzens vermischte sich ebenso mit dem Wasser.

Intschu tschuna tauschte die Schalen aus.

„Die Seele lebt im Blut. Die Seelen dieser jungen Krieger mögen ineinander übergehen und eine einzige Seele bilden. Was Old Shatterhand denkt, das sei auch Winnetous Gedanke, und was Winnetou will, das sei auch der Wille Old Shatterhands! Trinkt!"

Wir sahen einander in die Augen, wie berauscht von der Ahnung, dass die Worte des Häuptlings der Apachen in Erfüllung gehen würden.

Dann nahm jeder die Schale mit dem Blut des anderen und trank sie leer. Über dem Sarg Klekih-petras, der uns zusammengeführt hatte, reichten wir uns die Hände.

Scharlih - diesen Augenblick vergesse ich nie! Und ich weiß, dass auch du ihn nicht vergisst. Dieser Augenblick, der eine Freundschaft fürs Leben besiegelte, die ich in deinen Augen las, so wie du sie in den meinen gelesen hast.
Weder Trennung noch Tod werden sie jemals zerstören können!
Mein Blut ist dein Blut - mein Leben ist dein Leben.........

Intschu tschuna trat an das Kopfende des Sarges, nahm rechts und links unsere Hände und sagte abschließend zu Old Shatterhand:
„Du bist nun wie Winnetou mein Sohn und ein Krieger unseres Volkes. Der Ruf von deinen Taten wird überall bekannt werden, und kein anderer Krieger wird dich übertreffen. Du trittst als ein Häuptling ein, und alle Stämme der Apachen werden dich als solchen ehren."
Da hielt es keinen mehr auf seinem Platz! Alle, auch die drei Westmänner, sprangen auf und riefen ihr lautes „Howgh", sodass es weit über das Tal des Pecos hinaus schallte.
Jetzt war es so weit, den Toten seinem Grab zu übergeben. Alle seine Besitztümer wurden mit hineingelegt, nur seine Bücher und das Kreuz hatte ich für mich behalten. Old Shatterhand, Hawkens, Stone und Parker sprachen ein kurzes Gebet zu ihrem und seinem Gott. Dann wurde der Steinhügel verschlossen, begleitet vom letzten Klagen der Trauerlieder. Später ließ mein Vater rundum Eicheln in die Erde setzen, denn Klekih-petra liebte die Eiche, weil sie ihn an seine Heimat erinnerte. Old Shatterhand überwachte die Anbringung des Kreuzes oben auf dem Hügel.

Von dort oben grüßt es mich jetzt.
Und solange Winnetou lebt, wird es dort stehen bleiben!

Fortsetzung folgt in: Winnetous Testament Band III, Der Häuptling der Apachen

NACHWORT DER AUTOREN

Zum vorliegenden zweiten Teil von „Winnetous Testament" sind einige kurze Bemerkungen angebracht. Jeder Karl May –Leser kennt die Geschichte der Blutsbrüderschaft zwischen Old Shatterhand und Winnetou, wie sie in „Winnetou I" geschildert wird. Daher könnte der Einwand erhoben werden, wir hätten sie als bekannt voraussetzen und infolgedessen darauf verzichten sollen. Wir haben das selbstverständlich auch in Erwägung gezogen, sind aber dann zu dem Schluss gekommen, dass Winnetou in seinem Testament, in dem er ja nach Karl May sein Leben beschreibt, ein derartig einschneidendes Erlebnis ganz gewiss nicht nur am Rande erwähnen würde. Immerhin hängt dieses Erlebnis nicht zuletzt eng mit dem Tod seines Vaters und seiner Schwester zusammen. Wir sind also davon ausgegangen, dass auch Karl May – hätte er noch selbst das „Testament" geschrieben – die Geschichte des Kennenlernens der späteren Freunde und die Blutsbrüderschaft aus der Sicht Winnetous noch einmal geschildert hätte.

Wir bitten unsere Leser, dies zu bedenken.

Schwierigkeiten tauchen für uns immer da auf, wo der „Mayster" sehr großzügig mit dem Alter der handelnden Personen und mit Zeitabläufen umgegangen ist. Er hatte ein immenses Arbeitspensum zu bewältigen und konnte natürlich nicht ahnen, dass diese Dinge einmal eine gewisse Bedeutung für „die Nachwelt" gewinnen würden. Darauf möchten wir hinweisen, hoffen aber dennoch, eine folgerichtige Verbindung von Zeit und Handlung gefunden zu haben.

Selbst konnte sich Karl May den Wunsch nicht mehr erfüllen, nach Winnetou IV (heute Winnetous Erben) noch den Fortsetzungs- beziehungsweise Abschlussband „Winnetous Testament" zu schreiben. Auch ehrgeizige Pläne wie die Herausgabe einer zehnteiligen Serie unter dem Titel „Im fernen Westen" mit Reiseerzählungen <u>von</u> Winnetou, dem Häuptling der Apachen blieben nur noch geäußerte Absichtserklärungen. Schade eigentlich.

Wie bereits im ersten Teil, bitten wir unsere Leser um Verständnis, wenn wir uns in Zweifelsfällen gegen die historischen Überlieferungen und für die Phantasie Karl Mays entschieden haben. Sollte der eine oder andere durch „Winnetous Testament" angeregt werden, wieder einmal ein Karl May Buch zu lesen, so wäre das bestimmt keine verlorene Zeit und – ganz im Sinne der Autoren – eine Verneigung vor der großen Erzählkunst des Schriftstellers, die uns auch heute noch mühelos in ihren Bann zu ziehen vermag.

QUELLENVERZEICHNIS

John Ross Browne	Abenteuer im Apachenlande	Thienemann, 1984, Stuttgart
William C. Davis	Der Wilde Westen	Müller, 1994, Erlangen
Albert S. Gatschet	Zwölf Sprachen aus dem Südwesten Nordamerikas	Hermann Böhlau, 1876, Weimar
Ulrich van der Heyden	Indianer Lexikon	Dietz, 1992, Berlin
Volker Hildebrand	United States	Karto+Grafik Gesellschaft, 1991, Frankfurt/M.
John Treat Irving	Indianische Skizzen	Borowsky, 1992, München
Joseph S. Karol/ Stephen L. Rozman	Everyday Lakota	The Rosebud Educationel Society, 197, St. Francis/S.D.
Arnold Kludas	Die Seeschiffe des Norddeutschen Lloyd 1857 - 1970	Köhler, 1991, Herford
Bernhard Kosciuszko	Großes Karl May Figurenlexikon	Igel, 1996, Paderborn
Hans Läng	Kulturgeschichte der Indianer Nordamerikas	Gondrom, 1993, Bindlach
Henry Wadsworth Longfellow	Hiawatha (The song of Hiawatha)	Ronacher Verlag, 1985, München
Richard Mancini	Der wilde Westen	Gondrom, 1994, Bindlach
Kuno Mauer	Das neue Indianerlexikon	Langen Müller, 1994, München
Hans-Otto Meissner	Erster Klasse in den Wilden Westen	Südwest, 1987, München
Katrin Nitschke/Lothar Koch	Dresden – Stadt der Fürsten – Stadt der Künstler	Lübbe, 1991, Bergisch Gladbach
Wilfried Nölle	Völkerkundliches Lexikon	Goldmann, 1959, München
Nscho Tschi/Jaa Bilataha	Western Apache	Mescalero, 1990, Köln
Horst Schmidt-Brümmer/ Karl Teuschl	Südwesten USA	Vistapoint, 1993, Köln
G. Schomaekers	Der wilde Westen	Weltbild, 1994, Augsburg
Alys Swan-Jackson	Die Apachen und die Puebloindianer des Südwestens	Karl Müller, 1996, Erlangen
Gert Ueding	Karl-May-Handbuch	Kröner, 1987, Stuttgart
Dominique Venner	Amerikanische Revolver und Pistolen	Moewig, 1997, Rastatt
Clark Wissler	Population Changes among the Northern Plains Indians	Yale University Press, 1936, New Haven
Pal Warcloud	Dakotah Sioux Indian Dictionary	Tekakwitha Fine Arts Center, 1989, Sisseton
Sky Worell	Faszinierendes Amerika	Gondrom, 1994, Bindlach

und last but not least der „Mayster" selbst: Karl May, aus Winnetou I, Winnetou II, Winnetou III, Winnetous Erben, Old Surehand I, Old Surehand II, Der Ölprinz, Weihnacht im Wilden Westen, Der Derwisch, Im Tal des Todes, Zobeljäger und Kosak, Das Zauberwasser, Krüger Bei, In fernen Zonen u.a. Romanen, alle erschienen im Karl May Verlag, Bamberg

Nachstehende Adresse für Bestellungen, Lob, Kritik, Fanpost, Blumen, Marzipan, Ideen, Anregungen, Personenwünsche, Handlungsvorschläge......

Reinhard Marheinecke
Allerskehre 34
22309 Hamburg
Fon & Fax 040 631 30 44

Neue
WINNETOU - ROMANE
von
Reinhard Marheinecke

DIE JAGD DES OLD SHATTERHAND

DER MESTIZE UND DER SKALPJÄGER

AN DEN UFERN DES MISSOURI

WINNETOU UND DER ALTE RICHTER

DER GOLDSCHATZ DER BADLANDS

DER EISENBAHNBARON

DAS ZERBROCHENE KALUMET

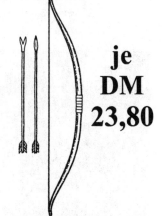

je DM 23,80

Direkt zu bestellen bei:
Verlag Reinhard Marheinecke
Allerskehre 34
22309 Hamburg
Fon & Fax 040 - 631 30 44

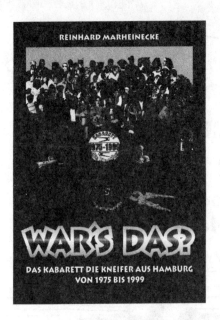

"War's das?"
Das Kabarett
DIE KNEIFER
aus Hamburg
von 1975 bis 1999
282 Seiten
Geschichte, Anekdoten
27 Sketche
256 Fotos auf hochwertigem
Fotodruckpapier

DM 19,80

"Närrische Zeilen"
Sketche, Cartoons,
Ulkige Erlebnisse,
Pleiten, Pech und Pannen
des Kabaretts DIE KNEIFER

DM 15,--

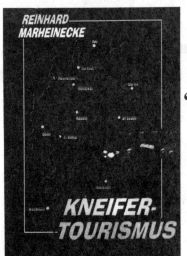

"KNEIFERTOURISMUS"
Wer 900 Auftritte in deutschsprachigen Landen
absolviert hat, hat viel erlebt
und noch viel mehr zu erzählen.
Dazu 18 der schönsten Sketche
des Kabaretts DIE KNEIFER

DM 15,--

WINNETOU ANTHOLOGIE

Neue Winnetou Geschichten
mit Erzählungen von
Willy Hübert, Jutta Laroche,
Reinhard Marheinecke,
Torben Schumacher,
Michaela Sedlatzek
und Martin Tillenberg
194 Seiten

DM 19,80

WINNETOUS TESTAMENT

Band 1: Winnetous Kindheit
von Jutta Laroche
und Reinhard Marheinecke
246 Seiten

DM 23,80

"Zelte am See"

Zeitgeschichtliches Dokument
in Romanform
aus dem Jahre 1951.
Politische Willensbildung
in den Nachkriegswirren.
224 Seiten

DM 15,--

KENNEN SIE WINNETOU?

winklig, winkl...
Win|ne|tou [...tu] (idealisierte Indianergestalt bei Karl May)
Win|ni|peg ['wini...] (kan... Stadt); **Winnipegsee**, der;-s

Wenn Sie es etwas genauer wissen wollen, lesen Sie...

KARL MAY &Co.
DAS KARL-MAY-MAGAZIN

MESCALERO E.V. · Hauptstraße 39 · D-57614 Borod
Fordern Sie Informationen an oder besuchen Sie uns im Internet: **www.karl-may-magazin.de**

„Winnetou" Olaf Hais auf der Felsenbühne Rathen, Infos unter 03 51 / 89 54 214